五瓣《べん》の椿

山本周五郎

角川文庫
20779

目次

主要登場人物

おしの　薬種屋「むさし屋」に生まれた一人娘。
喜兵衛　「むさし屋」の主人。
おその　喜兵衛の妻。おしのの母。
おまさ　「むさし屋」に奉公する下女。
徳次郎　おしのにつかえる小女。
島村東蔵（沢田屋）　「むさし屋」の手代。
佐吉　中村座の役者。
菊太郎　中村座の芝居茶屋「桝屋」の出方。
おりう　子役。
岸沢蝶太夫　おしのに同じ。
海野得石　常磐津の三味線弾き。
おみの　本道婦人科の医者。
青木千之助　おしのに同じ。
八丁堀の町方与力。

お倫　おしのに同じ。

清一　札差「香屋」の若旦那。

源次郎　袋物問屋「丸梅」の主人。

およね　おしのに同じ。

序章

天保《てんぽう》五年正月二日に、本所の亀戸《かめいど》天神に近い白河端《しらかわばた》というところで、中村仏庵《ぶつあん》という奇人が病死した。年は八十四歳であった。彼は大工と畳職の棟梁《とうりょう》であるが、書をよくし、雲介舎弥太夫と号していた。それは、箱根へ湯治にいったとき、駕籠舁《かごかき》*から息杖《いきづえ》*を買って帰り、その杖に諸家から題詩*を貰《もら》って彫りつけ柱に掛けて自慢していた。それで雲介舎などとなのったらしいが、そのまえ、本所の小梅に住んでいたとき、役者の岩井紫若《しじゃく》がその土地を買った。紫若はそこへ家を建てるので、追立てられた彼ははらだちまぎれに、その住み古した家の壁へ左のような狂歌*を書いて立退《たちの》いた。

　雲介《くもすけ》*が住みあらしたる家なれば
　河原乞食《かわらこじき》*や跡にきぬらん

奇人ではあったけれども、あまり世間からは好かれていなかったようだ。この仏庵の住居から一丁*ほど南に寄って、やはり白河端に「むさし屋喜兵衛」の寮*があった。むさし屋は日本橋本石町《ほんごくちょう》三丁目の薬種屋*で、隣りに油屋も兼業してい、老舗《しにせ》としても資産家としても、市中にひろくその名を知られていた。

仏庵が死んでから四日めに当る、同じ正月の六日の夜半、その「むさし屋」の寮が自火*で焼け、焼け跡から三人の死躰《したい》が出た。兼業の油屋の品が置いてあったものか、建物の中は油が火を引いたもようで、柱まできれいに焼け落ち、三人の死躰も殆《ほと》んど男女の区別がつかなかった。――寮にはおまさという中年の下女と、五助という下男がいた。五助はかよいで、夕方には自宅へ帰るが、おまさはもちろん住込みであった。しかしおまさも、その日は本所業平《なりひら》にある弟の家へ帰ってい、明くる朝、寮へ戻って来て初めて、その出来事を知った。

町方*の訊問《じんもん》に対して、おまさは次のように答えた。

「この寮にはいつもおかみさんがいました。それが十二月の二十九日に、ええ、仏庵さんの亡《な》くなったのが二日ですから、日に間違いはありません」とおまさは云った、「二十九日の朝おでかけになって、あとずっと留守番をしていました、すると六日の午《ひる》すぎに、日本橋のお店《たな》から旦那《だんな》を戸板にのせて、おしのさんがいらしったんです、ええ、おしのさんはむさし屋の一人娘で、年はたしか明けて十八だったでしょう、おきれいで静かで、おっとりしたいい方でした」

主人の喜兵衛は養子だった。年は四十五歳、三年まえに癆痎《ろうがい》*で倒れたが、家付き*の妻おそのは病気に感染するのを怖《おそ》れて、看病は娘のおしのに任せ、自分は寮のほうへ移った。それ以来ずっと別居生活が続いてい、店へは寄りつきもしなかった。

「旦那は戸板のまま奥の間へ運ばれ、若い衆たちはすぐに帰ってゆきました」とおまさは云った、「おしのさんは奥の間で旦那の側《そば》に付きっきり、あたしが御用はないかと訊《き》きにいっても、ただ静かにしていておくれ、お父つぁんの病気が重いから、と仰《おっ》しゃるばかりでした」

そのうちに香の匂《にお》いがして来、あんまり強く匂うので、どうかしたかと思ってみにゆくと、病人が軀《からだ》が臭いと云うので、香を炷《た》いているのだから心配には及ばない、とおしのは答えた。やがて夕方になると、おしのは自分で勝手へ来て、ゆきひら*で米をとぎ、「火鉢《ひばち》で粥《かゆ》を煮るのだ」と告げ、また、自分の夕食はなんでもよい、と云って奥へ去った。――それからおまさは天神橋の前まで買物にゆき、魚や野菜を買って来て、飯を炊《た》いたり煮物をしたりしていた。このあいだに、七日間も留守だった主婦のおそのが帰っていたらしい、おまさはまったく知らなかったが、娘のおしのが来て、母が帰っているから酒の支度をするように、と命じた。

「ちょうどお酒がきれていましたので」とおまさは続けた、「酒屋へ注文にゆくと云いましたら、それではついでに酒の肴《さかな》もと仰しゃいました、おまえおっ母さんの好みを知っているだろうから、いいようにしておくれと仰しゃるので、あたしは酒屋と仕出し屋へいって来ました」

酒が来、肴が届いて、膳立《ぜんだ》て*をしていると、またおしのが来て云った。

――あとはあたしがしよう、こんな時刻になったけれど、おまえには暇をあげるから、業平のうちへいって泊っておいで。

　おまさは弟の家に子供が預けてあった。そのまえの年にやくざな亭主*と別れ、七つになる男の子を弟に預けて、自分は下女奉公に出ていたのである。今年はまだ正月にも帰っていない、というのは、主婦のおそのが連日のように客をする*ため、暇をもらうことができなかったのである。

「ではお願いしますと云って、あたしはすぐに支度をし、途中で土産物を買って業平へ帰ったのです」おまさはこう云った、「ええ、ほかに人はいませんでしたから、焼け跡から出たのは旦那とおかみさんと、おしのさんの死骸《しがい》でしょう、旦那やおかみさんはともかく、おしのさんは本当にお気の毒だと思います」

　喜兵衛は重態だったが、どうしておそのを気の毒とは思わないのか、町方の者がそう訊くと、おまさはわけは話せないと答えた。

「仮にも奉公していた人ですから、あたしの口から詳しいことは云えません、けれど」とおまさは冷やかな調子で云った、「おかみさんがあんな死にかたをしたのは、天罰だと思います」

　店のほうもしらべられたが、結局はっきりした事情は不明のまま、死躰は親子三人のものときまり、五日めに本石町の家で三人の葬式がおこなわれた。そしてそのあと、親類や縁者たちが集まって相談し、「むさし屋」ほどの老舗を潰《つぶ》すのは惜しいということになって、分家に当る亀屋《かめや》伊兵衛の二男で、伊四郎という者が養子にはいり、喜兵衛の跡を継ぐことになった。

第一話

一

喜兵衛の病状が悪化したのは、十二月二十七日の夜のことであった。

暮六つ*に店を閉めてから、夕食を済ませたあと、番頭*と二人の手代*を相手に、帳合《ちょうあい》*をするのが店のきまりで、そのときは歳末が近づいていたため、地方との取引先の分もあり、十一時過ぎになって、ようやく一と区切りついた。

おしのはいつものとおり、女中二人に指図して、九時に茶菓を出してから、父と自分の夜具の並べて敷かれた部屋へいって寝る支度をした。火鉢の火かげんをみて灰をかけ、煎薬《せんやく》の土瓶《どびん》を仕掛けた。その脇《わき》の盆には、湯呑茶碗《ゆのみぢゃわん》と布で掩《おお》いをした金盥《かなだらい》、金盥には水がはいってい、たたんだ手拭《てぬぐい》が五枚重ねてある。おしのはそれらをよくしらべ、また、父の寝衣《ねまき》が三枚出してあることも慥《たし》かめた。父はひどい盗汗《ねあせ》をかくし、毎夜幾たびか咳《せき》の発作を起こすため、それだけの支度はどうしても必要なのであった。

おしのが着替えをしようとしていると、番頭の嘉助《かすけ》が、声をかけて、はいって来た。彼は三十七になり、四丁目の裏に家のあるかよい勤めで、妻とのあいだに子供が二人あった。九時半になると帰るのがきまりで、いつもは襖《ふすま》の外から挨拶《あいさつ》だけしてゆくのだが、その夜は声をかけて、部屋の中へはいって来た。

「どうしたの」おしのは訝《いぶか》しげに訊いた。

「旦那のことなんですが」と嘉助は囁《ささや》くように云った、「どうもいつもよりぐあいがお悪いようですから、もうおやすみになるように仰しゃって下さいませんか」

「どんなぐあいなの」

「ひどい熱なんでしょう、お顔が赤いし息苦しそうで、激しい咳こみが二度もございました」と嘉助は云った、「おやすみになるようにといくらおすすめしても、おまえこそもう帰れと仰しゃるばかりで」

おしのは頷《うなず》いた、「いいわ、あたしがいってみるから、嘉助さんはもう帰ってちょうだい」

「今夜はもう少し残ることにします」

「いいえ、却《かえ》ってお父つぁんが気をもむから、いつもどおりにしたほうがいいわ」

嘉助はよほど残りたそうであったが、おしのは帰るように云い、自分はすぐに店へいってみた。手代の忠三と徳次郎が、父と机をはさんで坐《すわ》り、帳合をしていた。忠三は二十三歳、徳次郎は二十一、年が明けると暖簾《のれん》を分けて店を出すことになっている。ほかに小僧*をいれて店の者が七人いるが、みんな店の次の部屋で、読み書きや算盤《そろばん》の稽古《けいこ》をしていた。――おしのは父のようすを見た。喜兵衛は四十五歳という年よりずっと老《ふ》けてみえる。躯もすっかり痩《や》せているし、顔は頬骨から顎《あご》の骨まであらわになり、おちくぼんだ眼や、抉《えぐ》ったようなこめかみや、油けのない灰色の髪などは、そのまま死相を示すように感じられた。

――いいえ、そんなことはない。

父はまえからあんなふうだった、とおしのはかぶりを振った。十二の年で奉公に来、二十五で婿養子《むこようし》に直った。*それから二十年、ものみ遊山《ゆさん》にもゆかず、寄席《よせ》や芝居を見るでもなく、もちろん酒や煙草《たばこ》の味も知らない。ただ「むさし屋」のため、しょうばい第一と勤めとおして来た。老舗の名は聞えていたが確実に資産を積んだのも、隣りにあった紙問屋を買って、油屋の店をひらいたのも、みな喜兵衛のはたらきであった。

――五、六年まえから疲れが出はじめた。

あたしが十一、二のころからだ、とおしのは思った。おしのは幼いじぶんから、父と母とのあいだに寝かされていた。それは母の主張であったが、十一、二になってから、夜半に眼がさめたときなど、暗くしてある行燈《あんどん》の光で見ると、父の寝顔はすさまじいほど憔悴《しょうすい》してい、死んでいるのではないか、とさえ思ったことが幾たびもあった。

――あのころからときどきこんなふうに見えたことがある。

これは死相などというものではない、おしのはそう思いながら、さりげなく父のほ

う へ近よってゆき、あまえた動作で、帳場格子《ごうし》へよりかかった。

「どうした」と喜兵衛が眼をあげた、「まだ寝なかったのか」

「今夜はなんだか淋《さび》しいのよ」おしのは小さく肩をゆすった、「お父つぁんが寝てくれなければ眠れそうもないの」

喜兵衛はそっと笑った。「有難いが、私は大丈夫だよ」

「あたし本当に淋しいのよ」

「わかってる」と喜兵衛はまた帳面に向かって筆を取った、「私は大丈夫だよ、自分の軀のことはよく知っているからね、もういって寝なくちゃあだめだよ」

そして徳次郎と読み合せを続けた。

おしのは諦《あきら》めた。父がそう云いだしたらきかないことは、よくわかっていたからである。部屋へ戻って、寝衣に着替え、もう一度火鉢の埋《うず》み火《び》*をみてから、夜具の中へはいり、読みかけの「松代物語《まつしろものがたり》」というよみ本*をひろげた。信濃《しなの》のくにの松代という城下町に生れた姉妹が、じつの母親を捜すために諸国をまわりながら、いろいろと辛《つら》い苦しいめにあったり、悲しいおもいをしたりする話で、もう二度も読み、筋は暗記しているくらいだが、繰返し読んでもおしのは飽きなかった。——だがその夜は、いくらも、よまないうちに眠ってしまったらしい。呼び起こされて眼をさますと、徳次郎がまっ蒼《さお》な顔をして、「旦那が」と云いながら、店のほうを指さしていた。徳次郎の顔の相が変っているのを見て、おしのははっきり眼がさめ、起きあがって半纏《はんてん》をひっかけた。

父は座蒲団《ざぶとん》を並べた上に寝ていたが、喀血《かっけつ》をしたのだろう、口のまわり、着物の衿《えり》、そして畳の上まで血が飛び散ってい、それを店の者たちが拭《ふ》き取っているところだった。

「騒ぐな」と喜兵衛は眼をつむったまま云った、「薬はいらない、ぬるま湯に塩を入れて来てくれ、おしのを起こすな」

喀血は初めてではないが、そんなに多量に吐いたことはなかった。おしのは足のほうから震えだし、息が詰まりそうになった。声が出ないので、徳次郎に眼で頷き、茶の間へいって塩のぬるま湯を作った。喀血したらそうするようにと、まえに医者から聞いていたのである。おしのは自分をおちつけるために、水を一杯ゆっくりと飲み、それからまた店へ出ていった。喜兵衛は眼をあいて、はいって来るおしのをみつめた。

「塩湯よ」とおしのは微笑しながら坐った、「濃すぎたら薄くしますわ」

「起きなくってもいいのに」

「口をきいてはだめ」とおしのが云った、「そうっと頭だけあげてね、徳どんと忠どん、うしろからそっと支えてちょうだい」

二人がうしろから抱き起こすようにし、おしのは父に塩湯を飲ませた。暫《しばら》くは動かせないので、汚れた着物もそのまま、枕《まくら》をさせ搔巻《かいまき》*を掛けてから、湯で手拭を絞って、胸元から口のまわりを拭いた。

「胸がおちつかない」と喜兵衛が云った、「手拭で冷やして当ててくれ」

「ごめんなさい」とおしのはすぐに立った、「それをすっかり忘れてたわ」

「おまえたちはいい」喜兵衛は店の者に向かって云った、「もうおそいから、片づけるのは明日にしてみんな寝てくれ」

「横山さんを呼んで来ましょう」

「いや、それも明日でいい、いま呼んだところで、医者にもどうしようもない、じっとしているほかに手はないんだから」

二

朝になって横山参得《さんとく》を呼んだ。呉服橋《ごふくばし》に住む医者で、喜兵衛が癆痎《ろうがい》になって以来のかかりつけだったが、診察をして帰るとき、送りに出たおしのにそっと首を振ってみせた。

「むずかしいことになった」と参得は囁いた、「こんどはあとをよほど大事にしないと、取返しのつかぬことになるかもしれない」

おしのは唾《つば》をのんだ。

「店に置いてはだめだな」と参得は首を捻《ひね》りながら云った、「あのとおりの性分だから、少しおちつくとすぐに動きだすだろう、こんどは寮のほうへ移して、しょうばいのことなど忘れてゆっくり養生をさせなければいけない、それも一日でも早いほうがいい」

「はい」とおしのは頷いて云った、「なにか特に効《き》くお薬はないものでしょうか」

「ないだろうな、この病気ばかりは特に効のある薬というのはなさそうだ」参得はまたそっと首を振った、「空気のきれいなところで、暢気《のんき》にして精の付く喰《た》べ物をたべる、そうして病勢の衰えるのを待つ、というよりほかにいまのところ手はないと思う」

「わかりました」おしのはまた頷いた、「できるだけ早くそうするように致します」

医者が帰るとすぐに、おしのは亀戸の寮へ使いをやった。母に来てもらいたい、ということづてを命じ、駕籠《かご》でゆかせたのであるが、おたみという若い女中は、帰って来ると、喜兵衛に向かって、「おかみさんは躯のぐあいが悪くて来られないそうです」という返辞を伝えた。おしのがちょっと座を外していたあいだのことで、珍らしく喜兵衛は怒った。

「どうして迎えなどやったんだ」喜兵衛は尖《とが》った声で云った、「迎えをやっても来ないことはわかっているじゃないか」

「ごめんなさい」おしのは眼で詫《わ》びながら答えた、「どうしても相談しなければならないことがあるんです、あたしちょっといって来てもいいでしょうか」

「相談とはどういうことだ」

おしのは勇をふるうという気持で、医者の云ったことを父に告げた。喜兵衛は終るまで聞かずに、激しくおしのを遮《さえぎ》った。

「私は寮などへゆかない、そんなことをしなくとも大丈夫だ」

「だってお父つぁん」

「いや、大丈夫だと云ったら大丈夫だ」と喜兵衛は云った、「この病気のことなら医者よりも私のほうがよくわかる、私は若いころから軀のことには気をつけているし、この病気にかかってからは、病気に波のあることや、その波がしらを逃げるこつ*も覚えた、いや本当だ」喜兵衛はこみあげてくる咳をこらえるために、やや暫く息を休めた、「人間には寿命というものがある、養生不養生によって、生れつきの寿命を損うこともあるが、自分の軀の調子によく気をつけていれば、どうしたら寿命を保つかということはわかるものだ、それにこの暮に迫って、店をあけるなどということはできない、大丈夫だから心配はしないでおくれ」

その日は琴の稽古納《けいこおさ》めがあった。午《ひる》ごろになると喜兵衛は、もうおちついたから着替えをしていっておいで、とおしのに云った。

「あとで起きたりなさらなければ」とおしのが云った、「でも、お父つぁんは、あたしがいなくなるときっと起きてしまうでしょ」

「まだそんなことを云うのか」と喜兵衛は枕の上で首を振った、「あまりうるさくしないでくれ、病気の起こっているときはこらえ性がなくなるんだから」

「ごめんなさい」おしのは明るい調子で云った、「じゃああたしいって来ます」

「私は眠るからゆっくりしておいで」

「はい」おしのは元気に頷いた。

二人の女中、特にお孝と、手代の徳次郎によく頼んでおいておしのはざっと身支度を済ませ、家を出てから辻《つじ》駕籠*をひろった。むろん稽古納めにゆくのではない、まっすぐに亀戸の寮へ走らせた。途中で雨が降りだし、気温も低くなり、寮へ着いたときには、あたりはもういちめんの雪景色であった。

冬になってから二度めであるが、その季節にしては珍らしく、形も量も多い牡丹雪《ぼたんゆき》で、門から寮の戸口さえ見えないくらいであった。

出て来たのはおまさであったが、おしのを見るなりひどく狼狽《ろうばい》し、ちょっとお待ち下さい、と云って小走りに奥へ去った。奥のほうで三味線の音と、唄《うた》の声が聞えてい、おしのは構わずにあがって、そこで足袋《たび》をぬいだ。おまさは戻って来ると、あちらはいまちらかっていますからと云い、客用の八帖へとおした。

「いますぐに火を取ります」おまさはそわそわと敷物や火鉢《ひばち》を直しながら云った、「急にいやなものが降りだして、さぞ途中お寒かったでしょう、いまおかみさんもおいでになりますから」

「いいのよ、せかないでも」

「風邪ぎみでくさくさするからって」おまさは眩《まぶ》しそうな顔つきで云った、「ちょっといまなにしていらしったんですよ、いま火を取りますから」

三味線と唄の声はもう聞えなかった。おまさが火鉢に火を入れ、茶と菓子をはこんで来ると、まもなく母のおそのがあらわれた。年は三十五歳、大柄《おおがら》ではあるが軀の線が美しく、胸や腰などは娘のようにすんなりしている。色のやや浅黒いほそおもての顔に、憂《うれ》いを含んだような切れ長の細い眼と、やはり薄くて小さな唇許《くちもと》が、娘のおしのでさえ惚《ほ》れぼれするほどの、際立《きわだ》った魅力をもっていた。

「途中で降られたんでしょ」おそのは火鉢へかぶさるように坐りながら、うるんだ眼つきでじっと娘をみつめた、「寒いからなにか温かいものでも取りましょう、あんたきれいになるばかりだわね」

「おっ母さんぐあいが悪いって」とおしのが云った、「誰かお客があるようだけれど、寝ていたんじゃないんですか」

「お客なんかいやしなくってよ、寝ていたんだけれど頭がくしゃくしゃするもんだから、いま床の上でちょっといたずらをしていたところなの、お午になにを御馳走《ごちそう》しようか」

「おっ母さん、おたみから話を聞いたでしょう」とおしのは云った、「お父つぁんの病気、こんどはひどく重いのよ、これまでにないほどたくさん血を吐いたし」

「やめてやめて」おそのはきれいな長い指の手を振りながらいたずらっ子のように眉《まゆ》をしかめた、「そんな話を聞くと胸がむかむかするじゃないの、横山さんていう医者が付いてるんだもの、病人のことは医者に任せておけばいいでしょ」

「その横山先生が仰《おっ》しゃるのよ」おしのはがまん強く、子供をなだめるような調子で云った、「こんどはよっぽど大事にしなければいけない、店に置いてはだめだから、寮のほうへ移してゆっくり養生をさせるようにって」

「いやよ、いいえだめよ、そんなこと」

三

「おっ母さん」とおしのが云った。

「そんなことだめよ」おそのは脇《わき》のほうを向き、すぐにまた向き直って、娘の眼をみつめながら云った、「あんただってわかってるでしょ、そんなこと云ったって当人がきやあしないわ、たとえ医者に死ぬとおどかされても、あの人は店をはなれるような人じゃないことよ、そうでしょ」

おしのは母の顔を見まもった。

「そらね、あんたの眼を見ればわかるわ」とおそのは眼を細めて微笑した、「あんたあの人が承知しないものだから、あたしにすすめさせるつもりで呼びに来たんでしょ」

「お父つぁんは」とおしのが云った、「おっ母さんの云うことならきっときいてよ」

「そんなことをあたしが嬉《うれ》しがるとでも思ってるの」

「お願いよ、おっ母さん」おしのは母の手を握りながら云った、「こんどは本当に危なそうなの、こんどだけでいいからうちへ来て、寮で養生するように云ってちょうだい、ねえ、一生のお願いよ、おっ母さん」

おそのは娘の手をやさしく撫《な》で、あやすような口ぶりで云った、「おちついて、おちついて、そんな大げさなこと云わないでよ、あんたってお母さんには薄情なくせに、あの人のこととなるとすぐにのぼせあがるのね、たまにはあたしのことを考えてくれてもいいじゃないの」

「ええ、そうね」おしのはぎこちない動作で頷いた。云いたいことを抑えつけるような、硬い頷きかたで、それから云った、「おっ母さんのお世話をしなくってほんとに悪いと思うわ、お父つぁんさえおちついたら、こんどこそどんなにでもおっ母さんのお気にいるようにしてよ、だからあたしのお願いもきいてちょうだい」

「いいわ、あんたには負けた」おそのは娘の手を軽く叩《たた》き、それを放しながら云った、「あしたかあさって、そうね、あさっての夕方ごろゆくことにしましょ」

「嬉しい、ほんとね」

「断わっておくけれど、あんたの考えているとおりになるかどうかは、あたしにも保証できないことよ」

「ほんとに来て下さるわね」

「ゆくって云ったらゆくわよ」とおそのが云った、「お午になにを喰べる、いっそ鳥《とり》鍋《なべ》でも取ろうか」

おしのは母といっしょに午飯を喰べた。

その座敷に炬燵《こたつ》を入れ、久しぶりに差向いで、話しながら喰べたのであるが、奥の部屋に誰かいるように感じられ、それが気になっておちつかなかった。人がいるというような、物音やけはいは少しもないし、おまさや母のそぶりにも変ったところはなかった。ことによると、初めにはいって来たときの、おまさの狼狽したようすや、爪《つま》弾《び》きの三味線と低い唄の声を聞いたのが耳に残っているためであろうか。しんとした奥の部屋に、誰かが息をひそめて、こちらのようすをうかがっている、というふうな感じがどうしても頭から去らなかった。

「じゃあきっとね」おしのは帰るときにもういちど念を押した、「あさっての夕方、待ってるわよ」

「あんたもいま云ったこと忘れないで」とおそのは云った、「肌の手入れとお化粧、もう少し髪の流行《はやり》に気をつけること、よくって」

呼びにやった駕籠が来、おまさのさしかける傘《かさ》で雪をよけながら、おしのは拾い足で門の外へ出た。

「肌の手入れ」駕籠が動きだしてから、おしのは訝《いぶか》しそうに呟《つぶや》き、「そうか」と自分に頷いた、「ごはんをたべながら、ずっとその話をしていたのね」

髪化粧、帯、着物、母にはそういうことしか興味はない。昔からそうだった、とおしのは思った。眼をつむって母のことを回想すると、化粧をするところや、反物を選んでいるところや、着飾ってでかける姿しかうかんでこない。父に抱かれて寝たり、子守唄をうたってもらった覚えがあるし、麻疹《はしか》のときや疱瘡《ほうそう》のときはもちろん、風邪をひいたぐらいのときでも、父は側をはなれずに看病してくれた。しかし母に面倒をみてもらったようなことは少なくとも自分の記憶には残っていない、とおしのは思った。母は自分に化粧をしてくれ、着飾らせて、芝居や寄席《よせ》や、遊山《ゆさん》や見物には伴《つ》れていってくれた。芝居茶屋*でひいきの役者たちを呼び、自分と子役を並んで坐らせ、興がって酒宴をしたことも幾たびかあるし、母がなかまたちと一中節《いっちゅうぶし》をさらうのだと云って、料理茶屋へ集まり、おさらいなどするようすもなく、男女の芸人や役者などを呼んで遊ぶ、などということも珍らしくはなかった。

——お父つぁんに済まない。

そんなときには気が咎《とが》め、こんど母にさそわれても決して遊びには出まいと誓うが、華やかでたのしい座敷を思うと、ついその誓いも忘れて、十か十一くらいの年まではそんなことが続いた。

――おっ母さんは平気だった。

こんなことはないしょだよ、と云ったこともないし、口止めをするようなこともなかった。十一ぐらいから、自分は母の誘惑を拒むようになり、しだいに母と疎《うと》くなった。母はそんなことには気もつかないようすで、それからずっと好きなようにくらして来た。あたしがいっしょでないことが、却《かえ》って自由なようにさえみえたものだ、とおしのは思った。

「あんなに気やすく受け合って来るかしら」おしのは駕籠に揺られながら呟いた、「場合が場合だから来てくれるだろうけれど、もし来てくれなかったら、――こんどこそあたし云ってやるわ」

こんどこそ云うだけのことを云ってやる、とおしのは思った。

夜になると雪は雨になり、明くる朝はきれいに晴れていた。喜兵衛の病勢は変らず、食欲のないのが心配だったが、咳《せき》も少なくなり、熱もさがってゆくようであった。おそのは来なかった。約束の三十日は午後から待っていたが、夜になっても使いさえよこさなかった。

——やっぱりそうだったのね。

おしのはくやしさのあまり身がふるえた。すぐ自分で迎えにゆきたいと思ったが、年末の商家は多忙で、女中までが店の手伝いに追われ、おしの以外に父の世話をする手がないため、亀戸までいって来るような暇はまったくなかった。

大晦日《おおみそか》の晩、十二時過ぎに、喜兵衛がまた喀血《かっけつ》した。十時に店を閉め、番頭と手代たちが帳合《ちょうあい》にかかった。それが済んでから、三人が帳簿を持って来、喜兵衛の枕許《まくらもと》で説明をした。喜兵衛は夜具の上に坐り、いちいち帳簿をつき合わせながら聞いていた。十二時ちょっとまえに年越し蕎麦《そば》が来、番頭たち三人が喰べた。おしのは箸《はし》を付けただけで、父に薬湯《やくとう》をのませようとしたが、「もうすぐに終るから」と云って、喜兵衛は算盤《そろばん》を置こうとしなかった。そうしてすっかり終ったとき、喜兵衛は手洗いにゆき、その戻りに廊下で喀血して倒れた。

血の量はそれほど多くはなかったが、このまえのときがひどかったし、躰力《たいりょく》がまだ恢復《かいふく》していなかったため、喀血したあと失神し、夜が明けるまで昏睡《こんすい》状態が続いた。

四

おしのは夜明けを待って、亀戸へ使いをやった。医者の横山参得は首を振った。「どんな名医でもだめだ」と参得は病人の枕許で云った。「もう人間の手には負えない、明日までもむずかしいと思う」

おしのは番頭たちと相談をし、例年どおり元旦《がんたん》を祝うことにした。どんなことがあっても、父は必ず店のしきたりを守った。おしのはその父の性分を楯《たて》に取り、番頭たちの反対を押し切って、いつものように祝儀《しゅうぎ》の支度をさせた。――亀戸へ使いにやったのは、年上の女中のお孝であったが駕籠でいったにしても帰りが早く、おしのを廊下へ呼んで、「おかみさんは留守でした」と囁《ささや》いた。

「留守って、どういうこと」

「江ノ島へいらしったんですって」

おしのの口がゆっくりとあいた。

「二十九日の朝」とお孝は続けた、「石町《こくちょう》の伊勢久のおかみさん、通り二丁目の吉井屋のおかみさん、そのほかお二人ごいっしょに、往《ゆ》き帰りとも七日のつもりで、江ノ島の弁天様へおまいりにいらしったんだそうです」

「おっ母さんが、二十九日に」おしのはぼんやりと訊《き》き返した、「――江ノ島へだって」

「おまささんがそう云ってました」

「二十九日」とおしのはまた訊き返した、「それ本当のことだろうね」

だがお孝の返辞を聞こうともせず、おしのはふらふらと、よろめきながら自分の部屋へはいり、畳の上へ崩れるように坐った。二十九日はおしのが訪ねた翌日に当る、そのとき母はあさってのタ方にゆくと約束をした。父がこれまでとは違って、本当に重態だということをはっきりと云ったし、それが誇張でないことはわかった筈《はず》である。「おっ母さんは騙《だま》した」おしのは歯と歯のあいだで呟いた、「おっ母さんはあたしを騙したのよ、あのときもう江ノ島へゆくことはきまっていたんだわ」

二十七日の夜から、火のけを入れなかったその部屋は、壁までしみとおるほど冷えていた。しかしおしのはその寒さにも気づかず、おたみが呼びに来るまで、独りでじっと坐っていた。おたみは襖《ふすま》の外から呼びかけ、返辞がないので襖をあけた。

「いらしったんですか」とおたみが云った、「旦那《だんな》がお呼びです」

おしのはゆっくりと女中を見た。

「旦那が眼をおさましになったんです」とおたみは云った、「そしておしのさんはどこにいるかって」

おしのは夢からさめでもしたように、ああと声をあげて立ちあがった。

喜兵衛の枕許には手代の忠三がいて、喜兵衛がなにか云うのを、のり出すような恰《かっ》好《こう》で聞いていたが、おしのと入れ替りに店のほうへ出ていった。おしのは坐って、喜兵衛はおしのを見ると、安心したように頷き、そして眼をつむった。おしのは坐って、気分はどうかと訊いた。喜兵衛は暫《しばら》く経《た》ってから、力のない低い声で「大丈夫だ」と云った。

「心配しなくてもいい、大丈夫だ」と喜兵衛は云った、壁の向うから聞えて来るような声であった、「同じことを云うようだが、私は大丈夫だ、こんなことで死にはしない、参得さんにはわからないんだ」

「ごしょうよ、そんなに話をしないで」

「これだけ云っておきたいんだ」と喜兵衛は眼をつむったままで云った、「私は夜なかに倒れてからのことを、みんな知っている、気を失ったのはほんの僅《わず》かなまで、それからちょっと眠ったときのほかは、なにもかも知っている、もうどんな名医でもだめだと、参得さんの云うのも聞いていたんだ」

そして喜兵衛は眼をあき、娘を見て唇に微笑をうかべた。

「わかるだろう」と喜兵衛は云った、「私はまだ死にはしない、ゆうべ吐いたのは、残っていた悪い血だ、病気の根になっていた悪い血が、ゆうべできれいに出てしまった、医者にはわからないが、私にはそれがよくわかるんだ、きょうほど、——」と云って喜兵衛はまた眼をつむった、「この病気になってから、きょうほど気持の軽くなったことはない、胸の中も洗ったようにさっぱりしたよ」

「よかったわ、よかったわお父つぁん」とおしのが云った、「でも話はもうそのくらいにして、少し眠って下さいな」

「ああ眠ろう」喜兵衛は云った、「私は眠るから、おまえもつまらない心配はしないでおくれ、――みんなが来たようだね」

おしのは振り返った。すぐに襖があいて、番頭、手代をはじめ店の者がぜんぶはいって来、襖際に並んで坐った。

「私がそう云ったんだ」と喜兵衛が云った、「おまえが挨拶《あいさつ》をしておくれ」

おしのは向き直った。

「明けましておめでとうございます」と番頭の嘉助が両手を突いて低頭した。他の者も一斉《いっせい》に低頭し、嘉助が続けた、「昨年ちゅうはお世話になりました、今年はお店もますます御繁昌《ごはんじょう》、私共もまたどうぞよろしくお願い申します」

そして他の者が「おめでとうございます」と声をそろえて云った。おしのは歯をくいしばった。

「はい」とおしのは俯向《うつむ》いて答えた、「おめでとう」それからようやくのことで続けた、「どうぞ今年も、よろしくお頼み申します」

店の者たちは逃げるように去った。

――おめでとう。

おしのはその姿勢のまま、心の中でそう繰返した。

――明けまして、おめでとう。

おしのは叫びだしたいような衝動におそわれ、それをこらえるために力限り手を握り緊《し》めた。喜兵衛は太息《といき》をつき、これで元日らしくなった、と云った。私は眠るから、おまえは雑煮を祝って、私の代りに年賀の客に会っておくれ、悪いけれど親類の方たちにも失礼するから、と喜兵衛は云った。

三日の夜半――、およそ午前一時ごろに、おしのは父の呼ぶ声で眼をさました。年末からの疲れで性《しょう》もなく眠*っていたらしい。父の呼ぶ声が聞えているのに、なかなか眼をさますことができなかった。喜兵衛はあぶら汗をかき、は、は、と短く力のない呼吸をしていた。おしのはぎょっとし、寝衣《ねまき》のままはね起きたが、喜兵衛はかすかに首を振った。

「そのまま、寝たままでいい」と喜兵衛は云った、「風邪をひくといけないから、寝たままで聞いておくれ、話したいことがあるんだ」

おしのは頷いたが、半纏《はんてん》をひっかけて起き、父の枕許へすり寄って、手拭《てぬぐい》で汗を拭《ふ》いてやってから、薬湯を注《つ》ごうかと訊いた。なにも欲しくない、寒いから早く横におなり、と喜兵衛は云った。おしのは云われるとおりにした。

五

「奥蔵の二階に、私の行李《こうり》*がある」と喜兵衛は話しだした、「その中に金が八百七十両*はいっている、いいか、奥蔵の二階の行李だよ、私がこの店へ奉公に来るとき、着物類を入れて背負って来た行李だ、もう古くなって、四隅《よすみ》には穴があいている、金はその中に油紙で包んで入れてある」と喜兵衛は云った。

「私は千両にするつもりだったが、八百七十両にしかならなかった」

「どうしてそんな話をするの」

「おまえの金だからだ」と喜兵衛は云った、「千両になったら、私はおまえと二人でこの家を出て、べつに商売を始めるつもりだった、おそのはよくない女だ、おまえをあの女の側《そば》に置きたくなかった、あの女は家付きだから、離別をして出すというわけにはいかない、恥ずかしいけれども、私が婿養子《むこようし》で、おそのに逆らえないことはおまえもよく知っているだろう、いや、まあ聞いておくれ、――この年まで、私はずいぶんできない辛抱をして来た、婿になるとき、亡《な》くなった旦那に泣いて頼まれたことと、おまえという者がいたから、きょうまで辛抱して来たんだ、さもなければとっくにとびだしてしまうか、もっと悪いことになっていたかもしれないんだ」

「そんな話やめて、お父つぁん」とおしのが遮《さえぎ》った、「病気に障《さわ》ったらどうするの、あたしもう聞くのはいやよ」

「もうすぐだ、もう少しだから聞いておくれ」と喜兵衛は云った、「いいか、私はおまえ一人を頼りに生きて来た、婿の縁談をきめなかったのも、二人でこの家を出るつもりだったし、べつに商売を始めたら、そのとき縁組をする手筈がつけてあったんだ」

金はその目的で溜《た》めたものだ。入婿でも「むさし屋」の主人だから、この家の財産はおれのものだと云えるだろう。しかし自分は自分の金を持ちたかった。それで油屋の店を開き、この店と油屋からあがる利益のうち、自分の取前をべつにして溜めたのだ。

「千両にはならなかったが、それでも商売にとりつく元手にはなるだろう」と喜兵衛は続けた、「もしも、――私にもしものことがあったら、あの金を持って徳次郎と」

「いや、よして」おしのは起き直った、「そんな話はいや、お父つぁん」

「はっきり云おう、おしの」と喜兵衛が云った、「私はもうだめなんだ」

おしのはまた半纏をひっかけ、父の枕許へいって坐《すわ》った。総身がふるえ、舌が硬《こわ》ばって、すぐにはなにも云えなかった。

「大晦日に倒れたとき、私にはそれがわかった」と喜兵衛は続けた、「おまえに心配させるのが辛《つら》さに、隠していたけれども、こんどこそだめだということは、わかっていたんだ」

「お父つぁんが死ぬなら」とおしのは硬ばった口ぶりで云った、「あたしも死んでよ」

「そうすれば、私がよろこぶと思うか」

「お父つぁんがいなくて、どうして生きてゆけるの」おしのの頬を涙がこぼれ落ちた、「おっ母さん独りになったら、この店だってすぐめちゃめちゃにしてしまうだろうし、あたしなんかどうなるかわかりゃしないわ」

「だからこの家を出るんだ」

「お父つぁんが死ぬならあたしも死ぬわ」おしのは泣きだした、「お父つぁんがいないのに、生きていてどうするの、なにをたのしみに生きているのよ」

「もう一と言だから聞いてくれ」と喜兵衛が云った。「私は徳次郎によく話してある、いいか、私がいけなくなったら、徳次郎と二人でなるべく早く、この家から出てゆくんだ、徳次郎は若いが、信用のおけるしっかりした人間だ、あれには金のことも話してあるから、おそのがなんと云おうと、一日も早くこの家を出てゆくんだ、わかったか」

「お父つぁんは、あたしを徳どんといっしょにするつもりなの」

喜兵衛は首を振った、「いや、そんなつもりはない、徳次郎もそんなことは考えてはいないだろう、もしおまえが、あれを好きになるようなら、いっしょになるがいいし、そうならないにしても、徳次郎はきっとおまえを守ってくれる、これだけは、間違いのないことだから、信じておいで」

これで話は済んだ、すっかり話したら気が楽になった。私も眠るからおまえも寝るがいい、と云って喜兵衛は眼をつむった。

——お父つぁんは死ぬ。

夜具の中へ戻ると、おしのは搔巻《かいまき》を額までかぶり、声をひそめて泣いた。そんなことがあっていいだろうか。

父は苦労のしどおしだった。妻をもちながら、良人《おっと》らしい扱いをされたことがない。雇人が寝たあとまで、しょうばいのために精根を磨《す》り減らした、「むさし屋」の資産は先代の倍ちかくになったともいわれるが、父はそのために自分の命を削った。現実に、自分の命を削ってしまったのだ。

——そうしていま、生きて来たたのしみをなに一つ味わわず苦労のし放しで死んでゆく。

これはあんまりだ、あんまりむごすぎる、とおしのは心の中で叫んだ。神仏があるかないか知らないが、もしあるなら父を助けて下さい。神仏というものがあるのなら、このまま父の死を黙って見てはいられない筈です。あたしの寿命を縮めてもいい、あたしの命を分けてでも、どうかいま父を死なせないで下さい。おしのは咽《むせ》び泣きながら、掻巻の中で合掌し、全身を固くして祈った。

明くる朝、——卵の黄身を入れた重湯《おもゆ》*を、ほんの二た口ほど啜《すす》った喜兵衛は、もし椿《つばき》があったら見たい、と云った。

「紅《あか》い山椿があったら欲しい」喜兵衛はさぐるように娘を見た、「子供のじぶんから、私は山椿の花が好きだった、ながいこと見なかったので、もしあったら見たいと思うが、いまは咲く季節じゃあないだろうか」

「いいえ咲いているわ、すぐにいって買って来ましょう」

「買うのか」

「亀戸の寮のまわりにはあるけれど、こんな町なかではむりよ」おしのは微笑した。

「買うと云っても安いんだからいいでしょ、ちょっといって来ます」

おしのは自分で花屋へゆき、山椿らしい枝ぶりのものを選んで買って来、挿《さ》す物もいちばん素朴な万古《ばんこ》の壺《つぼ》にした。それを持っていって、眺めよいように置くと、喜兵衛は黙って、かなりながいあいだ、うっとりとしたような眼で見まもっていた。

「よくなかったかしら」

「いい、いいよ、枝ぶりもいい」喜兵衛は花をみつめたままで云った、「子供のころが思いだされてくる、ああ、なつかしい」

父の眼尻《めじり》から、涙があふれ落ちるのをみつけ、おしのはすり寄って、手拭でそっと拭いてやった。

六

喜兵衛は話した。——彼は川崎在の農家で育った。いまでは兄が家を継ぎ、村でもかなりな田地持ちになっているが、彼の育つころはまだ半分小作*で、生活もかなり苦しかった。そんなことはどっちでもいいが、家のうしろに小さな丘があり、その丘を越したところに、竹藪《たけやぶ》に囲まれて小さな池があった。藪の中にも山椿の若木が幾本か伸びていたが、池畔《ちはん》にある古木はその太い根の一部を池に浸し、枝も池の上まで伸ばしてい、花期になると、落ちた花で、池の水が見えなくなるくらいであった。

「眼をつむると、いまでもそのけしきがありありと見える」と喜兵衛は云った、「私は子供のじぶん、親に叱《しか》られるとか、友達と喧嘩《けんか》をしたあととか、悲しい、たよりないような気持になるとかすると、よく独りでその池の側へいって、ぼんやりと時をすごしたものだ」

ほかの季節は知らない、記憶に残っているのは椿の咲いているときのことだけである。竹藪は黄色く霜枯れ、池の水は寒ざむと澱《よど》んでいる。椿の木の幹は灰色で、空は鬱陶《うっとう》しく曇っていたようだ。すべてがしらちゃけた淡色にいろどられている中で椿の葉の黒ずんで光る群葉と、葉がくれにつつましく咲いている紅い花とは、際立っているようで却《かえ》ってものかなしく、こちらの心にしみいるように思えた。

「この花だ」と喜兵衛は眼を向けて云った、「小さい私は池の端《はた》に佇《たたず》んで、独りっきりでこの花を見ていたものだ、或《あ》るときは泣きながら、或るときは途方にくれながら、——この花を見ていると、何十年も昔の自分の姿が、ありありと眼にうかんでくる、なつかしい」

本当になつかしい、と云いながら、喜兵衛はまた涙をこぼした。

「どうしてそう云って下さらなかったの」おしのは頬を拭いてやりながら云った。「云って下されば椿の花ぐらい、いつでも活《い》けてあげられたのに」

「そうだったな」と頷《うなず》いて、喜兵衛は暫く黙っていたが、やがて独り言のように、低い声で云った、「――けれどもな、おしの、あきんどというものは、隠居でもしない限り、花いじりなどはしないものだ、ことに私は婿の身で、亡くなった旦那に義理があるし、本当を云うと、むさし屋のしんしょうを興す＊ということ以外にはなにも考えなかった、椿のことなぞも、きょうまで思いだしさえしなかったんだよ」

おしのはそっと顔をそむけた。

夕方になり、父が眠っているのを慥《たし》かめて、おしのは石町の伊勢久を訪ねた。「伊勢久」は瀬戸物問屋で、主婦のおとよは古くから母と親しくしていた。縹緻《きりょう》もよくないし、ひどく肥えていて軀《からだ》つきもみにくいが、派手づくりで遊び好きなところは母とよく似ていた。日本橋通り二丁目の、吉井屋の妻女もそのなかまであるが、住居が近いためか、気性が合っているからか伊勢久の妻女のほうが、母とはもっとも親しかった。二十九日に「往《ゆ》き帰り七日」ということででかけたとすると、四日はその帰る日に当っている。もし伊勢久で帰っていたら、すぐに亀戸へ迎えをやるつもりであったが、訪ねてゆくとおとよはいた。――肥え太った軀に派手すぎる小袖《こそで》を着、反《そ》り返るような恰好で出て来たおとよは、おしのの問いに首を振り、子供のような細い声で、あたしは知らない、と答えた。

「だって」おしのは戸惑った、「吉井屋のおばさんといっしょに、うちのおっ母さんと江ノ島へいらしったんじゃないんですか」

「いかないわよ」とおとよはまた首を振った、「吉井屋のおはんさんも、二日の晩からきのう夕方まで、泊りがけでうちへ来ていたわよ」

「では暮からどこへもいらっしゃらなかったんですか」

「おそのさんは江ノ島へいったんですって」とおとよのほうで訊《き》き返した、「そんならきっと東蔵といっしょだわ、きっとそうよ」

「東蔵って、――どこの人でしょう」

「中村座の役者よ、あんた知らないの」とおとよは平気な顔で云った、「まだ名題《なだい》*になったばかりの若手だけれど、いまに売り出すだろうってたいそうな評判だし、いいひいき筋もずいぶんあるの」

ところが去年の顔見世*から、おそのさんが熱をあげはじめ、殆《ほと》んど独り占めにしていたそうだ、というところまで聞いて、おしのは逃げるようにいとまを告げた。

「あ、おしのちゃん」とうしろからおとよが云った、「詳しいことは桝屋《ますや》の佐吉に訊くとわかってよ」

おしのは怒りと恥ずかしさとで、身がちぢむように思った。おとよの話す口ぶりと、その話の不潔ないやらしさとは、これまでかつて経験したことのないものであり、それが自分の母に関係していると思うと、激しい悪心《おしん》*におそわれ、いまにも嘔吐《おうと》しそうになった。

だがどうしよう、父は死にかかっている。どんなにいやらしくけがらわしくとも、知らずにいる母をそのままにしてはおけない。

――中村座へいってみよう。

桝屋は中村座の芝居茶屋で、佐吉というのは、その店に属する出方*だった。若手の役者が正月の芝居をぬけるというのは、ちょっと不自然に思えたが、駕籠《かご》に乗ってゆく先を云うと、中村座は間口をひろげる普請《ふしん》ちゅうで、春芝居のあくのは十日ごろらしい、ということであった。

「いいわ」とおしのは云った、「とにかく桝屋へいってちょうだい」

佐吉に訊けば詳しいことがわかる、とおとよが云った。佐吉は古くからいる男で、おしのもよく知っている。母がその役者といっしょだとすれば、桝屋で知らない筈《はず》はないし、帰って来たかどうかもわかるだろう、おしのはそう考えたのであった。

桝屋の前で駕籠をおりると、表を閉《し》めた店の前に、佐吉が若い男と立ち話をしていた。おしのはこの一年半ばかり来なかったので、彼はちょっとわからなかったらしい。それから吃驚《びっくり》したように、頭へ手をやりながら反った。これはどうも、すっかりおみそれをしました、暫《しばら》くおめにかからないうちに、すっかりおきれいになって、などと、とめどもなくあいそを並べだすので、おしのは「ちょっと」と遮り、こっちへ来てくれ、という手まねをしながら、脇《わき》のほうへ寄った。——若い男は黙って反対のほうへ遠のき、佐吉はおしのの側へ来た。

「おっ母さんのこと知ってるでしょ」とおしのは低い声で云った、「あんたのせいにするんじゃないから正直に云って、東蔵っていう役者と江ノ島へいったこと知ってるわね」

「弱ったな、いいえそりゃあもう決して、隠しだてなんかしやあしませんが」佐吉は頭を掻《か》き、いかにも閉口したように肩をすくめた、「その、東蔵という役者はあそこにいるんで、ええ、いまあっしと話していたあの男です」

おしのは振り返って見た。その若い男は、店の前に立ててある松飾りの、松の葉を弄《いじく》っていた。

「屋号は沢田屋、島村東蔵といって、女形《おやま》＊ではいま売出しの」

「では誰といったの」おしのはまた遮って訊いた、「誰、どういう人」

「菊太郎といって、子役を勤めていましたが、去年の顔見世＊が終ったあと芝居をやめて、それ以来ごしんぞさんのお世話になっていたようですから、もし江ノ島へおいでなすったとするとその菊太郎と」

「うちはどこ」とおしのは云った、「その菊太郎という人はどこに住んでいるの」

「その、それは」と佐吉は吃《ども》りながら云った、「たしかずっと、亀戸の寮のほうにいるとかっていう、あっしはよく知りませんが」

おしのの顔がさっと白くなり、あまりに強く嚙《か》んだためだろう、下唇に血の滲《にじ》むのが見えた。

七

おしのはそこを去ろうとしたが、ふと島村東蔵の姿を認めて、立停《たちどま》った。東蔵は松飾りのところに立って、こちらに横顔を向けていたが、明らかに眼の隅で、こっちのようすを見ているようであった。

「あの人と話をさせて」とおしのは佐吉に云った、「手間はとらせないわ、ちょっとだけ訊きたいことがあるの、いいでしょ」

「沢田屋とですか」佐吉は唇を尖《とが》らせた。

「ほんのちょっとだけ、お願いよ」とおしのは云った、「店の隅でもいいの、立ち話でいいからちょっと二人だけにさせて」

佐吉は東蔵のほうへゆき、低い声で話していたが、東蔵はすぐに頷いて、そのまま桝屋の店へはいってゆき、佐吉は戻って来て、どうぞと片手を振った。

「二階の桐《きり》を御存じですね」

「左の端だったかしら」

佐吉は頷いた、「先にいらしってて下さい、あとからすぐにやります、但《ただ》しなにもお構いはできませんから」

「あたしも帰りをいそぐのよ」

おしのは駕籠屋に、待っていてくれと云い、手早くなにがしか紙に包んで、佐吉に渡した。佐吉はそ知らぬ顔で巧みに受取り、おしのを店の中へ案内した。そして、興行のあるとき以外は見廻《みまわ》りがやかましいからなるべく早く、と囁《ささや》いた。おしのは頷いて、うす暗い階段を、音のしないようにすばやく登っていった。——母親とよく来たことがあるから、「桐」という座敷はすぐにわかった。雨戸が一枚あけてあるだけだし、もう黄昏《たそが》れていて、灯《あかり》のないその十一帖の座敷はひっそりと暗く、寒さが身にしみとおるように思えた。

おしのは両袖へ手を入れ、それを胸の上で重ねて、ふるえながら、壁に立てかけてある一双の、たたまれた屏風《びょうぶ》を見まもった。

——正月はたいてい松と鶴《つる》の絵だった。

おしのはぼんやりとそう思った。

——切り金《きかね》*の地に松と鶴を描いた屏風が立てられ、百匁蠟燭《ひゃくめろうそく》*の燭台《しょくだい》が輝き、蒔絵《まきえ》の膳部《ぜんぶ》*が並び、役者や芸妓《げいぎ》がとりもちに坐《すわ》った、眩《まば》ゆいほどの光と、華やかな色彩と、唄《うた》や鳴り物や嬌声《きょうせい》が……この座敷いっぱいにくりひろげられたものだ。

自分も幾たびかそういう席に坐った。役者や芸妓や、桝屋の人たちに世辞やあいそを云われて、いい気持に美味《うま》い物を喰《た》べたり、芝居の話に胸をときめかしたりしていた。

――お父つぁんの倒れるまでそうだった。

父はいつも店に坐っていた。同業者の寄合いとか、祝儀《しゅうぎ》不祝儀とか、やむを得ないつきあいのほかには、殆んど外出もせず、独りで店を守りとおして来た。

「この座敷で」とおしのは呟《つぶや》いた、「あたしがおっ母さんとそんなふうに、いい気になって遊んでいるときでも、お父つぁんはお店のうす暗い帳場格子《ごうし》の中で――」

おしのはぎゅっと眼をつむった。そのとき東蔵がはいって来た。お待たせしました、という声をうしろに聞いたとき、おしのは胸の上で重ねていた両手に力をいれ、深く息を吸いこみながら、五拍子ほど身動きもせずに立っていた。

「どういう御用でしょうか」と東蔵が訊いた。

おしのはゆっくりと向き直った。緊張しているため、その動作は鈍かったが、東蔵をみつめた眼はするどく、相手の心の隅ずみまで読み取ろうとするような、強い光を湛《たた》えていた。

「あなた、あたしのおっ母さんを知っているでしょ」とおしのは眼を動かさずに訊いた、「知っているわね」

「知っています」と東蔵は答えた、「名題になることでたいそうお世話になりました、しかしそのほかにはなんのかかわりもありません」

おしのは眼を細めた。東蔵は十九か二十であろう、女形にしては角張った顔で、眼つきや唇許《くちもと》もきつすぎるが、ぜんたいにすっきりとした清潔感をもっていた。この人は信じてもいい、とおしのは直感した。

「私はほかの人のようなおとりもちができなかったんです」と東蔵は続けた、「それが御機嫌に障《さわ》って、ずっとお出入りもしていません、お訊きになりたいのはそれだけですか」

おしのはかぶりを振った、「父が死にかかっているんです、それであたし、母を伴《つ》れて帰りたいんですけれど、誰かと江ノ島へいったということで」

「そうですか」東蔵は頷いた、「こんなことを云ってはいけないんですが、そういう事情なら申上げましょう、ごしんぞさんの伴れていらしったのは菊太郎という子役で、いったさきは江ノ島ではなく箱根です」

おしのは眼をみはった。

「菊太郎は亀戸のお宅へ引取られていました、亀戸へ帰るのを待つよりしようがないでしょう」と東蔵は云った、「ごしんぞさんもずいぶん御乱行《らんぎょう》をなさいましたが、菊太郎に捉《つか》まったのは災難です、年は明けて十八ですが、あいつは生れながらの悪《わる》で、御婦人がたにとっては疫病神《やくびょうがみ》のようなやつです」

「あなた、おっ母さんのことをよく知ってらっしゃるの」

「詳しいことは知りません、佐吉さんは昔からごひいきだからよく知っているでしょう」と東蔵は云った、「御病人がそんなふうなら、もうお帰りになるほうがよくはありませんか」

おしのはなにか訊くことがあるように思った。この人は頼りになる、この人なら本当のことがわかる、なにか訊いておかなければならない大事なことがある、そういう気持を強く感じたが、現実にはなにを訊いたらいいかわからず、おしのは礼を云って別れを告げた。

「ひどいわ、ひどいわおっ母さん」駕籠をいそがせて帰る途中、おしのは声に出して呟いた、「お父つぁんの病気が重いと知っていながら、そんな人と平気で箱根へゆくなんて」

おしのは自分の手をひらいて、眼に近づけて見た。駕籠の垂れ*から、僅《わず》かにさしこむ残照のほの明りで、自分の指がふるえているのをおしのは見た。

――菊太郎は寮へ引取られた。

二十八日にいったとき、やっぱり奥の部屋に菊太郎が隠れていたのだ。三味線と唄の声、母はあたしを騙《だま》した。あたしがゆくまで、母は菊太郎と二人で、暢気《のんき》に雪見酒でもしていたのであろう。そしてあたしが帰ったあと、二人はまた飲みながら相談をし、箱根へゆくことにきめたのだ。おしのはひらいた手をぎゅっと握り緊《し》め、眼をつむって、祈るように口の中で云った。

「おっ母さん、帰ってちょうだい、もしこのままお父つぁんに死なれたら、いくらおっ母さんだって世間に顔向けができないじゃないの、お願いよおっ母さん、どうかまにあうように帰って来てちょうだい」

八

本石町へ帰ったおしのは、徳次郎にわけを話し、友吉という小僧を亀戸の寮へやった。

「おっ母さんが帰るまで、泊って待っていておくれ」とおしのは云った、「帰って来たらすぐこっちへ来てもらうのよ、わかったわね」

「幾日ぐらい待つんですか」

「おっ母さんが帰るまでよ」

「もしもおかみさんが帰らなかったら」

「よけいなことを云わないの」おしのは睨《にら》んで、それから徳次郎に云った、「駕籠でやってちょうだい」

その夜おしのは殆んど眠らなかった。

喜兵衛の容態はおちついたようにみえ、咳《せき》もときたまにしか出なくなった。しかし横山参得は「もうまもなくだろう」と云った。おちついたようにみえるのは躰力《たいりょく》が尽きたからで、もう時間の問題であると告げた。――五日の夜になると、参得の診断を証明するかのように、喜兵衛が「おそのを呼んでくれ」と云いだした。声は弱よわしくしゃがれているし、こめかみや頬のおちくぼんだ顔には、まったく生きた色はなかったが、眼だけは血走ったような、するどい光を帯びていた。

「使いをやって、すぐ来るように云っておくれ」と喜兵衛は云った、「ひと言あれに云いたいことがあるんだ、まにあうようにいそいでおくれ」

おしのは息が詰まりそうになった。まにあうようにという言葉は、父が自分の死の迫っていることを知ったからであろう。そんなことはないと否定したかったが、父の眼のはげしい光を見ると、おしのは舌が動かなくなり、使いを命ずるために立ちあがった。

亀戸へは徳次郎がいった。戻って来た彼はおしのを呼んで、そっと首を振った。ああ、とおしのは太息《といき》をつき、父の枕許《まくらもと》へ帰って坐りながら、おっ母さんはぐあいが悪くて寝ているそうだ、と父に云った。死にかかっている者に嘘《うそ》を云うことの、苦しさ

ってはいいんだ、それでいい、いまとなってはおなじことだ」

と申訳なさとが、おしのの声音《こわね》によくあらわれていた。

「よし、よし」喜兵衛は眼をつむりながら云った、「それならそれでいい、いまとなっては同じことだ」

「あとであたしがいってみます」

「いや、いけない、おまえはここにいておくれ」喜兵衛は眼をあいておしのを見た。「いつどんなことが起こるかもしれないから、おまえは側《そば》をはなれないでおくれ」

「いいわ」とおしのは頷《うなず》いた、「じゃあまた徳どんにいってもらいましょう」

「それも明日でいい」と喜兵衛が云った、「もうどっちでもいいよ」

使いをやるまでもない、母が帰れば友吉が伴れて来るだろう。伴れて来ないまでも、帰ったという知らせはある筈だった。

——おっ母さん帰って。

お願いだから早く帰って下さい、おしのは心の中で叫び続けた。喜兵衛は暗闇《くらやみ》と白明のあいだをさ迷っているようにみえた。呼吸は浅く、短く、それもふとすると跡切《とぎ》れるようであった。眠っているのに瞼《まぶた》が合わさらず、きみの悪い半眼のままで、ときどき吃驚したように、おしののほうを見、おしのがそこにいるのを慥《たし》かめると、すぐにまたうとうとと眠るのであった。六日の朝早く、参得が診察に来て、喜兵衛がまだ生きていることに驚嘆した。躯《からだ》はもう半分死んでいる、だが心臓だけはまだ強い。かなりしっかりと強く搏《う》っている、こんな病人をみるのは初めてだ、と参得は云った。

喉《のど》の力がなくなっているので、渇《かわ》きを訴えるときは、綿にぬるま湯を含ませて、そっと吸わせるほかはなかった。意識もしだいに昏《くら》みだすようで、わけのわからないうわごとを云ったりしたが、午前十時ごろになると、突然はっきりと眼をあき、「寮へゆこう」と云いだした。うわごとだろうと思ったが、そうではなく、ぎらぎらするような眼でおしのを見あげ、しゃがれてはいるがはっきりした声であった。

「おそのが来ないなら、こっちでゆこう」と喜兵衛は云った、「どうしてもひと言、生きているうちに云ってやりたいことがある」

「だってお父つぁんそれはむりよ」

「いや、戸板に乗せてでも伴れていってくれ、どうしてもひと言、あれに云ってやりたいことがあるんだ、これを云わずには死にきれない、たのむ、おしの」

「もういちど使いをやるわ」おしのはけんめいにとめようとした、「そんな軀で亀戸へゆくなんて、お父つぁんが苦しいおもいをするだけじゃないの」

「苦しいおもいには馴《な》れてる」喜兵衛は歯をむき出した、「二十年ちかいあいだに、死ぬより苦しいおもいを幾十たびとなく味わった」と喜兵衛は云った、「おしの、私はどうしても寮へゆく、戸板の支度をするように云ってくれ、たのむ」

おしのは立ちあがった。

寮へいっても母はまだ帰ってはいないだろう。いっそ本当のことを話してしまおうか。そのほうがいいだろうか。いや、とおしのは首を振った。それはあとでもいい、父が寮へゆくまでに帰るかもしれないし、もし帰っていなかったら、そのとき話してもおそくはない。そう心をきめて、番頭の嘉助と徳次郎に父の望みを伝え、戸板の支度をするように頼んだ。

出入りの駕籠屋が釣台《つりだい》*を持って来、嘉助と徳次郎とが喜兵衛を抱いてそれに乗せた。重ね夜具の中に寝た喜兵衛は、すぐに油単《ゆたん》*を掛けさせ、「誰もついて来るな」と念を押した。人が付いて来ると眼につく、近所へは寮のほうへ保養にいったと云うがいい、店のことを頼むぞ、と嘉助に繰返し云った。——おしのは草履を結《ゆわ》いつけてはき、煎《せん》薬《やく》を詰めた壜《びん》と、綿や紙を入れた包みを持って、釣台の脇《わき》に付いて本石町をでかけた。

「駕籠にお乗り」と喜兵衛が三度ばかり云った、「歩いては疲れる、駕籠にお乗り」

疲れたら乗ります、あたしのことは心配しないで下さい、とおしのは答えた。舁《か》き手の若い者は四人、二人ずつ交代であった。病人は軽いけれども、揺れないようにかげんをしてゆくため、却《かえ》って骨が折れるようであった。おしのは時をおいて父に呼びかけ、苦しくはないか、少し休もうか、などと訊《き》いたが、喜兵衛は両国橋を渡るまで、「大丈夫だ」と答えていた。橋を渡って小泉町から亀沢町にかかったとき、喜兵衛がおしのの名を呼んだ。

「ちょっとでいい、休んでくれ」

おしのは釣台をおろさせた。

「苦しいの」とおしのは訊いた、「喉をしめしましょうか」

喜兵衛は「いや」と首を振りながら、じっとおしのの顔を凝視した。なにかを問いかけるか、訴えるような、おもいのこもった、ひたむきの凝視であった。

「なに」とおしのは油単の中へ頭を入れ、耳を近よせて訊いた、「なにか云いたいの、云っておきたいことでもあるの」

「ひと言——」と喜兵衛は喉で云った、「おそのに、ひと言、——生きているうちに」

「あたしが云うわ」とおしのはもっと耳を近づけた、「あたしが云うから聞かせて、お父つぁん、なんて云えばいいの」

喜兵衛は口をあいたが、なにも云わなかった。おしのが同じことを繰返して云うと、喜兵衛の眸子《ひとみ》がつりあがって白眼になった。

「お父つぁん」とおしのが呼んだ。

喜兵衛の口から太息がもれ、そして、そのまま呼吸が絶えた。隙間《すきま》からかすかに吹き入っていた微風が跡絶えるように、すうっと呼吸が止まり、そのまま吸う息も吐く息も聞えなくなった。

——こんな町中の、道の上で。

おしのは叫びだしそうになり、両手で口を押えて、危うく声の出るのを抑えた。

——気づかれてはならない。

こんなところで死んだことを、他人に知られたくない。決して勘づかれてはならない、おしのはそう思って油単をおろし、「やってちょうだい」と若い者たちに云った。

——なにを云いたかったのお父つぁん。

釣台といっしょに歩きながら、おしのは心の中で父に呼びかけた。母のことなど口にも出さなかったのに、いよいよ死ぬとわかってから急に会いたがり、戸板に乗ってでもいって、ひと言だけ云ってやりたいことがあると云った。なんだろう、なにを云いたかったのだろう。おしのは寮へゆき着くまで、そのことを考え続けていた。

寮へ着くと、釣台のまま座敷へあげ、みんなを座敷から出して、おしの独《ひと》りで父を台からおろし、夜具を敷き直して、その中へ父を移した。そして、小屏風で枕のほうを囲ってから友吉を呼び、二人で釣台を運びだして、駕籠屋の若い者たちに渡し、少し余分に駄賃《だちん》を包んで与えた。

「おまえ帰っておくれ」とおしのは友吉に云った、「お父つぁんは無事に着きましたって、番頭さんにそう云ってちょうだい」

友吉は帰っていった。
おしのはおまさを呼んで、香炉*と香を持って来させ、父の枕許で炷《た》いた。父は重態であるが、人に見られるのをいやがるから、この座敷にははいらないように、おしのはきびしい調子でおまさに云った。母が帰って来るまでは、生きているようにみせなければならない。幸い冬だから、そう早く死躰の匂《にお》うようなこともないだろうが、念のために香をつよく焚き、火鉢《ひばち》には煎薬を掛けた。——夕方になると、おしのは勝手へゆき、重湯《おもゆ》を作るからと云って、ゆきひらへ米を取り、自分でそれを洗った。

「夕飯にはなにをあがりますか」とおまさが訊いた、「これから買物にいって来ますけれど」

「なんでもいいわ」とおしのは答えた、「いいようにしてちょうだい」

そして、おまさが出てゆくと、殆《ほと》んど入れ違いに母が帰って来たのだ。おしのは気がつかず、香炉にまた香を加えていると人のけはいがし、「ひどい匂いだこと」と云うのが聞えた。おしのはすばやく立ってゆき、襖《ふすま》をあけてみると、おそのが若い男ともつれ合って、立っていた。

——菊太郎だな。

おしのはその四帖半へ出て、うしろ手に襖を閉めた。男は小柄《こがら》な軀つきで、それが女のようにしなしなしてい、気取った媚《こび》のある身ぶりで、おそのの塵除《ちりよ》け合羽《がっぱ》を脱がしてやっていた。二人とも相当に酔っているとみえ、合羽を脱ぐにもよろめきあって、なかなかうまくゆかないのであった。

「まさや」とおそのが云った、「ちょっと来ておくれ、いないのかえ」

「あの人は買物にゆきました」

おそのは振り返って「おや」と眼を細くした、「おしのちゃんじゃないの、あんた来ていたの、じゃあちょっと手を貸して」

男はひょろひょろと脇へどき、おしのは母の合羽を脱がせてやった。

「この人ね」おそのは男のほうへ手を振って云った、「播磨屋《はりまや》のお弟子で菊太郎というの、菊ちゃん、これいつか話したあたしの娘のおしのよ」

「今晩は」と菊太郎はおじぎをして云った、「中村菊太郎でございます、どうぞよろしく」

おしのはぞっとした。おじぎをするそのしなも、鼻にかかった甘ったるい作り声も、背骨の縮むほど不潔でいやらしかった。さあ飲み直しをしよう、おそのはそう云い、菊太郎の手を取って、奥の六帖へはいった。炬燵《こたつ》へ火を入れ、酒の支度をした。酒は燗徳利《かんどくり》に一本しかなかったが、おそのは冷のまま湯呑《ゆのみ》に注いで、菊太郎と二人で水を呷《あお》るように飲んだ。

やがておまさが帰って来、酒と肴《さかな》を注文するように命じたが、母と菊太郎のそんなありさまを、おまさに見られてはならないとおしのは思った。むろんおまさは知っているであろうが、自分のいるところでおまさに見られるのは、自分まであさましく汚されるように感じたのである。

——父のことで母に云ってやらなければならないこともある。「あとはあたしがするから、おまさには暇をやろう。おしのはそう考え、酒や肴が届くとすぐ、「あとはあたしがするから、子供のところへ帰っておやり」と云った。本所の業平《なりひら》におまさの弟がおり、彼女はそこに子供を預けてあった。時刻はおそくなったが、正月の暇をやるからと云って、子供の土産でも買ってゆくようにと、幾らかを紙に包んで渡した。おまさはよろこんで、着替えもせずに出ていった。

——勘づいたな。

こんな夕方になってから、どうして暇を呉《く》れたか、おまさは勘づいていた、とおしのは思った。よろこんだようすにも、着替えもしないで出ていったそぶりにも、それがよくあらわれていたように思え、おしのは恥ずかしさと屈辱とで、軀の中が熱くなった。——酒肴《しゅこう》をはこぶあいだにも、母は菊太郎をひきよせて、旅であった面白い話や、たのしかったことなどを、うきうきと語りあい、笑いあっていた。

「あんたもおはいんなさい」炬燵の上に支度ができると、おそのはあまえたような声で娘に云った、「長火鉢をちょっと寄せれば、坐《すわ》ったままでお燗ができるでしょ」

「あたし炬燵は嫌いなの」とおしのは云った、「昔から嫌いだったこと知ってるでしょ、あたしここのほうがいいわ」

「だって暖まっておかなければ帰りが寒いことよ」

「あら、あたし泊っていくのよ」

「泊っていくって」おそのは眼を細くした、「でも、あんたが泊ったら、あの人が困るんじゃないの」

「そのことはあとで話すわ」とおしのは云った、「はい、お燗がいいようよ」

九

「おしのさんが泊るなんてうれしいじゃないの」と菊太郎が云った、「賑《にぎ》やかになっていいわ、ざこ寝をしましょうよ」

炬燵の中で手の動くのが感じられた。菊太郎がおそのの手を握り、握りかたでなにか合図をしたのであろう。それはおそのの声の調子の変ったことでわかった。

「ざこ寝も面白いわね」とおそのは盃《さかずき》を取りながら云った、「まさやもいっしょに寝かしてやろうじゃないの」

「あの人には暇をやりました」

「暇をやったって」

「まだ正月にも帰っていないんですもの」とおしのが答えた、「可哀《かわい》そうだから子供に会っておいでって、さっきあたしが帰らしてあげたのよ」

「だってまさやがいなくってどうするのよ」

「おまさの代りぐらいあたしにだってできるわ」

「あらいやだ」おそのは笑った、「御飯を炊《た》くんだってちっとやそっとのことじゃないのよ、あたしだってまだ一度もしたことがないのに、あんたにそんなことができるもんですか」

「そうじゃないわよ」と菊太郎が身動きをしながら云った、「あたしさっきから拝見しているんだけれど、おしのさんはきりっとしてらっしゃるわ、たとえおんば日傘《ひがさ》*で育っても、おしのさんならそのくらいの甲斐性《かいしょう》はきっとあると思うわ」

あら、ずいぶん肩を持つのね、あんたおしのに惚《ほ》れたんじゃないの、とおそのが云った。そうなの、と菊太郎が答えた。あたしすっかりおか惚れ*しちゃったわ。云ったわね。だってほんとですもの。云ったわね、この口でそんなことを云うのね。痛い、痛いわよごしんぞさん、まあひどいしと*。——おしのは軀がふるえだし、絶叫したいという衝動を抑えるために、両手の指を力限りにぎり緊《し》めながら、静かに立ちあがってその部屋を出た。

「どこへゆくの」とおそのが呼びかけた。

「ちょっと——」おしのは振り返らずに答えた、「すぐに来るわ」

おしのは八帖へいった。

――堪忍《かんにん》できないわね。

火鉢の脇に坐り、仕掛けてあったゆきひらをおろすと、父の死顔に向かって、呼びかけた。たった一人の娘であるあたしまで騙《だま》しておいて、云いわけをしようともしない。おそらく済まないとも思ってはいないようだし、ことによると騙したという記憶すらないのかもしれない。そしていま、娘と同い年の少年と酒に酔ってふざけている。堪忍できないわ、あたし云ってやる、あの男が寝たら思う存分に云ってやるわ、聞いていてちょうだいね、お父つぁん、とおしのは心の中で云った。

奥の六帖から、口三味線*と唄《うた》う声が聞えて来た。おしのがいないことなどは気にかかりもしないのだろう、唄の合間にはおそのの笑い声や、わざとらしい悲鳴が聞え、組打ち*でもするような物音さえした。

「ああ、死んでしまいたい」おしのは両手で耳を塞《ふさ》いだ、「どうしてあたしを残して死んだの、お父つぁん、こんな恥ずかしいおもいをするくらいなら、いっそ死んでしまうほうがましだわ」

でも死ぬのならあたし一人じゃあない、おっ母さんもいっしょに伴《つ》れていってやる。あの世にいるお父つぁんのところへ伴れていって、あやまらせてやる、とおしのは思った。

「そうよ」とおしのは眼をあげた、「本当にそうしてやりたいわ、あたしが男なら、

──男でなくってもあたしに勇気があったらそうしてやるわ、おっ母さんていう人は、生きていればいるだけ恥を重ねるばかりだもの、できたらそうするほうがいいと思うわ」

どのくらい時が経《た》ったであろうか、ふと気がつくと、うしろの襖が静かにあいて、誰かがそっと近よって来た。振り返ってみるとおそので、菊ちゃんは寝ちゃったよ、と云いながら喜兵衛の姿を認めて、眸子を凝らした。

「誰かいるじゃないの」おそのはよろよろとなった、「そこに寝ているのは誰」

「お父つぁんよ」

「ばかにおしでないよ」おそのはくくと笑った、「あの病人がここへ来られるわけがないじゃないの、誰なのさ」

そこでおそのは絶句した。眼が裂けるかと思うほど大きくみひらかれ、下顎《したあご》がさがって空洞のように口があいた。

「お父つぁんよ」とおしのが静かに云った、「おっ母さんに会ってひと言だけ云いたいことがあるって、戸板でここへ運んで来たの、途中で息を引取ったけれど、おっ母さんに会いたいというのが遺言だったから、そのままここへ運んで来たのよ」

「死んでるって」とおそのは舌が痺《しび》れたような口ぶりで呟《つぶや》いた、「──死んでいるの」

「お父つぁんの死骸《しがい》よ」

おそのは「ひ」というような声をあげて、よろめきながら逃げようとした。おしののはとびあがり、母の腕をつかんで引止めると、力任せに父の枕許《まくらもと》へと押してゆき、そこへ母を坐らせた。

「放して」とおそのは身をもがいた、「きびが悪いじゃないのよ、放しておくれ」

おそのは殆んど泥酔《でいすい》しているため、娘の手から遁《のが》れることができなかった。

「お父つぁんは死んでるのよ、もうなにもできないし口もきけないんだから、ちっとも怖《こわ》がることはないわ」とおしのは云った、「さ、ちゃんと坐って、おちついて聞いてちょうだい、あたしおっ母さんに云いたいことがあるんだから」

「いや、いや」おそのは激しく、子供のようにかぶりを振った、「あたし死人の側《そば》なんかはいや、きびがわるいから堪忍して」

おしのは母の肩をつかみ、「おっ母さん」と云いながら揺りたてた。おそのは黙った。軀《からだ》から力がぬけてゆくようにみえ、いちどがくっと垂れた頭を、もの憂《う》げにあげて娘を見た。頭を垂れたとき、銀の平打の釵《かんざし》がぱたっと落ちた。

「云いなさい」とおそのは娘に云った、「あたしにどんなことが云いたいの」

「自分であんまりとは思わない、おっ母さん」とおしのは母の眼をみつめた、「あたしものごころのつくじぶんからこの眼で見て来たわ、御夫婦になってから二十年ものあいだ、お父つぁんはまるで雇人同様に扱われ、文句一つ云わずにくらしていたわ、そうでしょ、酒も飲まず煙草《たばこ》も吸わず、芝居や寄席《よせ》は覗《のぞ》いたこともないし、遊山《ゆさん》にいちどでかけたこともなかった、そして、そういうくらしをし続けたまま死んでしまったのよ」
「あんたにはわからないのよ」
「これをあんまりだとは思わなくって」とおしのは構わずに言葉を継いだ、「お父つぁんが働きどおしに働いたのは、おっ母さんのせいじゃないでしょ、お父つぁんは自分が養子だからと思って、むさし屋大事に働いただけでしょう、でも、それならなおさら、おっ母さんはもう少しお父つぁんを良人《おっと》らしく扱ってもよかった筈《はず》よ」

十

「あんたはまだ若いの」とおそのが云った、「あんたにはわからないことがあるのよ」
「ええそうでしょう」とおしのは遮《さえぎ》った、「あたしにわからないことがたくさんあるのは知ってるわ、けれどもおっ母さんがお父つぁんにして来た仕打ち、ことに三年まえお父つぁんが病気になってからの、おっ母さんのして来たことが善《よ》いか悪いかぐらいはわかってよ」
「あんた誰にものを云ってると思うの」
「暮のことはどう」とおしのはやり返した、「お父つぁんが血を吐いて、こんどは危ないって云われたから、ごしょう一生のお願いだって迎えに来たんじゃないの、おっ母さんはあさってゆくって約束したわ、約束したこと覚えてるでしょ」

「あんたがしつっこく云うからよ」

「ちゃんと約束したのにお父つぁんが危篤《きとく》だっていうのに、おっ母さんはあんな子供のような人を伴れて、箱根へ遊びにいったんじゃないの」

「うそよ、そんなこと」おそのは片手でなにか打つようなまねをした、「あたし伊勢久のおとよさんやなにかと江ノ島へ」

「よしておっ母さん、あたし伊勢久さんへもいったのよ」おしのの眼から涙があふれ落ちた、「伊勢久のおばさんに会って、おばさんに教えられて中村座までいったんですから」

「あらいやだ、ずいぶんなことをするのね」

「お父つぁんが大晦日《おおみそか》の晩にまた倒れて、こんどこそどんな名医でもだめだって云われたからよ」おしのは指で眼の下を拭《ふ》きながら云った、「あんなにがまん強いお父つぁんも、こんどはいけないって云いだすし、どうしてもおっ母さんに帰ってもらわなければならなかったのよ」

「それにしたって」とおそのが云った、「ひとのあとを探りまわるなんてひどいじゃないの」

「ひどいですって、——おっ母さんは、自分はひどいとは思わないんですか、危篤の良人をみまいもせずに、よその男と遊びまわっていて、それで悪かったとも思わないんですか」

「ちょっと云わせて、あたしにもちょっと云わせて」おそのは坐り直そうとしたが、酔っているためうまくゆかず、横坐りのままで云った、「あんたにはわからないだろうけれどね、おしのちゃん、あたしとあの人が夫婦になったことが、そもそも間違いだったのよ、お祖父《じい》さんに云われていっしょにはなったけれど、あたしは初めからあの人が好きじゃなかった、あんたの云うとおり、あの人はなんの道楽も知らず、朝から晩まで雇人といっしょになって働いたわ、まじめで、正直で、むさし屋を先代より繁昌《はんじょう》させたし、油屋の店も出すようになったわ、それはそのとおりだけれど、良人としては味もそっけもない、退屈でつまらない人だった、女の気持もわからないし、これっぽっちも面白味のない人だったわ」

「もうちょっと云わせて」とおそのは頭をぐらぐらさせながら続けた、「——女というものはね、おしのちゃん、自分のためにはなにもかも捨てて、夢中になって可愛《かわい》がってくれる人が欲しいものよ、あたしのためならむさし屋の店も、財産もくそもないというほどうちこんでくれたら、あたしだってもう少しはあの人に愛情を持てたと思う」

「そんなことあたりまえじゃないわ」とおしのが遮って云った、「そんな愛情なんてあたりまえじゃないし、おっ母さんのごまかしだわ」

「あたしがなにをごまかすの」

「おっ母さんは遊びやたのしみが好きなだけよ、芝居へ入り浸ったり、芸事に夢中になったりするだけじゃなかった、茶屋へ役者や芸人を呼んで、ちやほやされながら、飲んだり喰《た》べたりするのが好きなんじゃないの、愛情がどうのこうのなんてごまかしよ」

「いまにわかるわ」とおそのは微笑した、「あんたも女になればあたしの気持がきっとわかることよ」

「おっ母さんの気持なんておっ母さんだけのものよ、おっ母さんは自分のことしか考えやしない、自分がたのしむためならどんなことでもするけれど、ひとのためには指一本動かす気もないのよ、お父つぁんにさんざん不人情なことをしたあげく、死水《しにみず》*も取ってやらずに、面白味のない人だなんて」おしのは声を詰まらせ、両手で顔を掩《おお》いながら云った、「味もそっけもない、退屈な人だったなんて、それじゃあお父つぁんが可哀そうだわ」

「なにもこの人のためにあんたが、そんなに悲しがることはないのよ」とおそのが云った、「いまだから本当のことを云うけれどね、おしのちゃん、この人はあんたの父親じゃあなかったのよ」

「そんな云い訳は聞きたくもないわ」

「この人は赤の他人だったのよ」

「でたらめを云わないで」とおしのが云った、「自分がなにを云ってるかもわからないんじゃないの、赤の他人だなんて、いったいどういうことなの」

「あんたの親はこの人じゃないの、本当の父親はほかにいるのよ」

おしのは母の顔をみつめた、「おっ母さん、そんなばかなことを云って」

「ばかなもんですか」とおそのは遮って云った、「あんたがあまりこの人のことで悲しがるから教えるのよ、日本橋よろず町に丸梅っていう袋物問屋があるわ、その店の主人の源次郎という人が、あんたの本当の父親なのよ」

おしのは黙って母を見ていた。

「恥を云うようだけれどほんとなの」とおそのは云った、「半年ほどしきゃつきあわなかったけれど、あんたが自分の子だということは、丸梅の源さんも知っているのよ」

おしのは仮面のように硬《こわ》ばった顔で、ながいこと身動きもせずにいた。そして、なにを見るともない眼つきで、じっと前方をみつめていたが、やがて、ひどく乾いたかさかさした声で、「それ本当のことなのね」と訊《き》いた。

「嘘《うそ》にこんなことが云えますか」とおそのが答えた、「もし信用ができないのなら、丸梅へいって訊いてみればわかるわ」

おしのはちょっとまをおいて云った、「あっちへいってちょうだい」

「あっちへゆけって、おしのちゃん」

「なんにも云わないでよ」とおしのが感情のこもらない口ぶりで遮った、「あたし少し考えたいことがあるの、お願いだからあっちへいって下さいな」

おそのはなにか云いかけたが、娘の硬ばった顔つきと、なにものも受けつけないような姿勢に圧倒され、「いいわ」と云ってよろよろと立ちあがった。おしのはそっと眼をつむった。

十一

奥の六帖で、菊太郎をゆり起こすおそのの声がした。飲み直しよ、起きなさいな、まだ宵《よい》のくちじゃないの。もうだめですよ、という菊太郎のねぼけ声も聞えた。駕籠《かご》を停めては飲み、飲んでは駕籠に揺られて、骨の髄まで草臥《くたび》れはてました、これ以上飲めば死んじまいます。いくじのないことを云うわね、くすぐるわよ。菊太郎が叫び声をあげ、それから、「ひどいわねえ」と云うのが聞えた。

「まだ飲むつもりなのね」とおしのは呟いた。頭で考えていることとは無関係に、口だけが動いたというふうであった。

暫《しばら》くして、おしのは自分の両手を見、眉《まゆ》をひそめながら呟いた、「この中に流れてるのよ、あたしのこの軀に流れているのはおっ母さんの血よ」そして、汚ない物でも振り払うように、両手を激しく振った。

「人間じゃないわね」とおしのはまた呟いた、「おっ母さんは人間じゃない、おっ母さんの血の流れているこの軀も人間じゃないわ、ああきたない」

おしのは身ぶるいをした。戦慄《せんりつ》のように激しく身ぶるいをし、すると上唇が捲《まく》れて、歯が剝《む》きだしになった。

——ひと言あれに云いたいことがある。

喜兵衛の声が、耳のずっと奥のほうで聞えた。

——これを云わずには死にきれない。

おしのは剝きだした歯のあいだから、誰かに秘密を告げるような口ぶりで、そっと囁《ささや》いた、「知ってたのね、お父つぁん」そしてまた囁いた、「みんな知ってたのね」戸板に乗ってでも寮へゆき、ひと言あれに云ってやらなければ、死んでも死にきれない。これまでついぞみせたことのない、執念のようなあのときのようすは、それを「知っていた」ということを明らかに示すものだ。

父は知っていたのだ、とおしのは思った。あたしが父の子でないということを。よく知っていながらなにも云わず、実の子のようにあたしを可愛がってくれた。

「あたしのために」とおしのは囁き声で云った、「いつかむさし屋を出ていっしょにくらそうと、お金まで溜《た》めていてくれたわ」

おしのはぎゅっと眼をつむった。

「やるわ、やってやるわ」暫くしておしのは呟いた、「これは女というものぜんぶのためよ、女ぜんたいの恥だわ、女ばかりじゃない、人間のぜんぶを汚《けが》したことだわ、――これがこのままそっとしておかれていい筈はないわ、この償いは誰かがしなければならない、こんな、人間ぜんぶを辱《はずか》しめるようなことを、放っておいていいわけはないわ」

おしのは静かに眼をあいて、父のほうを見た、「小さな池の側に、椿《つばき》が咲いていたのね、お父つぁん、その池の側へいっていて下さいな、あたしもすぐにゆくわ、あたし道がわからないから、迎えに来てちょうだいね」

おしのは立ちあがろうとした。ながいあいだ坐《すわ》りづめだったので、すぐには立てず、片手を突いて足の痺れの去るのを待った。するとその畳についた手が、銀の平打の釵に触れた。さっきおそのの髪から落ちたものである。おしのはその釵をじっとみつめた。その顔はまた仮面のように硬ばり、上唇が少しずつ捲れて、歯が剝きだされた。

――おしのは釵を取り、右手に持ち替えて立った。奥の六帖はずっと前から静かになっている、おしのは襖《ふすま》をあけて中廊下へ出、そうして六帖の襖をあけた。

炬燵《こたつ》にはいったまま、おそのと菊太郎は抱きあって寝ていた。飲み食いのあとは散らかったままだし、二人の頭のところには、燗徳利《かんどくり》と湯呑《ゆのみ》がころげていた。おそのは座蒲団《ざぶとん》を折って枕にし、菊太郎はおそのの腕を枕にしていた。おそのは片手で菊太郎を抱き、相手の顔に自分の顔を重ねるようにして、口をあいて眠っていた。――旅の疲れと酔いとで、二人とも正体をなくしているらしい、菊太郎は高い鼾《いびき》をかいていた。おしのは眼をそらさなかった。抱きあって眠っている二人の姿は、見るに耐えないものであったが、おしのはまるで罪と汚辱を慥《たし》かめるかのように、やや暫くかれらの姿を見まもっていた。

「いいえ」とやがておしのは呟いた、「あたしはまだ死ねない、おっ母さんと同じ罪を分けあった者がいる、いまそこでいっしょに寝ている男のように、おっ母さんと組んでお父つぁんを苦しめた男たちがいる、――その男たちも罪を償わなければならない、その男たちにも、自分の罪を償わしてやるわ」

おしのは持っていた釵を投げだして、中廊下へ出てゆき、納戸《なんど》から手燭《てしょく》*を取って来ると、それに火をつけて、女中部屋へはいっていった。

そして約半刻《はんとき》*のち、寮の裏口からおしのが出て来た。時刻は夜半の十二時すぎで、弱い北風が吹いてい、すっかり凍《い》てた地面は、おしのの足の下できしきしときしんだ。あたりは暗く、どっちを見ても灯《あかり》一つみえなかった。南隣りは地着き*の農家、北側は京橋のなにがしとかいう老舗《しにせ》の寮、どちらも広い庭と樹立《こだち》があるし、夜のことで家は見えない。――おしのは生垣《いけがき》*の木戸を捜してから、戻って来て、家の裏手に佇《たたず》んだ。彼女は着物の上に紫色の被布を重ね、頭はおこそ頭巾《ずきん》で包んでいた。頭巾からのぞいている顔は蒼白《あおじろ》く唇にも血の色はなかった。

火は納戸から見えはじめた。戸の隙間《すきま》から煙がながれだすと、まもなくその隙間が赤くなり、燈油の焼ける匂《にお》いがあたりに広がった。おしのは喘《あえ》ぎ、勝手口のほうへ歩きだしたが、その足を停めると、顔を空へふり向けた。

「負けそうよお父つぁん、力をかして」とおしのは祈るように云った、「あたしを捉《つか》まえていて、お父つぁん」

庇《ひさし》の下から濃密な煙が巻きだし、ついで火の舌が赤く閃《ひらめ》いて消えた。戸や庇の下から吹きだす煙は、ようやく家ぜんたいを包み、油臭い匂いを広げ、物の焼けはぜる音がしだいに高くなり、やがて突然、庇を巻きあげるように、橙色《だいだいいろ》の焔《ほのお》がぱっと闇《やみ》をひき裂いた。おしのはうしろへさがり、家の中の物音を聞きすました。物の焼ける音と、火の唸《うな》りの中に、咳《せき》の声が聞えたようであった。しかしそれは一瞬のことで、人の叫びも起こらず、咳も二度とは聞えなかった。——おしのは木戸をぬけて外へ出、火に包まれた家を見まもりながら、なお暫く立っていた。

「もう大丈夫」とおしのは呟いた、「——お父つぁん、待っていて下さいね」

屋根の一部が焼け落ち、ごうと唸りながら、すさまじい火柱が立った。きれいな、眼のさめるような火の粉が飛散し、遠くで半鐘*が鳴りだした。おしのは天神橋のほうへ、静かにあゆみ去っていった。

第二話

一

正月二十八日の午後、「むさし屋」の手代の徳次郎は一通の手紙を受取った。——届けに来たのは町飛脚*で、手紙には差出し人の名がなかった。徳次郎は封をひらいたが、すぐけげんそうに眉《まゆ》をしかめた。それから、読みかけた手紙をふところへ入れると、さも用ありげに、金網を張った雪洞《ぼんぼり》*に灯《あかり》を入れて持ち、奥蔵の中へはいっていった。——彼はまもなく出て来たが、その顔は怯《おび》えたように硬《こわ》ばって、細くなり、眼は焦点をなくしていた。「まさか」と彼は唇を動かさずに呟《つぶや》いた、「まさかそんなことが」

明くる二十九日、徳次郎は小さな包みを持って店をでかけた。番頭の嘉助にはまえの日に、田舎から母が病気だと知らせて来たので、いちにち暇をもらいたいと断わってあった。徳次郎の実家は荏原《えばら》在にあり、十数代も続くかなりな地主で、苗字《みょうじ》帯刀を許されていた。彼は二男であるし、自分から望んで「むさし屋」へ奉公に出たのであるが、近く暖簾《のれん》を分けてもらって店を出すときには、実家から補助がある、ということをみんなが知っていた。

徳次郎は一石橋まで歩いて辻駕籠《つじかご》をひろい、柳橋へゆくようにと云った。柳橋でおりた彼は、そこでべつの駕籠をみつけ、こんどは神田明神下まで乗った。駕籠をおりて同朋《どうぼう》町の通りを歩いてゆくと、左側に泰山堂という筆墨硯《ひつぼくすずり》問屋がみつかり、徳次郎はその横丁へ曲っていった。——静かなしもたや*ばかりで、酔っぱらいが一人、ひょろひょろしながら犬に文句を云っていた。その黒斑《くろぶち》の小さな犬は気でも違ったように、やかましく吠《ほ》えたけりながら、酔っぱらいのまわりを廻《まわ》っており、男はいまにもつんのめりそうな恰好《かっこう》で、自分に吠えかかるのは自分を疑わしい人間とにらんだからであろう、きさまなどに疑われては自分の男が立たない、飼主に掛け合ってやるから案内しろ、などと喚《わめ》いていた。

徳次郎はその脇《わき》をすりぬけ、左側を見てゆくと、黒板塀《くろいたべい》に格子《こうし》の門のある家があり、門柱に「藪内《やぶのうち》流茶道指南喜多尾《きたお》倫女《りんじょ》」と看板の掛っているのをみつけた。——彼はちょっとあたりを見まわしてから、格子をあけて門をはいり、戸口の格子の外から声をかけた。すぐに返辞が聞え、向うの障子をあけて、十七歳ばかりのきれいな小女《こおんな》*が出て来た。

「徳次郎という者ですが」と彼は云った、「お師匠さんはおいででしょうか」

小女はどうぞと云って、微笑した、「待っていらっしゃいます、どうぞおはいり下さい」

彼は家の中へはいった。かなり間取の多い家らしい、中廊下をいって左へ曲ると、右手の襖《ふすま》の前で小女は停《とま》り、「いらっしゃいました」と声をかけた。

「どうぞ」と中から若い女の声が聞えた、「まさちゃん、あとはいいからね、あんたいまのうちに使いにいって来ておくれ」

「はい」と小女が答えた、「門はあけたままでいいでしょうか」

「門は閉めていってちょうだい」

まさという小女は去り、徳次郎は声をかけて襖をあけた。そして、彼が部屋の中へはいるとすぐ、そこを閉めて、こっちへ来て下さい、という声が聞え、徳次郎は云われるとおりにした。

それから約四半刻《しはんとき》＊――襖は閉ったままで、部屋の中はひっそりしていた。なにか話しているのだが、どちらも囁《ささや》き声のようで、言葉は殆《ほと》んど聞きとれなかった。

家の裏手のほう、神田明神社のあるほうで、しきりに鶯《うぐいす》が鳴いていた。まだ幼ない鳥とみえ、その囀《さえずり》は片言の舌っ足らずで、笹鳴《ささな》き＊のあいだに偶然「ほ、きょきょう」とはいる。すると自分でも吃驚《びっくり》するのか、または恥ずかしくなるものか、暫《しば》く気まずそうな沈黙が続き、やがてまたさぐるような、自信のない調子で鳴きはじめるのであった。

四半刻を過ぎたころ、徳次郎の声が少し高くなった。

「お金はここへ持って来てあります」と彼は云った、「残りの分もお届けします、しかし私は亡《な》くなった旦那《だんな》に、貴女《あなた》のことは引受けたと約束しました、いったいこれからどうなさるのか、それをうかがわないうちはこのお金は渡せません」

女がなにか答えた。

「いや、死んだものと思えと仰《おっ》しゃっても」とまた彼が云った、「現にこうして生きていらっしゃる以上、黙って見ているわけにはいきません」それからちょっとまをおいて云った、「私に迷惑がかかる、――どんな迷惑です」

かなりながいこと、女がなにか話した。

「それは本当でしょうね」と徳次郎が念を押すように云った、「それが本当なら、いまはなにもうかがいません、残りのお金も二、三日うちにお届けします、その代り約束は守っていただきますよ」

女がなにか答えた。

まもなく徳次郎が出て来、部屋の中から「ここでごめんなさい」と女が云った。門は閉っている筈《はず》だから横へまわって、勝手口の木戸から出て下さい。この次に来るときも木戸からはいるように、と云うのが聞えた。

徳次郎は中二日おいて、また明神下の家を訪ねた。そのときは半刻ほどで帰ったが、帰るときの彼は、泣いたあとのように、眼を赤く腫《は》らしてい、睫毛《まつげ》も濡《ぬ》れていた。迎えたのも送りだしたのも、おまさという小女で、奥の女は姿をみせなかった。

「よく気をつけてあげておくれ」徳次郎はそう云って、紙に包んだ物をおまさに与えた、「また来るからね、頼んだよ」

おまさは、「はい」と云って、いかにも賢そうに微笑《ほほえ》んだ。

二月になってまもなく、下谷《したや》へ用達《ようたし》にいった帰りに、徳次郎はまた明神下へ寄ってみた。すると、門柱に掛けてあった看板がなく、門も戸口も閉っていたし、勝手口の木戸にも外から錠《じょう》がかかっていた。

「留守だな」と彼は木戸の外で呟いた、「二人ででかけたらしいな」

すると路地の向うから、「そこのうちは引越しましたよ」と云う声がした。振り返ってみると、十徳《じっとく》*を着た白髪《しらが》の、品のいい老人が、柾木《まさき》の生垣の中からこっちを見ていた。生垣の手入れをしていたのだろう、片手で鋏《はさみ》の音をさせながら、暢《のん》びりした調子で、徳次郎に話しかけた。

「おとついの晩でしたかな、もう日が昏《く》れてから急に引越してゆきました」老人は独りで頷《うなず》いた、「おつきあいもなかったが、女所帯《おんなじょたい》のようでしたな、いいえ、さっき差《さ》配《はい》*が来て話してゆきましたが、ただ親元へ帰るというだけで、ゆく先もはっきりしなかったそうです、貴方はなにか、――」

徳次郎は礼を述べてそこから去った。

「おしのさん、どうするんです」彼は歩きながら、茫然《ぼうぜん》と呟いた、「貴女はどこへいったんです、これからどうしようというんですか、いったいなにをするつもりなんですか、おしのさん」

二

「貴女と初めて逢《あ》ったのは正月の二十日ですよ、覚えていますかおりうさん」
「覚えていますとも」おりうと呼ばれた女は、男をながし眼に見ながら、舌がだるいとでもいうような、あまえた口ぶりで云った、「——だってあたしのほうで呼んだんですもの、そうでしょ」
「それから五月までに月に一度か二度、夏のうちは音沙汰《おとさた》なしで今月はもう十月、もうすぐ一年になるんですよ」
「また年を一つとるのね、いやだこと」
「おりうさん」
「飲んでちょうだい」と女は云った、「月なんか数えるから年のことを思いだしちゃったじゃないの、いやなお師匠さん」
「ふしぎだ」と男が云った、「その声のまわしようと、左の肩をおとして躯《からだ》をかしげるしなは、そっくり沢田屋の得意の型だ」
「またあんなことを」

「そらその眼つき、――お嬢さん、貴女はきっと沢田屋とわけがおありですね」男は盃《さかずき》を置いて云った、「いいや、ただのひいきじゃあない、舞台を見ているだけで、あの東蔵の声まわしや身振りが、そんなにぴったり写るものじゃあない、私も岸沢蝶太《ちょうだ》夫《ゆう》です、そのくらいのことは見当がつきますよ」*

「そんなふうにからむんなら、あたし帰るわ」

「図星というわけですか」

「いいこと」女は坐《すわ》り直した、自分では無意識かもしれないが、坐り直すと却《かえ》って、躯の線のやわらかさと、嬌《なま》めかしさとが際立《きわだ》つようにみえた、「いいこと、お師匠さん」と女はあまえた口ぶりで云った、「あたしは芝居は好きだし、見ることはむろん見るわ、沢田屋の舞台だって見ているけれど、役者衆とは誰に限らず、これまでいちども逢ったことなんかありゃあしなくってよ」

「それはお師匠さんとこんなふうに逢っているんだから」と女は続けた、「どんな浮《う》気者《きもの》と云われてもしかたがないでしょう、でもお師匠さんにそんな女だと思われるなんて辛《つら》いことよ」

「それが本当なら」と男が云った、「どうしていつまでこんなふうに、蛇《へび》のなま殺し*のようなめにあわせるんですか」

「お師匠さんにはあたしの気持がわからないのね」

「おりうさん」と男は手を伸ばした。

女は片手を男に与えながら、軀は反対に遠のけて、「はあ」と熱い太息《といき》をもらした。

「触らないで、お師匠さん」と女はふるえ声で云った、「ごしょうだから触らないで、お師匠さん、それでなくっても辛抱が切れそうなんですもの、お師匠さんに触られたらおしまいよ」

「いったいなにを辛抱するんです、おりうさんがもし本当に私を好いていてくれるなら、辛抱することなんかないじゃありませんか」

「ひどいわ」女は握られている手を、握られたままやわらかに振った、「――わかっているくせに」

「なにがです」

「おかみさんよ」と女が云った、「お師匠さんにはちゃんとおかみさんがあるじゃないの、もと柳橋の、――そうよ、この土地の売れっ妓《こ》で、気だてもよし縹緻《きりょう》もいいりっぱな姐《ねえ》さんだったのが、お師匠さんのためになにもかも捨てていっしょになったって」

「ちょっと、ちょっと待った」

「あたしそんな人にはとてもかなやしないし」と女は構わずに続けた、「かといって、おかみさんのあるのを承知で、そのときばったりの浮気や、囲い者になるのなんかいや、それだけはあたしいやよ」

「そのことはまえにもいちど話した」と男がせきこんで云った、「おりうさんが本当にそのつもりならあいつとは別れる」

女は握られている手を放した、「うそ、口ばっかりよ」

「嘘《うそ》じゃあない、あいつはひどいやきもちやきだし、飯もろくに炊《た》けず針も持てず、＊私あもうずっとまえから鼻についているんだ」男はそこで調子をととのえて云った、「嘘いつわりのないところ、あいつとはいつ別れてもいい気持になってるんだから、もしおりうさんが私といっしょになってくれるんなら、明日にでもあいつとは別れてみせる、本当だ」

「あたしも御飯なんか炊けやしないわ」

「おりうさんにそんなことをさせるもんか」

「針も持てないし洗濯や掃除なんかもできやしないわ」女はあまえた声でゆっくりと云った、「おまけにあたし、たいへんなやきもちやきよ、もしかしてあたしがお師匠さんのおかみさんで、お師匠さんがほかの女とこんな逢曳《あいびき》きなんかしたら、あたし二人とも生かしてはおかないわ」

女は頭へ手をやり銀の平打の釵《かんざし》を抜き取ると、それを逆手に持って云った、「二人ともきっと殺してみせるわ、きっとよ」

「うれしいね、うれしい心意気だ」男はひからびたような声で笑い、眼にけもののめいた色を湛《たた》えながら、上下の唇を舐《な》めた、「おりうさんのような人にそれほど思いこまれれば本望だ、ああいいとも、もしそんなことがあったら殺して下さい、逃げも隠れもしませんから」

女は釵を持ち替え、その釵で左の手のひらを静かに打ちながら、「これでね」と囁くように云った。

男がつと立ちあがり、女が眼をあげた。

「手洗いにいって来ます」と男が云った、「ついでに酒のあとをね」

女は頷いた。

男は二階をおりて女中を呼び、なにやら囁いて手洗いにいった。俗ににがみばしったといわれる、眉の濃い、おもながの、ひきしまった顔に微笑がうかび、たのしそうに鼻唄《はなうた》をうたった。にがみばしった顔が、にわかに浅薄な卑《いや》しさをあらわし、その眼はさらにけもののような貪欲《どんよく》な光を帯びてきた。

「踊りの品がよいとやら」と彼は常磐津節《ときわづぶし》をたのしそうにうたった、「——わたしもどうか乙声《おつごえ》*の、音頭《おんど》のふしが気にいって、ぞっとしんから戻りがけ」

階段を登り、さっきの座敷の前でうたい終ると、彼は障子をあけて中へはいった。若い女中が空《あ》いた燗徳利《かんどくり》や皿小鉢《さらこばち》を片づけてい、女の姿はみえなかった。

「身にしみじみと村雨《むらさめ》*は——」そう続けて坐りながら、彼は女中に呼びかけた、「こちらの、あれはどうしたの」

「お伴《つ》れさまですか」と女中が云った、「たったいまお帰りになりましたわ」

「か、――」男は口をあき、それから疑わしげに訊《き》き返した、「帰ったって、ここにいた、私の、あの人がかい」

三

半刻ほど経《た》って、男はその「花田」という料理茶屋から出た。日が昏れかかって、街には灯《あかり》がつきはじめているが、空は磨《と》いだように青ずんで高く、大川のほうから吹いて来る微風は、肌にしみとおるほど冷たかった。

「お勘定は済んでおります、おこころづけも頂戴《ちょうだい》いたしました」

男は歩きながらよろめき、片手に持っている折詰をぶらぶらさせた。

「これがお土産」と彼は呟いた、「――これはお師匠さんへといってお預かり、あけてみれば一両、へっ、到《いた》れり尽くせりか」

やけ酒でも飲んだらしい。おそらく、おりうという女に帰られたあと、独りでやけ酒を呷《あお》ったのだろう。前後左右へよろめきながら、口の中でぶつぶつ独り言を云った。

「おい、しっかりしろ」と彼は自分に云った、「おめえは瘦《や》せても枯れても岸沢蝶太夫だぞ、そうだろう、常磐津綱太夫の弟子では、小天狗《こてんぐ》*といわれた、いまの綱太夫なんか、へっ、おれの履物を直したもんだ、ほんとだぜ」

黄昏《たそがれ》のことで、街は人の往《ゆ》き来《き》が多かった。家並の軒下はみるみる暗さが濃くなり、足早にゆき交う人たちをせきたてるかのように、夕餉《ゆうげ》の煮炊きの匂《にお》いが漂って来た。

「だが正直なところ、おれは唄より糸*のほうが好きだった、うん、あの小式部師匠の糸を聞くと、骨身がぐたぐたになるような気持だったからな」彼は自分に頷いた、「——そうよ、浄瑠璃《じょうるり》は唄じゃあねえ三味線だ、浄瑠璃を活《い》かすも殺すも、三味線の撥《ばち》さばきひとつにかかってるんだ、いまの豊後大掾《ぶんごのだいじょう》だなんていばっていたって、おれの撥のさばきのかげんでどうにでもなるんだ、それこそ客席のやじでうたえなくすることもできるんだ、ほんとだぜ」

終りの言葉がどなるような声だったので、向うから来た男がひょいと脇へよけたが、彼は気もつかずに、柳橋を渡っていった。

「ふん、仲次郎のほうが三味線は上だって云やあがったが、なにょう云やがる」彼は持っている折詰を振った、「世間にゃあ耳のねえ野郎がそろってるから、音締《ねじ》めひとつ*聞き分けることもできやしねえ、みやあがれ、仲次郎はたちまちあのざまだ。なんだ、……なんのためにあの野郎のことなんぞ云いだすんだ、ちぇっ、よしゃあがれ縁起でもねえ」

「おれの云いてえのはそんなことじゃあねえ」彼はそれまで饒舌《しゃべ》ったことを打ち消す

ように、ゆらゆらと首を振り、するとよろめいて、よろめいたまま道を斜めに歩きながら呟いた、「――おれは天下の岸沢蝶太夫だ、女にかけたって人にひけはとりゃあしねえ、おぼこから年増《としま》まで、娘、かみさん、後家、くろうと*の差別なく、これと眼をつけておれのものにならなかった女は、一人もいなかった、こっちからもちかけるまでもねえ、捌《さば》ききれなくてげっぷの出るほど向うからもちかけて来た、それが、……あの娘、おりうに限ってこんなことになるなんて、へっ、初めて逢ってからもうすぐ一年にもなろうってのに、手を握ったのが今日が初めて、おまけにいまいましいのはこっちがのぼせてることだ」

彼は立停《たちどま》った、「なんだ」と彼は左右を見まわした、「仲次郎がどうしたってんだ、誰だ、仲次郎がどうしたってんだ」

「へっ」と首を振って、彼はまた歩きだした、「小娘のくせにのぼせるな、今日まで手も握らなかったのはな、そっちが熱くなるのを見たかったからだ、それをなんでえ、ちょっと下へおりて、小部屋へ支度をするように云って、帰るともういねえ、へっ、いい面《つら》の皮だ、こっちは小部屋の支度を頼んだんだぜ、岸沢蝶太夫ともあろう者がさ、――お伴れさまはお帰り、土産の折詰にははな*まで置いてある、いいざまだぜ」

人の混雑する広小路を横切り、薬研堀《やげんぼり》から旗本の小屋敷のあいだを、住吉町のほうへぬけていった。

彼はいっときなにも云わなかったが、胸の中は圧迫されるような不安と、誇りを傷つけられた者の怒りとでいっぱいだった。――ふしぎな娘だ、と彼は心の中で思った。初めて逢ってから今日まで、家がどこにあるのか、商家の娘か金持の娘か、年は幾つになるのか、すべてがわかっていない。おりうという名でさえ、ことによると偽名かもしれない。――初めに中村座の楽屋へ迎えが来て、逢ったのは中洲《なかず》の「大八」だった、と彼は思った。「大八」では二度、次は堀留の「蔦屋《つたや》」だろう。いや、「蔦屋」はその次で、三度めは「伊賀梅」だった。

「五月までにななたび、逢う場所も二度以上は続かない」と彼は呟《つぶや》いた、「二度いったのは大八だけで、あとの五たびはみんな違ううちだった」

顔を知られたくないんだな、と彼は思った。

酒肴《しゅこう》をふるまわれ、いい機嫌に酔わされて、島村東蔵に仕込まれたかと思うような、年増も及ばないいろけとてくだでひき廻《まわ》され、しかもお預けをくいっ放しで、また迎えに来られれば尻尾《しっぽ》を振って参上する。これでも岸沢蝶太夫か、え、おい、これでも岸沢蝶太夫かよ、と彼は心の中で自分を嘲笑《ちょうしょう》した。

「おい師匠、どこへゆくんだ」とうしろで声がした、「うちへけえるんじゃあねえのか」

彼は立停って振り返り、よろよろした。

「誰だ」と彼は眼をそばめた。

めくら縞《じま》の長半纏《ながばんてん》に三尺、唐桟縞《とうざんじま》の半纏をひっかけて、素足に麻裏をはき、手拭《てぬぐい》で頬冠《ほおかぶ》りをした男が、妻楊枝《つまようじ》で歯をせせりながらこっちを見ていた。

「うちへけえるんだろう」と男はまた云った、「おめえ路地を通り越しちゃってるぜ」

「おめえ誰だ、松公か」

「まあいいや、うちへいこう」

「おかしなやつだな」彼は引返しながら云った、「松公じゃあねえな、誰だ」

「大きな声をだすなよ、わからねえのか」路地へはいってゆきながら、男は声をひそめて云った、「むささびの六だ」

「へっ」と云ってから、彼は急に立停り、ゆっくりと深く息をした、「——誰だって」

「人に気を悪くさせるなよ、上方《かみがた》からけえって来たんだ、さあ、あいびねえ*」男は先に立って歩きだした、「うちにゃあもっとびっくらすることがあるぜ」

蝶太夫は男のあとからついていった。路地の中はすっかり昏れて、遊んでいる子供もなく、煮炊きの煙もおさまった長屋の家々では、夕餉《ゆうげ》を喰《た》べる賑《にぎ》やかな声が聞えていた。——むささびの六となのる男は、鼻唄をうたいながら歩いてゆき、井戸端から三軒めにある蝶太夫の住居の格子《こうし》を、声もかけずにあけて、さっさとはいっていった。肝を抜かれて放心したような蝶太夫は、ぼんやりと、まるで他人の家へでも来たように、戸口のところで立停った。

っちゃったぜ」

「さっさとあがんねえな」と家の中から男が呼びかけた、「おめえのかみさんは出て

四

蝶足《ちょうあし》の膳《ぜん》*のまわりに一升徳利が二つ。仕出し屋から取ったらしい肴《さかな》の、喰べちらした皿や椀《わん》や鉢物が、油の燃えきって、うす暗くまたたく行燈《あんどん》の光に、さむざむとちらかっているのがみえた。

蝶太夫はかしこまって、両手を膝《ひざ》へ突張り、うなだれた頭をぐらぐらと、張子の虎《とら》のように振っている。顔は蒼黒《あおぐろ》く、筋がたるんで、唇の端から涎《よだれ》が垂れるのを、ときどき思いだしたように、右手の甲で横撫《よこな》でにしていた。むささびの六は大あぐらをかき、左手に持った飯茶碗《めしぢゃわん》の酒を、ちゅうちゅうと音をさせて、さもうまそうに啜《すす》りながら話していた。

「もう辛抱がきれた、ってえわけだ」と六は云った、「おれがへえって来たとき、このくれえの風呂《ふろ》敷《しき》包みを拵《こし》れえていたっけ、あら、六さんじゃないの、っていうわけさ、それからいきなりお面へ来たね*、いきなりだ、あたしはこのうちを出ていきますからってよ」

「辛抱がきれたって」と蝶太夫がとぼんと云った、相手に訊くというのではなく、自

分に問いかけるような口ぶりで、そうして、それから眼をあげて六を見た、「――おめえいつ来たんだ」

「なんど訊くんだ、昨日の午《ひる》さがり江戸へ着いて、ゆうべは三番町の織田さまの仲間《ちゅうげん》*部屋《べや》へ泊り、今日の午めえにここへ来たんだ」と六は云った、「するとお由《よし》さんがいま云ったとおりの愁嘆場よ、酒の支度をしてくれながら、そうだ、愁嘆場じゃあねえ、からりしゃん*としたあいそづかし*、まったくのところあいそづかしだ、おい師匠、――おめえいいいろ*ができたんだってな」

「そうか、出ていったか」彼は手で口のまわりを横撫でにしながら、べそをかくような表情でだらしなく笑った、「そいつあ、お誂《あつら》えむきだ」

「そりゃあよかった」

「合の手ぴったり*だ、こっちは別れ話をどう切りだしたらいいかと、迷ってたところなんだ」

「そりゃあよかった」と六が云った、「それでこっちも口がきいいや、師匠にがっかりされでもしたら、いくらおれがむささびの六にもしろ、こんなむしんはできやしねえ、仲次郎とでも相談しなくちゃあなるめえかと思ってたところだ」

蝶太夫が眼を細くして六を見た、「――仲次郎がどうしたって」

「おめえに五十両、都合してもらいたいんだ」

「おれか、おめえか」と蝶太夫がまをおいて云った、「どっちか酔ってるらしいな」

「こんどのいろは凄《すげ》えってえじゃねえか」と六は茶碗から飲んで云った、「年はまだ十七、八、姿かたちがずばぬけていて、うちは大金持、師匠のためなら百両や二百両、右から左へ貢《みつ》ぐってえ話だぜ」

「景気がいいな」と蝶太夫が云った、「嘘にもしろそういう話は景気がいい、ひとつ、そういう穴があったら世話をして」

ぴしっという音がし、蝶太夫の頭が左へ傾いた。六の平手打ちは激しいもので、蝶太夫の頬が白くなり、それがしだいに赤くなった。六は一升徳利を取って、自分の茶碗へたっぷり注《つ》いだ。

「勘弁してくんな師匠」と六は柔和な声で云った、「おらあこのごろこらえ性がなくなっていけねえ、痛かったかい」

「こんなまねをして、おれがちぢみあがるとでも思ってるのか、六——」と蝶太夫がしめっぽい調子で反問した、「やきがまわったな、おめえはやきがまわっちゃった、まえにはそんなやぼなまねはしなかった、上方へいって悪い食い物にでもあたったたんだろう」

「そんなところだろう」六はおとなしく微笑した、*「自分でもこらえ性がねえのに驚いてるんだ、なにしろすぐにまた江戸を売らなきゃあならねえ始末なんだから、——

ときに五十両はいつもらえるね」

「もういちど横っ面を張るか」

「とんでもねえ、ありゃあおれのしくじりだ、勘弁してくれって云ったじゃあねえか」

「もういちどやる気はねえか」

「こっちの手も痛えからな」と云って六は声をださずに笑った、「それより仲次郎師匠のところへゆくほうが話は早そうだ」

蝶太夫は黙った。

「七年めえ、うん、ちょうど七年めえだ」と六は一と口飲んで云った、「そのころ岸沢で、大師匠のたて三味線を弾いていた仲次郎が、むりな喧嘩《けんか》を売られたうえ、大事な右の腕をぶち折られた、骨は接《つ》いだが撥は満足に動かねえ、岸沢をはなれてすっかりおちぶれてしまったが、仲次郎のお鉢はおめえにまわって来た」

六は茶碗へ口を当て、さもうまそうに喉《のど》を鳴らして飲み、大きなおくびをして続けた、「――蝶太夫師匠は岸沢のたて三味線で、世間からやんやと騒がれている、柳橋きっての名妓《めいぎ》をかみさんにしたうえ、なお女にも金にも不自由はねえ、それに比べると仲次郎は可哀《かわい》そうに、いまでは門付《かどづけ》*をしながら酒浸りで、よく色街の裏なんぞに酔い潰《つぶ》れてるそうだ」

蝶太夫はくすくす笑いだした。手を伸ばして汁椀のつゆを切り、それに酒を注いで、ゆっくりと二た口すすった。

「そいつあ気の毒だ」と彼は云った、「あの仲次郎がそんなざまになってるとは気の毒だ、どうだ六助、おめえ引取って世話をしてやらねえか」

「相談ずくでな」と六が云った、「七年めえ、なんのために喧嘩を売られ、なんのために腕を折られたか、っていうことを話して、相談したうえでなんとかするとしよう」

蝶太夫はまた笑った、「うまくゆくといいな」そしてまた笑った、「うまくゆくように願ってるぜ」

「云うことはそれっきりか」

「訊きてえことが一つある」蝶太夫はひそめた声で云った、「おめえ上方から帰って来たばかりで、それだけのことをよく探り出せたな」

「知りてえか」と云って、空になった茶碗を六はみつめた、「まずい酒だ」

そして、その茶碗を膳の上へ抛《ほう》りだした。汁椀がころげ、皿小鉢が破《わ》れて飛んだ。

「おめえ、――」と六は蝶太夫を見た、「中村座の桝屋にいた、佐吉っていう出方を知ってるか」

蝶太夫は黙っていた。

「この正月っから、桝屋をやめたってことは知らねえか」

「そうか」と暫《しばら》くして蝶太夫は頷《うなず》いた、「佐吉から聞きだしたのか」

「佐吉は誰かに飼われてるらしいぜ、誰が、なんのために飼ってるか知らねえ、それについてはどうしても口を割らなかったが、――女客と役者なんぞを取り持って来た野郎だから、そんな見当になにか筋がありそうだ、おめえなんぞも気をつけたほうがいいぜ」

五

「佐吉にどこで会った」と蝶太夫が訊いた。

「まずい酒だったな」六はそう云って立ちあがった、「金が出来たら例の仲間部屋へ知らせてくれ、五日だけ待ってやる、今日から数えて五日だ、掛け値なしだぜ」

「まずい酒で悪かったな」と蝶太夫が云った、「こんどふところのあったかいときにはうまい酒を飲ませてやるよ」

六はなにも云わずに出ていった。

出ていった六の暢気《のんき》そうな鼻唄《はなうた》が聞えなくなると、蝶太夫は肱枕《ひじまくら》で横になった。その顔色はいま蒼黒くなり、唇がたるみ、眼は壁の一点をみつめたまま動かなくなった。お由は出ていった、と彼は思った。しかしそれは重大なことではない、お由の軀《からだ》の持っている魅力は稀《まれ》なものであるが、美味なほど飽きやすいもので、その特徴の稀なものであることが、却《かえ》って彼には鼻について来ていた。これまでの女遍歴で彼が得たものは、石を踊らせようとして汗みずくになって徒労に終るか、反対にこっちが踊らされて疲労困憊《こんぱい》するか、いずれにせよ、結局はこちらのへたばるのがおちであった。

「これであの娘にもいなや*は云わせないぞ」と彼は呟いた、「夫婦にならなくてはいやだって、自分のほうから云いだしたんだからな、こんどこそ逃がさないぞ」

ああいう嬌《なま》いたしなや、いろけの溢《あふ》れるような表情をもった女は、そのことになると却ってつつましく、求めかたも控えめで、静かなのが一般の例だといわれる。蝶太夫の経験でもそういう例が多かったし、そういう相手には興味がなかった。しかしいまは違う。おれもそろそろおちつく年だ、と彼は思う。一生おちつくというわけでもない、男としてはまだこれからであるが、このへんでいちどおちついた世帯《しょたい》を持ち、芸のほうに専念してみるのもいいだろう。そうだ、三十二といえばそのくらいの年だ、おりうならちょうどいい、親から金も出るだろうし、半年ばかり芝居のほうを休んで、みっちり腕にみがきをかけてやろう、と彼は心の中で思った。

「だが、六助のやつ」暫くして、彼はふと声をあげた、「いやそうじゃあない」彼は自分に首を振った、「――仲次郎のことなんか構わない、たとえ腕を折った裏話をしたって、折った本人は六の野郎で、おれが頼んだなんていう証拠はない、もし仲次郎が仕返しをするとしたら、当の相手は六助にきまっている、そのことはいいんだ」そして彼は眼をつむり、口の中で不審に呟いた、「それよりも気になるのは、佐吉が誰かに飼われているということだ、——佐吉は正月に桝屋をよした、おれはそうかと思っただけで気にもとめなかったが、誰かに飼われているというのはへんな話だ、誰に、どんな理由で飼われているのかは、口を割らなかったというが、……芝居茶屋の人間で、女客と役者や芸人を取り持っていた、そんな見当になにか曰《いわ》くがありそうだと云ったな」

蝶太夫はじっと眼を据《す》えて、暗い天床《てんじょう》の一点を見まもった。

——おめえなんぞも気をつけたほうがいいぜ。

むささびの六の嘲笑するような声が、耳の奥のほうで聞えた。慥《たし》かに、彼も佐吉の取持ちで幾人かの女客と逢《あ》った。後家、人妻、娘。年増もあり若いのもあった。たいていは顔つきも思いだせないが、中には覚えている相手も二人や三人はあった。

「だが、それがどうした」と彼は眼をつむったままで記憶にある女を思いうかべながら、居直ったように呟いた、「——桝屋でわけのできた相手は、みんな向うから手を出したんだ、こっちは座敷を勧めただけなんだから、そんなこって因縁をつけられる筋はねえ、おどかすなってんだ」

その呟きには、言葉ほどの強さはなく、彼は眼をあいて起き直った。

「引越しだな」と彼は声に出して云った、「六のやつにうろうろされても迷惑だし、この町内にも長くいすぎた、気を変えるためにも引越すとしよう」

その翌日、蝶太夫は引越しをした。

彼はふところが苦しかった。その月の芝居では「松《とき》朝《わのいろ》扇《おうぎの》うつし絵」という、大《おお》切《ぎり》*の所作事《しょさごと》*に出るだけで、前借りが溜《たま》っているため、給金も半分止めになっていたし、座敷の数も少なかった。おりうから貰《もら》った一両のうち、(これも溜っている)店賃《たなちん》*に一分《ぶ》だけ入れ、家財道具のうちごく必要な物を残して、あとはきれいに売ってしまった。お由の衣類などもあったが、それもいっしょに売り払い、僅《わず》かな荷物は車屋に頼んで置いて、家を捜しにでかけた。九間堀に常磐津《ときわづ》三千太夫というなかまがあり、そこで訊いて、浅草の福井町までいっしょにいってもらった。——福井町一丁目の横町で、下は老人夫婦が荒物屋*をしてい、二階の六帖を貸すというのであった。荒物屋は隠居しごと*で、生活費は息子のほうから来るらしい。こっちのしょうばいを聞くと、ちょっと渋い顔をしたが、うちで弟子は取らないという約束で、はなしはきまった。

その日の芝居の済んだあと、三千太夫と一杯やりながら、彼は六助が上方《かみがた》から戻って来たことを告げ、こんどの住居をないしょにしてくれるように、と頼んだ。三千太夫も六助の戻ったことは知っていて、おれは饒舌《しゃべ》りはしないが、六の眼から逃げることはできないだろう、と云った。べつに逃げるわけではない、うるさいだけなんだ、と蝶太夫は云った。三千太夫はちらと横眼をはしらせたが、私は黙ってるよ、ともういちど云った。

蝶太夫はおりうからの「知らせ」を待った。それはいつも中村座の楽屋へ来るのであるが、十月の芝居が終り、次の顔見世は十一月二十日が初日なので、知らせを受ける手掛りに困った。小屋は休みでも、楽屋番はずっと詰めている。次の興行のために、裏方の出入りがあるためだが、出語りの芸人が、毎日そう楽屋を覗《のぞ》くわけにはいかない。楽屋番の平造という老人にはそれだけのこともしてあり、平造もよく心得てはいるが、それにしても「知らせはなかったか」と訊きにゆくことは、自尊心がゆるさなかった。

「一年ちかくも逢っていて、いどころも訊きだせなかったなんて」彼は自分に舌打ちをした、「岸沢蝶太夫ともある者が、だらしのねえ話だ」

いや、こっちもだらしがなかったかもしれないが、あの娘も隙《すき》はみせなかった。もう一と押しというところでいつも躰《たい》を躱《かわ》す、あのみごとさはどうだ、と彼は思った。彼はよく考えてみて、それから独りで笑った。

「おい、しっかりしろ」と彼は云った、「生娘《きむすめ》だから遠慮をしていたんだ、それだけのこった、こんどこそ、力ずくでもものにしてみせるから見ていやあがれ」

むささびの六は姿をみせなかった。

六

六助も来ず、仲次郎のあらわれるようすもなかった。

蝶太夫は師匠の岸沢小式部の稽古《けいこ》所へかよい、弟子たちに稽古をつけると、次に常磐津豊後大掾の家へまわって、次の狂言に出す語り物の三味線を合わせる、という日を送っていた。三日にいちどくらいの割で、中村座の楽屋へ寄ってみたが、おりうからの「知らせ」はなく、ふところは苦しくなる一方であった。まるでみんなが牒《しめ》し合せでもしたように、お由もあのまま寄りつかない。残した道具や衣類にみれんはないとしても、あいそづかしの一と言くらい云いに来る筈《はず》である。――そうすれば小遣いのちっとはねだれるんだ、と蝶太夫は心の奥で呟いた。万一にも、おりうがこれっきりよりつかないとすれば、お由とはっきり別れてしまうわけにはいかない。お由は世帯持ち*もいいし、困ったときの金のくめんも上手だ。

「お由と手切れになるのはまずいな、うん」と蝶太夫は思案し直すように呟いた、「どっちにしろいまはまずい、いちおう紐《ひも》を付けておくほうがいいだろう」

　彼は柳橋へゆく気になった。

　柳橋にはお由の姐《ねえ》さんに当るお政がいる。身を寄せるとすればまずお政のところであろう。そう思い立ったとき、中村座の狂言がつき替って、常磐津は出ないことになり、彼のからだもあくことになった。それは十一月十日のことで、蝶太夫はすっかり慌《あわ》てた。

「なにもかも見当が外れやあがる、おかしいな」彼は不安そうに呟いた、「みんながおれを覘《ねら》って、おれの物を一枚ずつ剝《は》いでゆくようじゃないか」

こうなればいよいよ、お由と縒《より》を戻しておかなければならない、そう思ったとき、おりうから「知らせ」があった。――豊後大掾の家で芝居がつき替ったのを知ったあと、中村座へまわってみると、楽屋番の平造が手紙を渡した。引越し先がわからないので、どうしようかと迷っていたところだ。平造がそんなことを云うのを聞きながしにして、蝶太夫はいそぎ足にそこを去った。

彼は胸がときめいているのを感じた。少年のころ恋人から文を貰ったときのように、みぞおちのところが熱くなり、足が地面から浮くような気持だった。

「こんなこともあるんだな」彼は自分でてれながら云った、「おい蝶太夫、きさまにもそんなところがあったのか」

場所は深川の門前仲町「岡田」という料理茶屋で、時刻は午後四時と書いてあった。走ってでもいかなければまにあわない、蝶太夫は慌てて駕籠《かご》をひろった。――二日も湯にはいっていないし髪も三日まえに結ったままで、元結《もとゆい》*の緩んでいるのが気になった。髭《ひげ》の濃い性で、朝剃《そ》ったのだが、撫《な》でてみると口のまわりや顎《あご》がもうざらざらしていた。

「逢曳《あいび》きにゆく風態じゃないな」彼は舌打ちをした、「これじゃあ濡《ぬ》れ場も怪しいもんだ」

その茶屋はまだ建ててからまがないらしく、二階造りの大きな建物だし、広い中庭には池があり、石や植込みの配置なども凝ったものであった。――女中に案内されたのは、二階の廊下をずっといって、右へ曲った座敷で、そこだけ離れのようになっていた。その八帖にはもう膳《ぜん》が出てい、火のよく熾《おこ》った火鉢《ひばち》には燗鍋《かんなべ》が湯気を立てていたし、派手な色の座蒲団《ざぶとん》が二枚出してあった。

「あちらはいまお化粧を直していらっしゃいますから」と女中が云った、「どうぞ先にめしあがっていて下さいと仰《おっ》しゃってました」

そして膳の脇《わき》から燗徳利を取って、燗鍋の中へ入れた。見ると、そこには盆にのせて、燗徳利が七本並んでいた。

――水いらずという趣向か。

ここで燗をつけて、二人っきりで飲もうというのであろう。若いにしてはできすぎた膳立てだ。こいつは手ごわいかもしれないぞ、と蝶太夫は思った。燗は自分でするから、と云って女中を去らせ、座蒲団を火鉢の側《そば》へ移して坐《すわ》った。――彼が徳利を出して、盃《さかずき》に二つ飲むとおりうが来た。襖《ふすま》の外で声をかけたので、女中かと思ったが、はいって来たのを見るとおりうであった。

湯にはいったのだろうか、洗い髪をさっと束ねて背に垂らし、浴衣《ゆかた》に丹前《たんぜん》*を重ねた上へ、黒衿《くろえり》を掛けた半纏《はんてん》、紫色の地に絞りで大きく紅葉《もみじ》の飛び模様を染めた、――をひっかけ、口紅はつけず、うす化粧をしていた。蝶太夫は心の中で「うっ」といった。これまでの娘むすめしたつくり*と裏返しのような、あだっぽい、むしろ伝法《でんぽう》*な姿であって、しかもその身ごなしの柔軟さや、羞《はにか》みのために消えたそうな表情のういういしさは、たとえがたいほど嬌かしく、いろめいてみえた。

——沢田屋だ、と蝶太夫は思った。東蔵そっくりだ。

おりうは膳の前へ来て坐り、そっと微笑したまま俯向《うつむ》いてしまった。蝶太夫はまた胸のときめきを感じ、もう一つ手酌《てじゃく》で飲んだが、酒をこぼした。

「貴女《あなた》は薄情なひとだ」彼は自分の声が昂《たか》ぶっているのに気づいた、「あのときはあんなふうに消えてしまうし、それっきり鼬《いたち》の道*で、いくら逢いたくっても逢うてだてはなし、罪なひとだ、おりうさんというひとは」

おりうは顔をそむけた。俯向いたままで、重たげにゆっくりと脇のほうへ向き、しんと黙っていた。——蝶太夫は怨《うら》みを述べた。どんなに彼女が恋しかったか、どんなに逢いたかったか、そのうえ大事な話があること、それは自分たちの一生にかかわることで、そのためにも早く逢いたかったことなど、——話しているうちに呼吸が荒くなり、ふしぎな感動のため軀がふるえてきた。

「私がこんな気持になったのは初めてだ」と彼は云った、「生れてこのかた初めて、恋が辛《つら》い苦しいものだということを知った」

おりうはなにも云わず、身動きもしなかった。

「聞いておくれ、おりうさん」と彼は思い詰めた調子で云った、「私はお由と別れた、おまえの望みどおりお由と別れたよ、おりうさんの望みどおりだ、あのときの約束は覚えておいでだろうね」

おりうは顔をそむけたまま、本石町のむさし屋という薬問屋を知っているかと訊いた。蝶太夫はけげんそうな眼をした。

「さあ、――聞いたようにも思うが」

「おそのっていうおかみさんがいたって」と云って、静かにおりうは振り向いた、「――お師匠さん、知ってらっしゃるんでしょう」

蝶太夫はあいまいに頷いた、「そう云えば、ひところごひいきになったことがあるようだけれど」

「うそ仰しゃい」とおりうが云った、「あたしすっかり聞きましたよ」

七

「聞いたって、なにを」

「その人をうまくたらして、三年の余も逢い続けていたって」おりうは溶けるような眼で彼を見た、「その人には病身の良人《おっと》があったけれど、お師匠さんにのぼせあがって、良人の面倒もみず、夢中になって逢曳きを続けていたんですって」

「ちょっと、ちょっと待った」彼は手をあげて遮《さえぎ》った、「そんないったいそんなことを誰から聞いたんです」
「名がわかれば云いぬけ*ができると思うんですか」
「私は芸人です」と彼は坐り直した、「芸人にごひいきは付き物だし、ごひいきなしに芸人は勤まるものじゃあありません」
「むさし屋の人もごひいきだけだったの」
「少なくとも、おりうさんを知るまえのことです」
「そう固くならないで」おりうは微笑し、膝《ひざ》ですり寄って燗徳利を取った、「お酌をしましょう、あら、手が震えてるじゃないのお師匠さん、あたしやきもちをやいてるんじゃないのよ、ただ本当のことが知りたかっただけ」
「本当のことを云いましょう」
「そんなに固くならないで」とおりうはまた微笑した、「どうぞもう一つ」
「おりうさんは」盃を下に置いて彼は屹《きっ》となった、「私の云うことを信用してくれないんですか」
「作り話を信用しろって云うの」
「むさし屋のごしんぞさんとは、慥かに逢っていました」彼は証言するように云った、「けれどもそれは愛情でもなんでもありゃあしない、ごひいきと芸人のつきあいというだけなんです、貴女だっておよそ察しているだろうけれど、芸人はごひいきのうしろ楯《だて》と、引立てがなければやってはゆけません」

おりうはながし眼をくれた、「あら、そうかしら」

「派手なしょうばいだから金が要ります、恥ずかしいことを云うようだが、着る物や身に付ける物、なかまのつきあいもあるし、芝居へ出るにしたって表方、裏方、道具方なんぞにつけ届けをしなければならない、たとえば」彼はもの悲しげに云った、「そのつけ届けが足りなかったばかりに、出語り山台《やまだい》*が崩れて、けがをした太夫《たゆう》もいるくらいです」

「それでむさし屋のおかみさんなんぞも、お金だけがめあてで逢っていたのね」

「もちろんですよ」彼は唾《つば》をのんだ、「貴女は御存じないだろうけれど、あの女はたいへんな浮気者《うわきもの》で、私のほかに男が幾人いたか知れやあしません、尤《もっと》も、――御亭主という人が癆痎病《ろうがい》みで、陰気な、味もそっけもない人だっていうことだから」

「注《つ》ぎましょう」おりうは徳利を取った、「飲みながらお話しなさいな」

蝶太夫は盃を持った、「ほかに話すことなんかありゃしません、むさし屋の御亭主は血を吐きながら、ごしんぞといっしょに自火で焼け死んだそうだが、金のあるに任せて勝手なことばかりしたから、罰《ばち》が当ったようなもんでしょう」

「もっとお重ねなさいな」

「因果というものはあるもんだ」蝶太夫は飲みながら続けた、「あのごしんぞをあんな浮気者にしたのも、御亭主の罪でしょう、どっちもどっち、結局お互いの罪でお互いが罰に当った、あの二人が夫婦になったのが、そもそも因果というもんでしょうさ」

「それで、――」とおりうが云った、「お師匠さんには罰は当らないのね」

「私に罰が」と彼はおりうを見た、「どうして私に罰が当るんです」

「いいわよ、めしあがれ」おりうは酌をしてやった、「あとをつけましょうね」

そしておりうが立ちあがったとき、廊下の向うから暴《あら》あらしい足音が近づいて来、襖の外で停《とま》ると、「こちらに岸沢の師匠はいますか」と声をかけた。蝶太夫はぎょっとした。紛れもなくむささびの六の声で、彼は慌てておりうに手を振った。しかしそれより早く、おりうがその声に答えた。

「はい、お師匠さんはいますが、どなたですか」

「六助てえ者です」と向うは云った、「失礼してへえります、御免下さい」

襖をあけて、二人の男がはいって来た。一人は六助、一人は木綿縞《もめんじま》の布子《ぬのこ》に角帯をしめ、筒袖《つつそで》の半纏をひっかけている。年は三十二、三だろうが、顔色も悪く、眼も頬もおちくぼんでいるし、月代《さかやき》が伸びているためかずっと老《ふ》けてみえた。

「おい蝶太夫」とその男が云った、「仲次郎だ、覚えているか」

蝶太夫は盃を持ったまま黙っていた。盃が重いので全身で持ちこたえている、といったふうな姿であった。二人とも酔っているらしい。六助はへらへら笑いながら、どかっと音荒くあぐらをかき、仲次郎という男はこっちへ来て、蝶太夫の前へ片膝立ちに坐った。色の悪い顔が蒼黒《あおぐろ》く怒張し、おちくぼんだ眼には憎悪《ぞうお》が火となって燃えているようにみえた。

「なんとか挨拶《あいさつ》はねえのか」と仲次郎が云った、「おれの面《つら》を見てなんとか挨拶のしようはねえのか」

「ぐうとも云えめえ」と六が向うから云った、「どうだ蝶の字、ぐっとでも云えるか」

「きさまは人間の皮をかぶったけだものだ」と仲次郎が云った、「きさまは浄瑠璃《じょうるり》でうだつがあがらないために、中途から岸沢へ弟子入りをして来た、面倒をみたのはおれだぞ、勘はいいが芸は勘だけじゃあねえ、きさまの勘のいいのは却《かえ》って芸の邪魔になる、その勘を捨てろというところから手を取って教えた」

「待ってくれ」と蝶太夫が遮った、「悪いところはあやまるからその話はあっちへいって聞こう」

「そのお嬢さんに聞かれたくねえっていうわけか、よしゃがれ」と仲次郎が云った、「いまさら一人や二人の耳を塞《ふさ》いだって、きさまのした事が隠しおおせると思うのか、蝶太夫、——きさまはおれのおかげで三味線にとりついた、*かげにひなたにおれが引立ててやった、そうじゃねえか」

蝶太夫は頭を垂れた。

「蝶太夫、そうじゃあなかったのか」

低く垂れた頭で蝶太夫は頷《うなず》いた。

「ところがきさまは、ちっとばかりめが出はじめるとおれが邪魔になった、おれがいてはたてが弾けねえ、といって腕でおれを凌《しの》ぐほどの自信もねえ、そこできさまは卑劣なまねをしやあがった、聞いているか、――きさまは人を使っておれに喧嘩《けんか》を売らせ、これを見ろ」と云って仲次郎は右の腕を捲《まく》った、「――この腕を折らせた、男らしく自分でやるならまだしも、人を使ってやらせて、てめえはきれいな面あしていやあがった、このけだものめ」

片膝立ちのまま、仲次郎は拳《こぶし》をあげて蝶太夫の頬を殴った。

八

「済まねえ」蝶太夫はそこへ手を突いた、「魔がさしたんだ、勘弁してくれ」

「野郎」と云いさま、仲次郎は相手にとびかかり、馬乗りになってまた殴った、「この人でなし」拳で、平手で、右から左から殴りつけ、そして右手を首に当てながら叫んだ、「きさま殺してくれるぞ」

「それは違う、筋が違う」蝶太夫はけんめいに喉《のど》で云った、「腕を折ったのは私じゃあない、そこにいる六だ、私はただ金をやっただけで、腕を折ったのは六助だ」

六助が笑いだした、「とうとう云やあがった、そうぬかすだろうと思ってたんだ」

六助は身軽に立って来た。

「仲さん、替ろう」と六助が云った、「おれも自分で蒔《ま》いた種は自分で刈《か》りてえや、おまえの腕を折ったんだから、こいつの腕もおれがやることにしよう、どいてくれ」

「頼む、おりうさん」と蝶太夫は絞り出すような声で云った、「こいつは本当にやりかねない、どうかなんとかして下さい、おりうさん、頼みます」

仲次郎が手を放して立ち、蝶太夫がはね起きた。六助は相手を起きあがらせておいて、それからすばやく足を払い、前へのめるところを押し伏せて、その背中へ乗りかかり、右の腕をうしろへ捻《ね》じあげた。

「おりうさん」と蝶太夫は叫んだ。

「さあ、いいか蝶の字」六助は捻じあげた腕の付け根へ左手を当て、右手をじりじり絞った、「おれは仲さんの腕も、こうやって」

蝶太夫が「き」と悲鳴をあげた。

「もういいわ」とおりうが云った、「そのくらいやれば気が済んだでしょう、放してあげてちょうだい」

「ここまできてですか」と六が顔をあげた。

「約束のものはあげます」と云っておりうは紙包みを二つそこへ置いた、「これでそちらのお師匠さんの身の立つようにして下さい、一つは六さんの分よ」*

「やい、聞いたか」まだ腕を捻じあげたままで、六助が云った、「お嬢さんがああ仰しゃるから、ここのところは勘弁してやらあ、——それ、仲さんに改めてよく詫《わ》びを云え」

六助は手を放して立ちあがった。

蝶太夫は俯伏《うつぶ》したまま、激しく喘《あえ》ぎながら伸びてい、仲次郎はおりうに無礼をあやまり、六助は紙包みを受取った。やい、仲さんに詫びねえのか、と六助がどなり、おりうがなだめた。仲次郎は金は貰えないと拒んだが、六助にせきたてられ、まもなく二人は出ていった。

「もう大丈夫よ、お師匠さん」とおりうがやわらかな声で云った、「もう二人とも来やあしないわ、ねえ、起きて来て飲み直しにしましょう」

蝶太夫は呻《うめ》き声をあげた。

おりうは彼をみつめた。蝶太夫は両手で頭を抱え、顔を横に向けながら、あのならず者め、と云ってまた呻いた。

「金にさえなれればどっちへでも転ぶやつだ、あのちくしょう」と彼は云った、「あんな野郎を頼みにしたのが悪かった、おれもどうかしてたんだな」

「魔がさしたのよ、いいじゃないの」

「貴女にはわからない、これにはこみいったわけがあるんだ」と彼は云った、「しかし、こんなことがあったいま、じつはこうだと話しても信じてはもらえないでしょう、これでおりうさんとも逢《あ》えなくなってしまった」

「あらどうして、あたしはなんでもないことよ」とおりうは云った、「だからこそ、あの人たちにお金を都合してあげたんじゃないの、そうでなければ逃げだした筈《はず》でしょ」

「お金、――」と彼は息を止め、それからなにかを吟味《ぎんみ》するように云った、「貴女はいまあいつらに、金をやったんですか」

「だってお師匠さんは、五十両やる約束だったんでしょう」

蝶太夫はびくっとし、それから急に起きあがった。左の眼のふちが腫《は》れ、両頰も赤くなって腫れていた。彼は不安そうな、おちつかないようすでおりうを見た。

「そんなことを、誰から聞きました」

おりうは含み笑いをした。燗鍋の中の徳利に触ってみ、こっちはまだつかないわ、と云って、膳の上に出しておいたほうを取った。

「ちょっと燗ざましになったけれど、あとのがつくまでがまんしてちょうだい」

「貴女は、あいつらを」と彼は吃《ども》った。

「こっちへいらしって」とおりうはあまえたしなで云った、「――少しめしあがれば気が晴れてよ」

蝶太夫は膳の側《そば》へ来て坐り、こっちでやります、と云って汁椀《しるわん》をあけた。そして、おりうの酌ももどかしげに、ぐいぐいと酒を呷《あお》り、冷のほうへも手を出しながら、休みなしに饒舌《しゃべ》りだした。仲次郎とのいきさつを、うまく云いくるめようとするらしい。だが、やがてまた思いだしたように、「五十両」の話をどうして知っているのか、と不審そうにおりうに訊《き》いた。いいじゃないのそんなこと、もう済んだことだものお忘れなさいな、とおりうはそらした。

「しかし私はそれじゃあ済まない」彼は腫れた眼を手で押えながら云った、「金のことは私と六の話で、ほかに知ってる者はない筈なんだから」

「そんなに気になって」おりうは微笑した。

「じらさないで云って下さい、どこで、誰から聞いたんです」

「佐吉よ」とおりうがゆっくりと云った、「もと中村座の桝屋にいた、出方の佐吉、これでわかったでしょ」

「佐吉を、——知ってるんですか」

「中村座へ見にゆくときは、佐吉が係だったのよ」とおりうは答えた、「ここ二年ばかりは飽きちゃって、芝居は覗《のぞ》きもしなかったんだけど、半月ばかりまえかしら、道で佐吉に会ってお師匠さんの話が出たの」

「どこで会いました」

「そのとき仲次郎師匠のことで」とおりうは構わずに続けた、「あなたが六さんに脅《おど》されているということを聞いたのよ、本当か嘘《うそ》かわからないし、たぶん嘘だろうとは思ったけれど、あたしお師匠さんのことが心配だから、仲次郎さんが小《こ》商売《あきない》にでもとりつけばいいだろうと思って、六さんの分といっしょにお金を都合することにしたんです」

蝶太夫は唾をのんだ、「すると」と彼は口ごもりながら訊いた、「その、むさし屋のごしんぞのことも佐吉から」

「ええ」おりうは頷いた、「あたし聞いてぞうっとしちゃったわ」

「ぞっとしたとは、なにが」

「むさし屋の主人という人は、血を吐きながら恨み死に死んだんですって」とおりうは身ぶるいをした、「その娘のおしのっていう人も、やっぱり恨みに恨んで死んだんですってよ」

九

「娘のおしのって」と蝶太夫が訊き返した、「私はそんな人は知らないがな」

「あたしだって知らないわ」とおりうが云った、「佐吉から聞いただけだけれど、そのおしのさんていう人は、おっ母さんと悪いことをした相手を、一人残らずとり殺してやる、って云いくらしてたっていうことだわ」

「しかしいま、その娘は死んだって聞いたようだが」

「親たちといっしょに火事で死んだんですって」とおりうは云った、「――でも人の一念というものは恐ろしいから、お師匠さんも用心するほうがよくってよ」

「そんな、子供を威《おど》すようなことを、――冗談じゃあねえ」彼はまた汁椀にいっぱい酒を注ぎ、それを残らず呷った、すると急に酔いが出たようすで、へらへらと笑った、「冗談じゃねえ」と彼は云った、「――女房が浮気をするのは、亭主にそれだけの甲斐性《かいしょう》がなかったからだし、その娘にしたって、恨むならおふくろを恨むのが本当だ、そんなことで番たび*とり殺されてたひにゃあ、私なんぞ命が幾つあったって足りゃしませんよ」

「聞かせてやりたいわね」おりうの眼があやしく光った、「それを聞いたらさぞ、あの世でおしのさんがくやしがるでしょう」

「骨になっては歯ぎしりもできやしねえさ」

おりうがすっと立ちあがった。眼に見えないなにかの力で、上から吊《つ》りあげられるような動作で、蝶太夫はびっくりした。

「どうしたんです、急に」

「あたしもいただくの」とおりうは云い、半纏をぬいだ、「これをぬいで来るから、待っていてね」

おりうは次の間の襖《ふすま》をあけて、ぬいだ半纏を投げ、すぐにこっちへ戻って来た。襖をあけたとき、その六帖に屏風《びょうぶ》を立て、夜具の敷いてあるのが見えた。その夜具の派手な色と、立ててある屏風を見るなり、蝶太夫はかっとのぼせたようになり、いきなり立ちあがって、坐《すわ》ろうとするおりうを抱いた。

「あら危ない」おりうはよろめきながら、蝶太夫に縋《すが》りついた、「どうなさるの、お師匠さん」

「ちょっと」彼の舌は硬《こわ》ばってもつれた、「ちょっと休もう、頼む、おりうさん、これ以上じらすのは罪だよ」

「待って」おりうはふるえた、「待ってちょうだい」

おりうはさっと蒼くなり、全身で嫌悪の情をあらわしながら、しかしその手はふるえながら蝶太夫を捉《つか》まえていた。

「お父つぁん」とおりうはわななきながら呟《つぶや》いた、「あたしに力を貸して」

蝶太夫には聞えなかったらしい。聞えたにしても意味はわからなかったであろう、彼はおりうを抱いて、よろめくように次の間へはいり、うしろ手で襖を閉めた。

それから約半刻《はんとき》のち、――階下の座敷で、おりうは着替えをした。女中に手伝ってもらって、ざっと髪も束ね直した。そのあいだにいちど、急に吐きけにおそわれ、厠《かわや》へ走っていって嘔吐《おうと》した。あまり急なことで、女中はあっけにとられたが、おりうは

「少しわる酔いをしたらしいわ」と云った。

「お伴《つ》れさまは」と女中が訊いた、「お伴れさまをお呼びしましょうか」

「だめ、酔いつぶれて寝ちゃってるの」とおりうはかぶりを振った、「迷惑でしょうけれど起きるまでそっとしといて下さいな」

「迷惑なんてとんでもございません」女中はいそいで云った、「――でもあなた、お一人で大丈夫でございますか」

「駕籠《かご》をひろってゆくから大丈夫」おりうは紙に包んだものを女中に与えた、「これはあなたに、――お世話さまでした」

そしてその座敷から出ていった。

夜の十時すぎてから、蝶太夫の死んでいることがみつけられた。彼は平打の銀の釵《かんざし》で心臓を刺されたもので、釵は刺したままになってい、その枕許《まくらもと》に一片の椿《つばき》の花びらが落ちていた。――その座敷に椿などは活《い》けてないので、よそから持って来たものであろう。その真紅《しんく》の一片の花びらは、まるでなにかを暗示するように、ぶきみな印象を人々に与えた。

「あの人がやったのね」と係の女中が怯《おび》えたように云った、「それで吐いたりしたんだわ、ああいやだ」

「心中のしそこないじゃないかしら」とべつの女中が云った、「あの人おとなしそうだったもの、いまごろ大川にでもとび込んでるかもしれないわ」

蝶太夫の身許はまもなくわかったが、おりうという娘は、身許も行方も知れなかった。

第三話

一

「もう済みました」と海野得石《うんのとくせき》が云った、「起きて支度をお直しなさい」

診察用の夜具の上に仰臥《ぎようが》*しているその女は、小袖《こそで》の衿《えり》で胸乳《むなぢ》を隠したまま、はだかっている下半身には気もつかないようすで、いかにも満ち足りたように、静かな深い呼吸をしていた。

「さあ、風邪《ふ》をひきますよ」

得石は手を拭いてから、左右にひろげてある小袖の裾《すそ》をひき掛けてやった。女は恍《うっ》惚《とり》と溜息《ためいき》をつき、細く眼をあいて彼を見た。

「軽くなったでしょう」と得石が訊《き》いた。

女は眼で頷《うなず》いた、「おかげさまで」

「痛んだらまたいらっしゃい」と得石は云った、「私は病家へみまいにゆかなければならない、いま家人に薬を持たせてよこします」

得石は女を残してその座敷を出た。

中廊下を隔てた薬部屋を覗《のぞ》くと、妻のおくにが薬研《やげん》*にかかっていた。彼と三つ違いの三十五歳であるが、四十歳より下とみる者はないだろう。髪の毛が少ないので髷《まげ》も小さく、血のけのない乾いた皮膚や、平たい胸や、肉のそげたような腰など、ぜんたいが干からびて縮んだようにみえる。顔だけは角ばって大きく、尖《とが》った頬骨と、落ちくぼんでいながらとび出しているような感じのする眼つきとが衰えた軀《からだ》つきとは不調和なほど精悍《せいかん》な、ねばり強さと逞《たくま》しさを示していた。

「野田屋の治療が済んだ」と得石は妻に云った、「薬はできているか」

おくには黙って、脇《わき》のほうへ顎《あご》をしゃくった。

「それを持っていって薬礼《やくれい》*を貰《もら》っておけ」と得石は云った、「今日の薬礼は『乙』のほうだ」

おくには手を止めて良人《おっと》を見た。得石は襖《ふすま》を閉め、勝手へいって念入りに手指を洗った。なにか汚ない物でもこびり付いているように、爪《つめ》のあいだまできれいに洗い、それから、手拭《てぬぐい》を取って丁寧に拭きながら、奥の居間へはいっていった。

「十一月二十一日、今日だな」彼はそう呟《つぶや》きながら、部屋の一隅《いちぐう》にある衣桁《いこう》*へ手拭を掛け、窓のところへいって障子をあけた、「——浮世《うきよ》小路の吉田屋で七つ半*か、時刻はたっぷりある」

窓の外はすぐに三十間堀であった。ここは京橋水谷町だから、窓から見ると堀を縦に一望するわけで、ひき汐《しお》なのだろう、低くなった水面に、午後の冬空の硬そうな青と、ぼやけたような白い雲が映っていた。得石は眼を細めて、堀の両岸の家並を眺め、空の白い雲を見あげた。

「今日こそしめてやる＊」と彼は口の中で云った、「たとえ力ずくでも、今日こそしめてやるぞ」

得石は舌で右の頬へ瘤《こぶ》をつくり、それを静かに二本の指で撫《な》でた。娘のように赤く、ふっくらと湿っている唇が歪《ゆが》み、はっきりとした紛れのない双眸《そうぼう》に、貪婪《どんらん》な、ぎらぎらするような膏《あぶら》ぎった色がうかんだ。——舌で押した頬の瘤を撫でている右手の二本の指は、彼の意志とは関係がないように、押しつけ、撫であげ、撫でおろし、揉《も》みほぐすという動作を、巧みなしつっこさで続けていた。

「お、——」彼は耳を傾けた、「半鐘じゃないか、昼火事だな」

数えると一つ半であった。遠いな、と呟きながら、得石は窓を閉めた。風もないし、これならすぐに消えるだろう、つまらねえ、などと独り言を云い云い、簞笥《たんす》をあけて衣類を出した。すっかり出し終って、着替えをしようとしていると、手荒く障子をあけておくにがはいって来た。角ばった顔に、毒どくしい侮蔑《ぶべつ》と嫌悪《けんお》の表情をうかべ、とびだしたようにみえるその眼は、嫉妬《しっと》と嘲笑《ちょうしょう》とで光っていた。

「またあの手を使ったんだね」とおくには唇の隅《すみ》だけ動かして云った、「ふん、きたならしい、またあの手を使ったんだろう」

「きさまなどになにがわかる、おれのすることに口をだすな」

「薬礼だよ」おくには紙に包んだ物を、良人の足もとへ投げだした、「白ッ首*やけころ*にも劣ったけがらわしいまねをして、大の男がよくもこんなお金が取れるもんだ」

得石のよく手入れのしてある口髭《くちひげ》が片方へひきつった。だがそれは怒りのためではなく、ぬかるみへ坐《すわ》りこむ酔漢の、居直るような表情に似ていた。

「そういう金できさまも雨露を凌《しの》いできたんだ」と彼は歯と歯のあいだから云った、「喰《た》べる物を喰べ着る物を着、雨風にも曝《さら》されずに生きて来られたのはそのおかげだぞ」

「それを有難がれとでも云うのかい」おくには鼻で笑った、「ふん、そんなきたならしいお金で生きるくらいなら、あたしゃ飢え死をするほうがよっぽどましだよ」

「そうしたらどうだ」彼は着替えをしながら云った、「おれは止めやあしないぞ」

「そういうことはよく考えてから云うもんだ、迂闊《うかつ》に立派な口をきくとあとで引込みがつかなくなるよ」

得石は妻を見た。

「なんだと」彼の眼はすっと細くなった。

「なんでもないさ、いまはね」おくにはゆっくり云った、「おまえさんといっしょになった九年、薬研をすったり、客の応対から勝手仕事まで、代脈*と下女の役をたった一人で、飽き飽きするほどやって来た、いつか夫婦らしい夫婦になれる、子供を産んで、海野得石の妻となって、恥ずかしくない世間づきあいができる、そう思って辛抱していたんだ、ところがこのごろになって、ようやくおまえさんの本心がわかった、おまえさんにはあたしと夫婦になる気なんか、初めっからなかったんだ」

　得石は「なんだつまらない」という顔をし、帯をしめると、足もとにある紙包みを取って中をしらべてから袂《たもと》へ入れた。

「九年の余もこき使われて、身も心もこんなにすりへらし、老いさらばえてから捨てられるなんて、あたしのことをよっぽどのばかだと思っているんだろう」とおくには続けた、「そうだよ、あたしゃあばかだよ、おまえさんのようなきたならしいことをする医者の側《そば》にいて、いつか仕合せになれると思うなんて底ぬけのばかさ」

「人間の悲しいのは」と彼は冷笑するように云った、「あとになって自分がばかなことをしたと気づくことだ、けものはそんなことに気づきゃあしないがね」

「あたしがけもの同様だったと云うのかい」

　得石は振り向いて妻を見た。口髭のある端麗な、どっちかというと女性的な彼の顔に、酷薄な、人間らしくない表情があらわれた。おくには反射的に片方の肱《ひじ》をあげ、それで自分を庇《かば》おうとした。これまで彼の顔にそういう表情があらわれると、必ず平手打ちか拳《こぶし》がとんできたからである。けれども得石はいま殴らなかった。氷のような視線で、妻の全身を眺めまわし、そして静かに羽折《はおり》を着た。

「放《ほう》り出されたくなかったら、いまのまま温和《おとな》しくしていろ」と彼は云った、「人がましい*ことを考えると悲しいおもいをするぞ」

「あたしが死ぬのを止めないと云ったね」

「おれはでかける、履物を出せ」

「もういやだ、飽き飽きしたよ」とおくには脇のほうへ身を除《よ》けながら云った、「いまさら親のうちへも帰れないし、ほかに頼るところもありゃあしない、こんな日蔭《ひかげ》のみじめなくらしをするくらいなら、いっそ死んじまうほうがましだ」

「履物を出せと云うんだ」

「あたしゃ死んでやる」とおくには毒どくしく云った、「でもただこのままじゃ死なない、おまえさんのことを訴えて、なにもかもすっぱぬいてからだよ」

　得石は動かなくなった。

「あたしくらいおまえさんのことを知っている者はないんだ、そうだろう」おくには壁に沿って身を移しながら、呼吸を荒くして続けた、「おまえさんが石順先生の玄関番*、あたしは奥*で女中をしていた、そのうちおまえさんは、本石町《ほんごくちょう》のむさし屋という、薬種問屋のおかみさんをたらしこんだ、まえから知ってた、おまえさんはまだ玄関番だったのに、石順先生も代脈さんもいないとき、婦人科の病人に治療をしていたんだ、あの胸くその悪い、きたならしい治療をさ、そうだろう」

得石が前へ出ようとし、おくにはすばやく、あいている襖の外へ出た。

「むさし屋のおかみさんをたらしこむと、どうもちかけたか金をひき出し、石順先生のお屋敷を出てこの水谷町へ家を持った、海野得石、本道婦人科と看板をあげたのも、ちゃんと正当な免許を貰ったのじゃなく、むさし屋の金の力で取ったまでじゃないか」おくには廊下で歯を剝《む》きだしてみせた、「おまえさんがあたしをいっしょに伴《つ》れ出したのは、けがらわしい療治のことや、療治に来た女の人たちとのいやらしい関係を、あたしがよく知っていると気づいたからさ、むさし屋のおかみさんの入れ知恵かもしれない、あれから五年の余も縁が切れなかったし、治療のしそこないで騒ぎになりそうになると、いつもおかみさんに泣きついて助けてもらったんだからね、——いいかい、あたしはこういうことをみんな知ってるんだよ、その中でもひどいのは、中橋の満利屋のごしんぞさ、おまえさんがいつもの手でむが夢中にさせたあげく、とうとう子を孕《はら》ませてしまった、それがわかって、可哀《かわい》そうにごしんぞさんは首を吊《つ》って」

「そんなことをここで並べたててどうするんだ」得石はやわらかい調子で遮《さえぎ》った、「それは出るところへ出て饒舌《しゃべ》るんだろう」

「あたしが饒舌らないとでも思うのかい」

「饒舌るまえに考えてみるんだな」と彼は云った、「頭へ血ののぼった女が、やきもち半分に訴え出ることを、いちいちお上《かみ》で取り上げるかどうか、――きさまのようなばか者にはわかるまいが、世の中の仕組は二一天作《にいちてんさく》＊が七にもなれば三にも九にもなるんだ、現にこうして、おれは得石先生と立てられている、病家には旗本御家人衆もあるんだ、よく覚えておけ」

二

得石は外へ出ると、京橋まで歩いて駕籠《かご》をひろい、「永代《えいたい》まで」と云って乗った。

「かまきりの斧《おの》＊ということもあるんだな」駕籠の中で彼は呟いた、「踏んでも蹴《け》っても音《ね》をあげたためしのない女だったが、――ふん、本当のことを知ったら、もう一と騒ぎやるだろうな」

駕籠を永代橋の袂でおり、得石は河岸《かし》の道を右のほうへいった。そこは大川端町《おおかわばたちょう》というところで、舟宿や釣道具屋などのほかは漁師の家がたてこんでおり、堀のほうには舟を繋《つな》ぐ杭《くい》が、片方だけずらっと列をなしている。いまは漁に出ているのだろう、繋がれている舟は数えるほどしかなく、堀端の白く乾いた道の上で、幾組かの子供たちが遊んでいた。――大川に面した町の向う角に「海石」という、しゃれた掛け行燈《あんどん》を掲げた料理茶屋がある。門構えだが地所にゆとりがないので、門からひと跨《また》ぎで玄関だし、板塀《いたべい》と建物とのあいだも三尺そこそこしかない。座敷の数も下に小さいのが三つ、二階に八帖と六帖があるだけだが、表の八帖は大川に面しており、縁側へ出れば広い川口と、佃島《つくだじま》をまぢかに、品川沖までの海が眺められる。「海石」はその眺望と、海の活《い》き魚料理が売りもので、開業してから二年足らずだが、かなり繁昌《はんじょう》しているし、ひいき客も付いていた。

得石がはいってゆくと、小女《こおんな》が出て来、吃驚《びっくり》したように奥へとんでいった。すると、内所《ないしょ》*の障子をあけて、おかねが出て来た。得石は女の顔が赤くなっているのを認めた。

「お帰んなさい」とおかねが笑いかけた、「いま藤井さまのお相手をしていたところなの、二階へいらっしゃる」

「藤井とは誰だ」

「あらいやだ」おかねは打つまねをし、声をひそめた、「久世出雲《くぜいずも》さまのお下屋敷の、藤井新五郎さまよ、知ってるでしょ」

「それが内所で飲んでるのか」

「二階へいきましょ」おかねは巧みに彼を階段のほうへ押していった、「お友達とゆうべなか*へいらしって、けさ別れ際《ぎわ》に喧嘩《けんか》をなすったんですって、飲み直したいから相手をしろって云われて」

「しょうばいを忘れやあしないだろうな」階段を登りきったところで、彼は女に振り返りながら云った、「うちは料理茶屋だ、客は座敷にとおすべきだし、気ばらしがしたければ芸妓《げいぎ》でも幇間《ほうかん》*でも呼ばせるがいい、内所でおまえが相手をしたって、しょうばいにはならないだろう」

「芸妓だの幇間だのってとんでもない、藤井さまにはかなりお勘定が溜《たま》ってるのよ」とおかねは彼の着物の衿からなにか摘《つま》み取った、「だから今日だってあちらの仰《おっ》しゃるとおり佃煮とお新香で、お酒は燗《かん》ざましを出してるの、来たときにもう酔ってたんだから、どうせなにを飲ませたってわかりゃしないわ」

そして大川のほうを見、「まあ、いい水の色だこと」と云って座敷へはいった。得石は指の背で口髭を撫でながら、おかねの出した座蒲団《ざぶとん》に坐り、鹿革《しかがわ》の手提《てさげ》を脇に置いた。おかねは火鉢《ひばち》をひき寄せ、いま火を持って来ますから、と出てゆこうとした。

「燗ざましか」と得石が呟いた。

「え、――なにか云って」

「燗ざましか、と云ったんだ」彼は火のない火鉢の縁へ手をやった、「まあいい、火はいただいま、と云いながら、おかねは脇を向いてしかめっ面《つら》をした。

「怒るなよ、世の中のことは怒るやつが負けだぞ」おかねが去ると、彼は口を歪めてそう呟いた、「――藤井はあいつの古い馴染《なじみ》だ、あいつが万清楼の女中をしていたときからできていたらしい、そのくらいのことが見えないおれとでも思っているのか」

得石は手提を取って紐《ひも》を解き、中から矢立と小さな帳面を出した。そこへお初という小女が、炭取と十能を持ってあがって来、お帰りなさいまし、とお辞儀をしてから、火鉢へ火を移しにかかった。得石はふきげんに、下へいったらおかみさんに、帳合《ちょうあい》をするから来るように云ってくれ、と命じた。お初は承知して去り、次に茶を持って来たが、おかねの来るようすはなかった。——晦日《みそか》と十一日、二十一日は帳合の日である、平松町へもまわらなければならないし、五時には吉田屋に約束がある。どういうつもりだ、と彼は舌打ちをし、怒ってはいけないと自制しながら、手を叩《たた》いた。

あがって来たのはお初であった。

「おかみさんはどうした」彼は穏やかに云った、「帳合をすると云ったんだろう」

「はい」お初はまるい頬をまっ赤にした、「そう云ったんですけれど、おかみさんはいまちょっとあれですから、もう少しお待ち下さいって仰しゃってます」

「いそぐんだ」と彼は云った、「ほかにも用があっていそぐから、すぐ来るようにもういちど云ってくれ」

お初はおりていったが、それからさらに四半刻《しはんとき》の余を経《た》って、ようやくおかねがあがって来た。すっかり酔っているようで、眼の中まで赤く、髪の根もゆるんでいるし、着物も前さがりに着崩れていて、よろよろしながらはいって来るとき、下っている裾《すそ》を踏んであぶなく転びそうになった。

「ごめんなさい、飲まされちゃったのよ」おかねは火鉢の脇へぺたりと横坐りになり、ほつれかかる髪の毛を、うるさそうにふうと口で吹いた、「あら、なんにも来てないのね、しょうのないお初だこと」

「今日は二十一日だ」と彼は遮って云った、「私は帳合に来たんだ、今日が帳合をする日だということはわかっている筈《はず》じゃないか」

「あら嘘《うそ》よ」おかねはにらんだ、「今日は二十日じゃないの、二十一日は明日だわ」

「今日が二十一日だ」

「二十日ですよ」

得石は矢立から筆を抜き取り、墨壺《すみつぼ》をあけた、「いいから帳面と金箱を持って来い」

「そんなこといま急に云われたって困るわ、二、三日こっちいそがしくって帳面どころじゃなかったし、それに、ああそうだ、あなたが来たらお願いするつもりでいたんだわ」おかねはくなっと軀《からだ》を捻《ひね》った、「ねえ、酒屋のほうが溜っていてうるさく催促をするの、済みませんけれど三両だけ都合をつけて下さいな」

得石はじっと女の顔をみつめた、「――私は帳合をして金を受取りに来たんだ、十一日の勘定にも三両二分残しておいたのに、三両貸せとはどういうわけだ」

「いま云ったじゃないの、酒屋がうるさく催促するからって」

「それはいつの勘定だ」

「先々月からのよ」

得石は咳《せき》をし、指の背で口髭を撫でた、「酔っぱらって頭がどうかしたな、酒屋というのは播磨屋《はりまや》だろう、勘定は毎月きちんと払って、受取がちゃんと取ってあるじゃないか」

「あら嘘よ、そのこと話したでしょ」

「そのこととはなんだ」

「播磨屋の番頭が悪いことをしていて、金を持って逃げたのよ」とおかねは云った、「半年もまえからで、うちで払った勘定も先々月から店へは入れてないんですって、あたし話さなかったかしら」

「聞くのはいま初めてだ、しかしそれならこっちの知ったことじゃあない、こっちは払うものを払ってちゃんと受取を」

おかねが手を振って遮った、「その受取がだめなの、播磨屋の受取とは紙も違うし印判も違うのよ」

豊次というその番頭がどこかで刷らせた用紙へ、でたらめな印判を捺《お》したもので、気づかなかったのはこっちの手落ちだ。出るところへ出ても勘定は払って貰《もら》う、と播磨屋の主人は云っているそうであった。

「出るところへ出ようじゃないか」と彼は云った、「そんな人間を使っていたのは播磨屋の責任だ、ばかばかしい、どこへ出たってそんな理屈がとおるものか、――いったい金高はどのくらいになるんだ」

「たいしたことはないの」おかねは鼻の先へ垂れて来たほつれ毛をふうと吹いた、「たしか十二両とちょっとだったでしょ」

「十二両――」得石は息を吸った。

「出るところへ出るっていうけれど、本当にそうするつもりなら御自分でして下さいね、あたしは公事《くじ》*沙汰《ざた》なんかいやですよ」

「私にやれって」彼はちょっと吃《ども》った、「だってこの店はおまえの名義でやってるんじゃないか、表むきの事で私が出るわけにはいかないよ」

「そんなことを知るもんですか」とおかねは鼻で笑った、「名義があたしだって、給銀*もろくに貰えない女中同様で、おまけにからだまでおもちゃにされるんじゃないの、われながら自分のばかさかげんにあいそがつきるわ」

「おまえ酔いすぎてるぞ」

「だからどうだっていうの」

　今日はおかしな日だ、と得石は思った。おくにがへんなことを云うかと思うと、ここではまたおかねが絡《から》みだす、用心しないとなにが起こるかわからないぞ。そう思ったので得石は声をやわらげた。

「よく考えてごらん」と彼は云った、「おまえが万清楼にいたとき、私はおまえを見込んだ、この女なら料理茶屋の女主人を立派にやってのけるだろうし、女房にしても恥ずかしくはない、そう見込んだからこそ」

「ああたくさん」おかねはまた手を振った、「それももう聞き飽きたわ」

三

「そのから証文*に騙《だま》されて、今日まであなたのいいようにされて来た、面倒なこの店の切り盛りから、めかけの役まで勤めて、身に付いた物は着物が四、五枚に帯が二本きり、それでいざとなればお払い箱なんだから」おかねは無遠慮におくびをした、「めし屋の女中をしたっても少し稼《かせ》ぎになったわ、ばからしい」

「その話はまたにしよう」得石はがまん強く云った、「時が来ればこの店はおまえのものになるのだし、いまの女房とは必ず別れる、私はおまえといっしょになり、ここを住居にして水谷町へかようことにする」

「あたし下へゆきますよ、お客さまが待っていますからね、ああ、それから酒屋へやる三両はどうして下さるの」

「そんな金はない」

「料理屋が酒を止められてもいいんですか」

「酒屋はほかに幾らでもあるだろう」

「いいわ、それなら新らしい酒屋を頼んで下さい」おかねは立ちあがった、「あたしは雇われているだけだから、そういうことにはかかわりませんからね」

「雇われているだと」

「いまはっきりさせるほうがいいかもしれないわね」と立ったままおかねが云った、「この店を始めてから今日までの給銀、女中の役とからだを貸した分と、両方まとめて払ってもらいますよ、これからのことはそのあとの相談にしましょう、よござんすね」

得石は「きさま」と云って立とうとした。そのとき階段を踏み鳴らして、「おかねはどうした」と喚《わめ》きながら、一人の男があがって来、おかねが障子をあけて、ここにいてよ、と呼びかけた。男はよろよろとこっちへ来て、廊下から座敷の中を覗《のぞ》きこんだ。年は三十一か二であろう、着ながしに無腰*という身なりも、瘦《や》せて骨ばった、色の黒い顔に険《けん》のある眼つきなども、侍というよりまるで渡世人*という感じにしかみえない。――相手はこっちを知らないだろうが、得石のほうでは万清楼で、二度か三度みかけたことがあった。久世出雲守《くぜいずものかみ》の家来で、ここから堀ひとつ隔てた、北新堀の下屋敷に勤めている、名は藤井新五郎、酒癖が悪いので、万清楼でも嫌われ者だったが、おかねのほうでのぼせあがっていたことは、女中たちなかまの評判であった。

「いつまでなにをしているんだ」藤井は得石の顔をみつめながらおかねに云った、「ひとを置き放しにして、こんなところでいちゃついているなどとはよろしくない、さあ、いいかげんに下へいって相手をしろ」

「あたしはいきたいんだけれど、この人が文句を云っていて」

「文句だ」と藤井が云った、「なんだその男は、客は自分一人だとでも云うのか」

「いいえお客じゃないんです、このうちの主人ですよ」

「主人だって、これが」藤井は左右へよろめきながら、眼をほそめ、唇を舐《な》めた。すると険のある眼がぎらぎらし、頰の肉がひきつった、「これがあの強欲医者か、医者をしながら料理茶屋をやらせ、儲《もう》けはごっそり持ってゆくという、あこぎ*なやつか」

「おかね、下へ――」得石は眼ぐばせをしながら云った、「下へお伴《つ》れしてお相手をするがいい、今日はもう帰るから」

「あたしの頂く分はどうなるんです」

「それはこの次に話そう」

「播磨屋へ入れるお金は」

「明日にでも来るから、そのときなんとかしよう」

「おい強欲医者」と云った、「きさまはこんなしょうばいを隠れてするくらいだから、本業のほうでもうまい汁《しる》を吸っているんだろう、診立《みた》て違いで病人を何十人も殺しながら、儲けるだけはしこたま儲け、その金で日済《ひな》し貸し*でもやってるんじゃないのか」

「手きびしゅうございますな」と得石は軽くうけながら、帳面や矢立を手提の中へしまった、「おかね、こちらさまのお席をここへ移してあげたらどうだ、私はこれで帰るから」

「うしろ暗いことがあるとみえて逃げだすな」と藤井が嘲笑《ちょうしょう》した、「口髭なんか生やしゃあがって、ふざけた野郎だ」

「ようござんすよ、もう」とおかねが藤井の手を摑《つか》んだ、「どうなさる、ここで召し上りますか」

得石はすばやく廊下へ出た。鼬《いたち》のような野郎だ、と藤井新五郎が云い、彼はいそいで階段をおりた。

「女なんてものは、どいつもこいつも」外へ出ると彼は悲しそうに呟《つぶや》き、首を振って、こんどは狡《ずる》そうに笑った、「――まあいい、そっちでそう出るなら却《かえ》って好都合だ、おくにもおかねも放逐《ほうちく》してやる、裸で放《ほう》り出してやるからそう思え、可愛《かわい》*やなんにも知らねえんだから、こっちにはおみのという」

得石はどきっとしたように立停《たちどま》った、「そうだ、もう平松町へまわっている暇はない、平松町の帳合は手間がかかる、ちょっと早いがこのままいってしまおう」

おみのが来るまえに一杯やって、このいやな気分を直しておこう、そう思って彼は駕籠《かご》をひろった。――日本橋の浮世小路と呼ばれるその町内でも、吉田屋は一風変った料理茶屋であった。表は格子戸《こうしど》、規則だから水手桶《みずておけ》*は積んであるが、掛け行燈も暖《の》簾《れん》もなく、知らない者には茶屋などとは思えない。まったくのしもたや造りであるが、中は広く、総二階の下に五つ、上に六つ座敷があった。

吉田屋へ着いたのが四時ちょっと前、もちろんおみのは来ていず、得石は階下の四帖半で酒を飲み始めた。その日は客が多く、二階にも下にも、幾組か賑《にぎ》やかに談笑する声や、三味線の音なども聞えていた。

「おみのという人から約束がしてある筈だが、座敷は大丈夫だろうな」

「ええわかってます」給仕に坐《すわ》った中年の女中が云った、「お座敷はちゃんと支度してありますし、いまいるお客さまも、昏《く》れるまえにはたいていお帰りになる筈ですから」

「一つ合《あい》*をしてくれ」彼は女中に盃《さかずき》を差した、「名前はなんというんだ」

「おときです、どうぞごひいきに」

女中は盃に一つ飲むと、すぐ来るからと云って、用ありげに立っていった。

おかねのやつ、ことによると藤井に唆《そそのか》されたな、と彼は手酌《てじゃく》で飲みながら思った。酒屋の話も腑《ふ》におちない、十二両などという大枚な金を、番頭が横領したのにこっちへ押しつける。受取が偽造だといったところで、こっちの責任だなんていう理屈がどこにあるか。狎《な》れあい*だ、酒屋のほうとも狎れあいかもしれない、と彼は思った。

「そんなあまい手に乗るおれだと思うのか」彼は鼻で笑った、「見ていろ、すぐに化けの皮きれいに剝《は》いでやるから、そのとき音《ね》をあげるなよ」

ええよせ、と彼は首を振った。こんなばかなことを考えるな、今日こそおみのをものにする筈じゃないか、つまらないことは頭から吹きとばしてしまえ、と彼は心の中で自分に云った。――だがすぐにまた、おくにとおかねと二人、同時に嚙《か》みついて来たのはどういうことだ、と思った。これまでどっちも温和《おとな》しくしていた。むろん不満はあったろうが、あんなふうに真向から楯《たて》を突いたことはない。しかも、まるで相談でもしたように、二人の態度が同じ日に変った、というのはふしぎではないか、彼はそう思い、それから片手で額をとんとんと叩いた。

「忘れろ、そいつを忘れちまえ」と彼は自分に舌打ちをした、「そんな気持でおみのがくどきおとせるか、ほかのことは考えるな、自分の一生が変る瀬戸際《せとぎわ》だぞ」

酒がなくなったので手を叩いた。廊下の向うで返辞が聞え、足音が近づいて来、障子があいた。得石ははいって来た娘を見て、あっという眼つきをした。

「おみのさん」と云って彼は坐り直した。

おみのと呼ばれた娘は、得石に向かってしたたるように笑いかけ、黙って、ゆったりと歩み寄って来ると、得石のうしろへまわり、両の袂を彼の肩へ掛けて、背中からそっと抱きしめた。

「あたしを待っていて下さらなかったの」とおみのはあまえた囁《ささや》き声で云った、「――にくらしい先生」

そして得石の左の耳たぶを嚙んだ。得石は身を捻って、おみのを抱きこもうとしたが、おみのは喉《のど》で笑いながら巧みにその手を除《よ》け、火鉢の脇へいってきちんと坐った。

「待たなかったわけじゃあない」と彼は盃を取っておみのに差した、「待ちあぐねて一と口やり始めたところだ、まあ一つ、と云っても酒はなしか」

「いま来るようよ」と云っておみのは片手を出した、「いいえお盃ではないの、このあいだ約束した物を見せてちょうだい」

「約束した物――」

「貸金の証文、みんな持って来てみせるって約束なすったでしょ」

「ああそうか」

女中のおときが酒を持って来、「二階へお移りになりますか」と訊《き》いた。おみのはかぶりを振って、もう少し経ってからと云い、女中は出ていった。

「今日はいそがしくって」と得石は燗徳利《かんどくり》を持ちながら云った、「平松町のほうへ寄る暇がなかった、この次にはきっと持って来ますよ、まあ一つ」

「いや」おみのは上半身でいやいやをし、得石をにらんだ、「約束を守って下さらなければ頂きません」

「この次は必ず持って来ますよ、必ず、誓って約束を守りますから、とにかく一つ受けて下さい」

四

「しかし貴女《あなた》という人はふしぎな人だ」得石は酔いのために軽くなった口ぶりで、口髭を舐め舐め云っていた、「むさし屋のかみさんとのことも知ってるし、海石のことから平松町の豊島屋のこと、豊島屋で小金貸しをやらせていることまで知ってるんだから、——まったくこっちは、首の根を押えられたようなこころもちですぜ」

「そんなことあたりまえよ」おみのは盃の酒を杯洗《はいせん》*にあけて彼に差した、「一生添いとげる相手ですもの、女なら誰だってその人のことを知りたいと思うわ、ことに先生のような、女にもてる方はね」

「その眼だ」と彼は云った、「その殺し文句といまの眼つきでいつもこっちは骨抜きにされてしまう、おみのさん」

得石は盃を持ったまま、左手を伸ばした。おみのはやわらかにその手を避け、「だめ」とにらんでかぶりを振った。

「ひどい人だ」と彼は怨《うら》めしげに云った、「こんなに私をのぼせあがらせておいて、いざというときになるときまってすりぬけてしまう、私のことは根から葉までさぐりだしていながら、自分のことはなにもうちあけてくれない、――いどころさえ教えないんだから、いったい貴女はどういう気持なんです、ただ私をからかっているだけなんですか」

「ほんとのことを云いましょうか」おみのは微笑しながら、ながし眼で彼を見た、「――あたし今日は、どうなってもいいつもりで来たんです、二階にもそのつもりで、支度をするように頼んでおいたのよ」

「それが本当なら」

「いいえだめ」おみのはまたかぶりを振った、「先生は約束を守って下さらなかったでしょ、あんなに固い約束をしたのに、それを守って下さらないとすれば、あたしだって考え直さなければなりませんわ、女にとっては一生のことですもの、そうじゃなくって、先生」

「ふしぎな人だ、貴女は」得石は手酌で飲んだ、「私にはわからない、貴女ぐらいの年ごろで、金貸しに興味があるなんて聞いたこともない」

「あたし先生のことがなにもかも知りたいの、ただそれだけよ」

「それならいっしょになってから飽きるほど見られる」彼はまた手酌で飲んだ、「――なにもこういうときに、そんな色消しな物を見ることはないと思うがな」

「あら、あたしお金は好きよ」おみのは彼に酌をして云った、「こうして先生と逢《あ》うのだって、あたしの自由になるお金があればこそでしょ、先生もお医者でいながら料理茶屋をやらせ、宿屋と金貸しまでしていらっしゃる、——あたしと先生とは性が合っていると思うし、もし先生といっしょになることができたら、豊島屋のほうはあたしがやらせて頂くつもりでいるのよ」

「そのために証文を見たいというわけか」

「あるだけ全部ね」とおみのは云った、「それで先生のことはすっかりわかるし、先生があたしを信じて下さるということもわかるわ」

得石は膳《ぜん》の上にあるおみのの盃を見、彼女がまだ一と口も飲んでいない、ということに気づいた。盃を差せば受けるが、酒はみな杯洗へあけてしまう。これはうっかりするとこっちが潰《つぶ》れてしまうぞ、と彼は思った。

「よろしい、わかりました」と彼は口髭《くちひげ》を指の背で撫《な》で、酔っていない証拠をみせようとして膝《ひざ》を正した、「よくわかりました、貴女が本当にそのつもりなら、こんどこそ必ず持って来てごらんにいれます」

そして突然、倒れるような身振りでおみのの手を摑んだ。おみのは拒まなかった。手を摑まれたまま軀《からだ》を反らせ、「痛いわ」と眉《まゆ》をひそめながら、立ちあがった。

「おみのさん」彼は伸びあがった。

「ここはいや」とおみのは囁いた、「あたし二階へいってます」

「本当だな」

　おみのは眼で笑いかけた、「女中さんにそう云ったら、来てちょうだい」

「まさかまた、逃げるんじゃあないだろうな」

　おみのは微笑しながら、摑まれている手をそっと放し、ゆったりとした歩きぶりで、廊下へ出ていった。

「また逃げられたかな」彼は自分に云いながら燗徳利を持った、「いや、そんなことはあるまい、今日はいつもとようすが違っていた、いくらなんでも今日こそは、――」

　燗徳利には酒がなかった。得石はそれを置いて、乱暴に手を叩き、返辞が聞えないのでまた叩いたが、その動作で坐った軀がぐらっと傾き、倒れそうになって左手を突いた。

「おい、戦場だぞ」彼は自分に云った、「しっかりしろ得石、ここは関ヶ原だぞ、――これから一といくさ始まるんだぞ、しっかりしろ」

　若い女中が酒を持って来、少しまをおいておときが来た。得石は手酌で飲んでいたが、おときが坐ろうとすると手を振った。

「云うにゃ及ぶ*だ、わかってる」と彼は手を振りながら云った、「二階の支度ができたんだろう、わかってるよ」

「二階へいらっしゃるんですか」

「いらっしゃるかって、――呼びに来たんじゃあないのか」

おときは燗徳利を持ち、口へ手を当てて笑いながら酌をした、「ごめんなさい、お伴れさまならお帰りになりましたわ」

得石の手が、酌をされた盃を持ったまま、動かなくなった。

「いけませんよ」とおときが云った、「あんな若いおきれいなお嬢さまをくどいたりなすっては、罪ですよ先生」

「帰ったって、――本当に帰ったのか」

「約束を守って下さらないからって」と云いながらおときは、おみのの盃を取って、冷えてしまった酒を飲み、その盃をさしだしながら云った、「一つ下さらない」

得石は自分のを飲み、おときに酌をしてやった。

「この次に知らせたとき、もし約束を守って下さらなかったら」とおときが云った、「もう二度とおめにはかかりませんって、そう申上げてくれと仰《おっ》しゃってましたわ」

「ぎゃふんだな」と彼は云った、「ざまあねえ、いい面《つら》の皮だ」

「あんなにお若くておきれいでいて、ずいぶんしっかりしていらっしゃるのね」とおときは彼に盃を差しながら云った、「昨日ここへ初めておみえになったときも、十五、六の小間使*らしい女の子を伴《つ》れていらしったけれど、御自分ではっきり仰しゃるんですよ、二階の静かな座敷がいい、お酒のあとで休むからその支度もするようにって、――こんなおばあちゃんのあたしたちでさえ云いにくいことを、はっきりと仰しゃるんですもの、みんなあとで顔を見合わせちまいましたわ」

「ぎゃふんだ」と彼は盃の酒を呷《あお》った、「舞う手もなしだ*、——このうちは馴染《なじみ》なのか」

「いいえ、いまも云うとおり昨日が初めてですよ」

「大きいのにしよう」彼は汁椀《しるわん》の蓋《ふた》を取った、「今日は酔ってくれるぞ」

「誰かお呼びしましょうか」

「おときといったな」彼は盃をおときに与えた、「おまえが気にいった、よければおまえに相手をしてもらおう」

「あのお嬢さんに叱《しか》られますよ」

「あれは魔性のものだ」

得石は自分で思うより酔っていた。今日こそおみのをものにしようと考え、そのために飲みだした酒が、逆に彼の力を奪った。酔っていなければ逃がしはしない、必ずものにしたところだ。そう思うと、おみのにも自分にも肚立《はらだ》たしくなり、酔いに任せて饒舌《じょうぜつ》になった。

「あの娘は魔ものだ」と彼は云った、「初めて会ったのは半年まえ、いまが十一月だから、五月のことだろう、小間使を伴れて診察を頼みに来た、——私は京橋で医者をしているんだがね」

「おつむ*を拝見すればわかりますわ」

「注《つ》いでくれ」彼は椀の蓋をさしだした、「胸が痛むから診《み》てくれと云って、こっちがなにも云わないうちに、くるっと、いさましく肌ぬぎになった、双肌《もろはだ》ぬぎ*だ、いやその美しいこと、女の肌は見馴れているが、あんなに美しい胸を見たのは初めてだ」

俗にめくら乳という、乳首の出ていない、薄い樺色《かばいろ》*の乳暈《にゅううん》だけの、小さいけれど固く張りきった乳房から、きめのこまかな、清絹《すずし》*のように青みを帯びた白いなめらかな肌、まるく小さな肩や、くびれている細腰などを、得石は昂奮《こうふん》した口ぶりで、手まねをしながら詳しく語った。

「はい、お口のまわり」おときはふところ紙*を出して彼に渡した、「およだが出てますよ」

「病気なんかなかった」彼は紙を受取って云った、「どこにも悪いところなんかなかったが、それっきりになるのが惜しいから、ようすをみようと云った」
四、五日かよって来てくれと云うと、薬礼《やくれい》を置いて帰った。あとであけてみたら金二両、彼は吃驚《びっくり》した。名はみの、年は十八と聞いただけで、住所も家の商売も云わなかった。よほどの大家の娘だろう、もう来ないのではないかと思ったが、中一日おいて、木挽町《こびきちょう》の清川という料理茶屋から迎えが来た。先日のお礼に一と口さしあげたいからという。いってみるとおみので、三の膳*の付いた贅沢《ぜいたく》な料理で酒を馳走《ちそう》された。おみのは小間使も女中も遠ざけ、自分で彼に給仕しながら、嬌《なま》めかしく彼の気をそそった。ははあ、おれに気があるな、と彼は思い、だが相手は大家の娘らしいので、そのときはさりげなく受けながした。

「それから今日まで、半年のあいだに十二、三遍も逢ったろうか」と彼は云った、「逢うたびにだんだん色っぽくなり、いまにもおちそうなようすをみせるんだが、際どいところですうっと逃げてしまう、するっと――」

得石は手で一種の動作をしてみせた。

五

住居や家のしょうばいのことは決して話さない。逢うときはおみののほうから知らせて来るし、場所はいつも一流の茶屋で、費用も一度として彼に払わせたことがない、使った金は五十両に近いだろう、彼はすっかりのぼせあがってしまった。

「あのとおりの縹緻《きりょう》で、金がふんだんにあって、おまけに触れなば落ちんという風情《ふぜい》でもちかけられるんだ、これでのぼせあがらなければ男じゃあない、そうだろう」

「なんだか化かされてるみたような、いっそきみの悪い話じゃあありませんか」

「これがもし化かされてるんなら」と彼は酒を呷って云った、「生涯化かされたままでいたいようなもんだ」

そのへんで頭の芯《しん》まで酔いがまわったらしい、おそろしく熱をあげて饒舌《しゃべ》ったあげく、酔い潰れて横になった。むろん吉田屋のその座敷で潰れたものと思っていたが、眼をさましてみると水谷町の自分の家で、夜はずっかり明けていた。——いつどうして帰ったか、酔い潰れてからの記憶はまったくない。枕許《まくらもと》に折詰や手提《てさげ》や財布、鼻紙などが置いてあり、しらべてみると、手提の中も財布も、持って出たときのままで異状はなかった。

「ふしぎな娘だ」頭の痛みに顔をしかめながら、彼は口の中で呟《つぶや》いた、「約束を守らなかったので怒った筈《はず》だが、それでも勘定は払い、土産の折まで持たせたのか」

よほど世馴れた年増《としま》でも、こういうことはできないだろう。彼は宿酔《ふつかよい》の重い気分のなかで、うれしさのあまりぞくぞくした。三十八にもなるし、女には飽きるほど馴れているのに、いま自分がうれしくってぞくぞくしているということを、彼は正直に認めた。

その日は治療に来る病人も少なく、午《ひる》ちかいじぶんに朝食を喰《た》べると、得石は病家へみまいにゆくと云って、平松町の豊島屋へでかけた。——豊島屋は旅館で、門七という男に経営させている。始めてから五年、座敷の数は七つしかないが、客だねがよく、繁昌《はんじょう》するので、いま建増しをしているところであった。しかし宿屋だけが商売ではなく、彼は門七に金貸しもやらせていた。

水谷町で同棲《どうせい》しているおくにもそうであるが、門七もまた徳田石順という、本道婦人科の医者の家で下男をしていた。得石は徳田家で修業しているうち、門七の人柄に眼をつけ、五年まえに豊島屋を買ったとき、徳田家からひきぬいて経営を任せた。彼が見込んだとおり、門七はなかなか切れる男で、二年と経たないうちに資金を回収した。得石はそこで、金を遊ばせておく手はないと考え、門七に相談して、日済《ひな》し貸しをやらせてみたが、これもまず順当に儲《もう》けをあげ、現在では貸し金の総額が百二十両あまりになっていた。もちろん「日済し」のほうを主にしているが、問屋町が近いので、去年から三十日限の「時貸し」*もするようになった。

「おれには運が付いてる」平松町へゆく途中で、彼は満足そうに呟いた、「ふしぎなくらい運が付いているぞ」

豊島在にある生家は小百姓で彼は又助といい五人きょうだいの長男だったが、五反《たん》歩《ぶ》*たらずの土にしがみついて、働きどおしに働きながら、食うだけが精いっぱいという生活に見切りをつけ、十三の年に江戸へ小僧に出た。――下谷《したや》御《お》徒町《かちまち》の下総屋《しもうさや》という薪炭《しんたん》商に奉公したが、半年ばかりで暇を取り、長者町二丁目の徳田石順の家へ移った。徳田家は下総屋の顧客で、又助は炭や薪《まき》を持って出入りするうち、石順の妻女に認められたのであった。

――おれの運は初めから女が持って来てくれた。

彼はいまそう思う。又助は石順の妻女に泣いてみせた。医者になるのが一生の願いである、どんな苦労もいとわないから医者になりたい、そう云って涙をこぼした。

「おれは生れつき、女の心を掴《つか》む腕があったんだな」と得石は呟く、「心ばかりではなく躯のことでも、人にはわからない勘どころがわかるんだ」

玄関番になったのが十七歳、それまでにかなり勉強したが、学問のほうはあまり進まなかった。石順や代脈のすることを見ているうちに、いつか診察や投薬のこつを覚え、ぬけ遊び*にいっては、岡場所*の女などで実地にためしてみた。――それを繰返しているうちに、中年の女の病気の大半が、じつは病気ではなく、精気の不通ととどこおり*だということに気がついた。彼はここでもまた、女たちによって道をひらくことができたのである。石順や代脈が留守のとき、彼は婦人科の客にそれをためしてみた。すると五人のうち三人くらいは、明らかに反応を示し、違和が軽快するのを慥《たし》かめた。

――その治療法は恥ずべきものとされていた。

婦人科ではそういう診察や治療法は、もっとも卑《いや》しく恥ずべきものといわれていた。彼は知らなかったが、患者の中に特に彼を名ざして来る者が多くなり、石順にはその理由がわかったのだろう、それが医者としてどんなに卑しいことであるかを告げ、留守に診察することはならぬと禁じた。だが徳田家は流行《はや》っており、石順も代脈もいないことがしばしばあるため、彼が診察することもしぜん黙認されるようになった。こうしてやがて、むさし屋の妻女があらわれたのだ。

彼の治療法を誰かに聞いて、好奇心にかられて来たらしい。おそのというその妻女は、初めの一度で彼のとりこになり、五度ぐらいかよって来ると、「金を出すから自分で開業したらどうだ」と云いだした。彼はそのとき危ない立場にあった。婦人患者の一人が、彼の子をみごもり、良人《おっと》にみつかって自殺したのである。治療ちゅうにふとあやまちを犯したもので、相手が誰かという証拠はなかったが、良人は彼だと見ぬいているようであった。

「あのときは助かったな」と彼はそのときの危なかった立場を思いだすように、ちょっと身ぶるいをした、「――むさし屋のおそのがあらわれなかったら、徳田家にもいたたまれなくなったろうし、いまごろは人足*にでもなっていたかもしれない」

徳田家を出るに当って、おくにを伴れ出したのもよかった。おくには彼の秘密を知っていたが、それが伴れ出す理由ではなかった。家を持つ以上、誰か身のまわりの世話をする者がなければならない、また彼の「治療法」は特別だから、むろん代脈などは使えないし、事情をのみこんでいる者のほうがいい。おくにはこういう条件を備えていたうえに、いざとなれば逐《お》い出すこともたやすい。

――やがて資産を仕上げて、しかるべき家から嫁を貰《もら》おう。おくにはそれまでのつなぎだ、と彼は思っていた。すると、まるで誂《あつら》えたように、おみのがあらわれたのである。

「いつも女が運を持って来るが、こんどこそ身を固めるときだな」と彼は呟いた、

「――逢うときには惜しげもなく散財するが、あたしもお金は好きだと云ったし、賃金の証文を見たがるところなど、おれと性が合っているかもしれないぞ」

おそらく持参金*も相当あるだろう。ことによったら医者のほうは廃業して、海石と豊島屋だけにしてもいいな、そんなことを考えていると、やがて駕籠《かご》がおりた。そこは平松町の角で、彼は自分の店へは決して駕籠を乗り着けない。必ず一町*くらいはなれたところでおりるのだが、駄賃《だちん》を払って歩きだすと、うしろから呼びとめられた。

「おまえさん豊島屋の人だね」

得石は振り返った。風態の悪い、ならず者のような男が立っていた。縞《しま》の単衣《ひとえ》に双子縞の袷《あわせ》を重ね、三尺に草履ばきで、手拭《てぬぐい》の頬かぶりを鼻の先で結び、ふところ手*をしていた。得石は「いや」と首を振った。

「豊島屋へはゆくがあのうちの者ではない」と彼は答えた、「私は京橋水谷町の医者で」

「海野得石ってえんだろう」と男が云った。

得石の手が口髭へいった。

「ちょっとそこまで歩いてくれ」と男は顎《あご》をしゃくった、「その裏の空地までだ、てまはとらせねえから来てくれ」

「用があるならここで聞きましょう」と彼はひるまない口ぶりで答えた、「いったいおまえさんはどういう人だ」

「裏へいきゃあわかるこった、世話あやかせねえでちょっと来てくれ」男は唇で笑った、「ここでもいいが往来の眼があるぜ、人の見ている前で恥をかくのは、おめえだってうれしかあねえだろう」

「しかし用というのはいったい」

「うるせえな」と男は乱暴に遮《さえぎ》り、ふところ手を出したとみると、すばやく得石の腕を摑んだ、「下手《したて》に出ていればいい気になりゃあがって、野郎、来るのか来ねえのか」

すでに往来の人が四、五人、立停《たちどま》ってこっちを見ていた。

「わかった」と彼は弱味を見せまいとしながら云った、「それほど云うのならゆこう、だが乱暴なことはするな」

「おめえほどじゃあねえさ」

さあこっちだと云って、男は得石の腕を摑んだまま、紙問屋と乾物屋の路地をぬけていった。――路地を出ると百坪ばかりの空地で、隅《すみ》のほうに古材木が積んであり、地面は霜どけのためにぐしゃぐしゃしていた。

「おい伴れて来たぜ」と男は片方へ向いてどなった、「こいつがそのいかさま野郎だ」

どなるのと同時に、男は得石に足払いをくれ、力任せに肩を突きとばした。得石はきれいにつんのめり、ぬかっている地面へ転倒した。そこへまた二人の男が出て来た。

六

得石は四つ這《ば》いのまま息をひそめた。顔も両手も、着物の前も、叩《たた》きつけられた霜どけのぬかるみで、べったりと泥まみれになっている。へたに起きあがるとまたやられるに違いない、そう思ったから、その恰好《かっこう》のままかれらに呼びかけた。

「話せばわかる、乱暴をするな」と彼は云った、「ぜんたいなにが欲しいんだ」

「この野郎ふざけたことをぬかすな」

そうどなりさま、男の一人が得石の腰を力いっぱい蹴放《けはな》し、得石はもういちど前へのめった。ぐしゃっと、顔がぬかるみへ埋まったとき、彼は屈辱と怒りのために嚇《かっ》となった。こいつら、殺してくれるぞ、と胸の中で絶叫したが、起きあがって、手の甲で顔を横撫《な》でにし、口の中から泥を吐き出すうちに、辛《かろ》うじてその怒りを抑え、軀《からだ》の力をぬいた。

「こんなことをしてなんになるんだ」と得石は静かに云った、「そっちにはなにか望みがあるんだろう、私を痛めつけるより、肝心な話をするほうが早くはないのか」

「しぶてえ野郎だな」とばかに太い声の男が云った、「なんでも指の先か小銭《こぜに》で方《かた》がつくと思ってやがる、この野郎、本当に片輪者にでもしてくれざあならねえかもしれねえぜ」*

「それならおいらの役だ」とべつの男が云った、「どっちをやる、手か、足か」
「待ってくれ」と得石は片手をあげた、「そんな乱暴なことはやめて、私にわかるように話してくれ、いったいどういうわけでこんなことをするのか、私がどうすればいいのか、それを聞かせてくれ」
「自分で思い当らねえのか」太い声の男がそう云って、さも汚ならしそうに唾《つば》を吐いた、「浮気《うわき》な女房や後家さんに、けがらわしい治療をして高い薬料を取り、その金で料理茶屋を始め、豊島屋を始め、おまけに高利の日済し貸しまでやって、貧乏人の血を吸い取りゃあがる、この界隈《かいわい》の長屋だけでも、うぬ*のために泣いている者が何十人いるかしれねえ、いいか、それも日済し貸しが本業なら、憎まれるのを看板でやってるんだからまだいい、てめえは仮にも医者だぞ」男はそこで赤くなった、「どんな汚ならしい治療をするにもせよ業態からいえば医者だ、そいつが自分は蔭《かげ》に隠れて、高利の日済しで貧乏人の血肉をごっそり絞ってやがる、そんなちくしょうがお膝元《ひざもと》でうろうろするのを、こちとらあ黙って見ちゃあいられねえんだ」
「うぬのような人でなしはな」とべつの男が云った、「いっそ叩っ殺して大川へでも放《ほう》りこみてえところだ、だがそうすりゃあこっちも兇状持《きょうじょうも》*ちになるから、このさきうろうろできねえように片輪にして、それで勘弁してやろうというわけだ、これで文句はねえだろう」

「わかりました、よくわかりました」得石は爪《つめ》で顔の泥を落しながら、神妙に頭をさげて云った、「そういうことならおまえさんたちの云うようにしよう、金で済むことなら金を出そうし、日済し貸しをやめろなら今日にでもやめよう、云うとおりにするからどうか乱暴なことだけはしないでくれ」

「金で済むならだと」太い声の男が喉《のど》いっぱいに喚《わめ》いた、「まだそんなよめえ言*をぬかしゃあがるのか、野郎」

「やっちまえ」とべつの男が叫んだ。

得石は「誰か来てくれ」と叫んだ。三人の男は代る代る足蹴にし、人殺しだ、と得石は悲鳴をあげた。その声を聞きつけたのだろう、走り寄って来る人のけはいに続いて、なんだ、どうしたんだ、乱暴はよせ、などと云う五、六人の声が聞えた。

「助けて下さい」と得石は叫んだ、「私はなにもしないのにこの人たちは」

だが、口の中の泥が喉へはいり、彼は横倒しになったまま、身をちぢめて咳《せき》こんだ。足蹴はもうやんで、男たちの問答になり、三人は捨てぜりふを残しながら去っていった。残ったのは町内の人たちだろう、「けがはないか」とか、「どこの人か」などと得石に呼びかけた。――得石は豊島屋の門七を呼んでもらった。なにかかぶる物を持って来るようにと頼み、いまの三人はこの町内の者かと訊《き》いた。町内の者でもなし、この辺ではみかけない人間だということだったが、「豊島屋」という名が出ると、その人たちは急に冷淡になり、私は用があるから、いや私もそれでは、などと云ってたち去ってゆくようすだった。

「どうぞ豊島屋へお願いします」と得石は云った、泥まみれなのでうっかり眼もあけられず、伝言にいってくれたかどうかもわからないので、彼はまた心ぼそくなったのである、「お礼は致しますから、済みませんがどうかことづけをお願いします」

「おまえから礼なんぞ貰いたかあねえ」とさびのある声*で云うのが聞えた、「ことづけにはいったから安心しねえ」

町内のかしらだな、得石は思った。やがて門七が来、頭から雨合羽《あまがっぱ》のような物をかぶって、ようやく彼は立ちあがり、誰にともなく礼を述べると、門七の手に支えられて歩きだした。彼の礼に答える者はなかったが、歩きだすとうしろで笑い声がし、「少しは懲《こ》りるだろう」と云うのが聞えた。

風呂《ふろ》の沸くまで、顔と手足を洗い、着替えをしながら、得石はあらましの話をし、なに者がなんのためにしたことか、思い当ることはないかと訊いた。門七は見当もつかないと答えた。

「日済しで恨みのある者なら、私よりおまえに仇《あだ》をする筈だ」得石は痣《あざ》のできた右の太腿《ふともも》に膏薬《こうやく》を貼《は》りながら云った、「おまけに大川端の海石のことから治療のことまで知っていたのはおかしい」

「そんなことまで申しましたか」

「なにもかも知っているようだ」と彼は首をかしげた、「これは日済し金の恨みじゃない、ほかになにかわけがあるぞ」

得石はじっと考えこんだ。

——おかね、藤井新五郎。

おかねと藤井の名がふっと頭にうかんだ。そしてまたおくにの名も。そうだ、と彼は心の中で云った。どっちもやりかねないし、どちらかのやったことかもしれない。そうでなければ、あれほど内情を詳しく知っているわけがない。どっちの仕事だろう、と考えていると、次にまたおみのの名が頭にうかんだ。「おみのというあの娘はどうだ」と彼は声に出して呟いた、「あの娘もおれのことをよく知っていたぞ」

だが彼はすぐに首を振った、「ばかな、おみのはこれからおれと夫婦になるつもりでいる娘だ、金も充分に持っているし、おれを恨む理由がないじゃないか。やるとすればおくにかおかねのどちらかだ、おそらく、藤井の付いているおかねのほうだろう」

風呂を知らせに来たとき、門七は「いま使いの者がこれを」と云って、結び文を渡した。得石が披《ひら》いてみると、おみのからの呼出し状であった。

七

風呂からあがった得石は、鏡に向かって髪を結わせながら、困った、困ったと心の中で云い続けた。顔には二つ大きな青痣があるし、左の眼は殆《ほと》んど腫《は》れふさがっている。右の太腿も、痣のできたところが熱をもって痛み、歩くときには少し庇《かば》わなければならなかった。

――浅草みよし町の「ひらの」で待つ。

泊るつもりで来てくれ、という文面であった。この顔で、びっこをひきながら、いやだめだ、それはできない。こんなざまを見せるわけにはいかない、これではあいそを尽かされるばかりでなく、いい笑い者にされてしまう。今日は断わろう、と彼は思った。

「なにか仰《おっ》しゃいましたか」と髪結の又吉が訊いた。

「なんでもない、早くしてくれ」と彼は云った。

髪が終るとすぐ、得石は酒を命じた。門七は打身に酒は悪いと止めたが、彼はよけいなことを云うなとどなりつけた。彼がどなるなどということは例がないので、門七はすぐに女中を呼び、帳場の次の間に酒の支度をさせた。座敷がみなふさがっているし、あいている座敷も約束があるから、というのである。どこでもいい、酌《しゃく》の相手も要らない、おれを一人にしてくれ、と得石は云った。

「よし、待ってろ」と彼は手酌で飲みながら呟いた、「誰のさしがねかきっと探り出してやる、このまま泣きねいりにはしない、今日の仕返しはたっぷりしてやるぞ」

酒はまずく、いくら飲んでも酔わなかった。どこの馬の骨とも知れぬならず者のために、小突きまわされ、足蹴にされ、泥だらけになって悲鳴をあげた。自分の姿がどんなにあさましく、みじめだったかを思うと、怒りのために全身がふるえ、持っている盃《さかずき》から幾たびも酒がこぼれた。——店はいそがしかった。泊り客のほかに寄合いがあるとみえ、人の出入りや膳《ぜん》のあげさげで、帳場も板場も沸くようなありさまであった。

「待てよ、待て待て」と彼は五本めの徳利を取りながら云った、「そう思い詰めるなよ、先生、仕返しをしてどうなる、仕返しをして溜飲《りゅういん》をさげたところで、それっきりのはなしじゃあないか、ふん、金持喧嘩《けんか》せず*だ、おかねの仕事にしろおくにの仕事にしろ、どうせすぐに放り出す女だ、二人とも、野良猫《のらねこ》のように放り出してやる、そしてこっちはおみのと」

彼はそこで息をひそめ、片手で腫れた眼を押えながら、じっとなにか考えこんだ。

「そうだな」とやがて彼は低い声で、さぐるように、ゆっくりと呟いた、「それも手だ、うん、あの娘にはまだ気ごころの知れないところがある。そうだ、この顔を見せれば本心がわかるかもしれない」

得石は持っている盃をみつめた、「本当におれが好きで、おれと夫婦になるつもりなら、この顔を見たくらいであいそづかしはしないだろう、——もしこのざまを見て笑うか、あいそづかしをするようなら、いまのうちに諦《あきら》めるほうが身のためだ」

彼は手を叩いて酒を命じた。

「まだ刻《とき》はたっぷりある」と彼は自分をなだめるように云った、「もう少し考えてみよう、なにしろ相手はまだ娘だからな」

得石はさらに二本飲んだ。

箸《はし》がころげても笑う年ごろ、という言葉が頭にひっかかっていた。たとえおみのがしんじつ自分を愛しているとしても、そういう年ごろであってみれば笑いだすかもしれない。そんなことで本心をためすなどというのは罪だ、と彼は思った。しかし一方では「泊るつもりで来てくれ」という手紙の文字が、しだいに強く、さからいがたい力で彼を摑《つか》み、おみののほうへと彼をひきよせた。

「よし、運だめしだ」と彼は自分に頷《うなず》いた、「男は度胸、当って砕けろだ」

得石は手を叩いて門七を呼び、駕籠を呼べと命じたが、すぐに気がついて、貸金の証文を揃《そろ》えて来い、と云った。門七は彼がひどく酔っているのを見て渋った。証文などをどうなさるのですか、と訊き返すより早く、得石はまた、「云うとおりにしろ」とどなった。——自分では気のつかないうちに、彼は殆んど泥酔《でいすい》してい、指定された時刻も忘れて、駕籠に乗った。

「ひらの」は隅田《すみだ》川《がわ》に面した料理茶屋で古い平屋《ひらや》造りではあるが、かなり広いらしく、松を植えた庭には、別棟《べつむね》の小さな茶屋が二た棟あった。——店先で名を告げると、女中は土間へおりて来て、「お伴《つ》れさまはまだみえないが」と断わり、こちらに支度がしてあるからと、脇《わき》の戸口から庭のほうへまわり、川に面した別棟の一つへ案内した。

「お約束は七つ*だとうかがいましたが」と女中は火鉢《ひばち》の側《そば》へ座蒲団《ざぶとん》を直し、火をみながら云った、「それまでお待ちになりますか、それともなにか召し上りますか」

「酒をくれ」と得石は云った、「それから、手拭を冷やして来てもらおうか」

「まあ、——」女中は初めて気づいたように、彼の顔を見て眼をみはった、「まあひどい、どうなさいました」

「駕籠がぶっつかったんだ、まぬけな駕籠舁《か》きで、向うから二枚*でとばして来た駕籠とまともに」彼は右手の拳《こぶし》で左の掌《てのひら》をぴしっと叩いた、「こうぶっつかりゃあがった」

「まあ危ないこと、駕籠にもうっかり乗れませんねえ」と云って女中は立った、「では、ただいますぐに持ってまいります」

女中はまず金盥《かなだらい》の水へ手拭を添えて持って来、次に酒肴《しゅこう》をはこんで来た。このあいだに、得石は家の中を見たが、部屋数は二た間、そこが六帖で、隣りは四帖半。六帖の窓をあけると川が見えるが、四帖半のほうは雨戸を閉め、屏風《びょうぶ》をまわした中に夜具が敷いてあった。枕許《まくらもと》には絹張りの丸行燈《まるあんどん》と莨盆《たばこぼん》や水差まで揃っていた。——水で絞った手拭で眼を冷やしながら、得石は女中を相手に機嫌よく飲んだ。ならず者たちに対する怒りも、かれらを誰が操ったかということも、さっぱりと頭から消えてしまい、いまはただおみのが来ることと、来てからあとの期待とで、じっとしていることができないというようすだった。

——今日こそ逃がさないぞ。

女中の話をうわのそらに聞きながら、心の中で幾十度となく繰返した。今日からおれの新らしい日が始まるんだ、生娘《きむすめ》だというだけが、未経験だから気になるが、なに、おれの腕なら大丈夫だ。それに、これまでの大胆なやりかたから考えれば、もう男を知っているかもしれない。そうだろう、いや、それは違う、おれはおみのの胸を診《み》ている、あの乳房は、男を知らない証拠だ。

「あらいやだ」と女中が云った、「あたしの名はおふみですよ」

「おれがなにか云ったか」

「いまおみのって仰しゃったでしょ」

「それは失礼」彼は気取って一揖《いちゆう》＊した、「ではおふみどの、酒を頼みます」

八

時刻はわからない。おみのがいつ来たかも覚えていない。気がついてみると自分は横になって、すぐ眼の前におみのがいた。枕が倒れ、頭が箱に当っていたので、そのひとところが痺《しび》れていた。

「もういいでしょ、お起きなさいな」とおみのが云った、「せっかくの晩なのに、いまから酔い潰《つぶ》れちまうなんてつまらないじゃありませんか」

「済まない、潰れるほど酔ってはいないんだ」と云って起き直ったが、右の太腿がするどく痛んだので、彼は思わず呻《うめ》き声をあげた、「これはひどい、どうしたんだ」

「たいへんな災難でしたのね」とおみのが云った、「いったいあの三人はどういう素《す》姓《じょう》の者なんですか」

「あの三人、――」得石は反射的に片ほうの眼を押えながら、訝《いぶか》しげに訊き返した、「私は乗った駕籠がぶっつかって」

おみのは微笑しながらかぶりを振った。

「嘘《うそ》を仰しゃってもだめ」とおみのは云った、「あなたに会わせろって、さっきその三人がここへ来たんですもの」

得石の顔が恐怖のために硬《こわ》ばった。

「ここへ」と彼は吃《ども》った、「三人がここへ来たって」

「先生の駕籠のあとから跟《つ》けて来たんですってよ」

「それで」と彼は声を詰まらせた、「その男たちはどうした」

「あっちで酒を飲んでいますわ」

「あげたのか」

「だってこの店の表まで駕籠を跟けて来たっていうんですもの」おみのはやわらかく微笑しながら、燗徳利《かんどくり》を取った、「いいじゃありませんか、一つめしあがれ」

「しかしそいつらは」

「盃をお持ちになって、そんなにびくびくすることはないでしょ」

「びくびくするって、私がか」得石は坐《すわ》り直して盃を持ったが、その手はひどく震えていた、「ばかな、あんな三下《さんした》*のやくざ者なんぞ、うん、ちょうどいい、女中をちょっと呼んでくれないか」

おみのは軀《からだ》をまっすぐにした。

「失礼じゃなくって、海野先生」とおみのは云った、「今日は召使にでも仰しゃるようなお口ぶりを、なさるわ、あたしそんな口のききかたをされるの嫌いです」

「いやこれは、これは失礼」彼はいそいで低頭した、「つい気をゆるしたもので粗忽《そこつ》をしました、このとおりです、お気に障《さわ》ったらどうか勘弁して下さい」

「それでいいわ」おみのは頷いた、「あたしわがまま育ちだから、いっしょになるまでは大事にして頂きたいの」

「わかりました、これからは充分に気をつけます」

「女中を呼んでどうなさるんですか」

「あの三人は私に乱暴をしたんです」と彼はまた眼を押えながら云った、「私とは縁もゆかりもないし、なんの理由もなく三人で踏んだり蹴《け》ったりしました」

「理由がないこと慥《たし》かですの」

「もちろん」と得石は口ごもった、「もちろん理由なんかある筈《はず》がありません」

「それであなたは、黙ってされるままになっていたんですか」

「どうしようにも、相手は命知らずのあぶれ者だし、三人に一人ですからね」と彼は殊勝な口ぶりで云った、「へたに手向いをして万一のことがあってはと、歯をくいしばってがまんしていたんです」

「おえらいわ」

おみのはくすっと笑った。

「三人の話ではあなた泥まみれになったんですって、頭から顔、手足まですっかり泥まみれになって、眼鼻の区別もつかなかったって云ってましたわ、もちろん嘘でしょうけれどね」

「あいつらと、話したんですか」

「あたしが出なければここへ踏み込んで来るって云うんですもの、しかたがないから向うへいって、酒の支度をしてなだめて来たんですわ」

おみのが酌をしてやり、得石は一と口啜《すす》ったが、咽《む》せて、ひどく咳をした。

「それで、女中を呼んでどうなさるの」

「町方へ訴えてやるつもりです」と云って彼は腫れた眼と顔の痣と、太腿を押えた、「このとおり乱暴の証拠が残ってるし、平松町の町内の者も証人になってくれます」

「そうね、そんな悪い人間はお上《かみ》の手で仕置をしてもらうほうがいいわ」おみのはそこでふと得石の顔を見た、「――それはいいけれど、先生のほうは大丈夫かしら」

「私のほうとは」

「先生のごしょうばいのほうよ」

得石は訝しげにおみのを見た。

「だって」とおみのが云った、「お医者はほかのしょうばいをしてはいけないって、お上のきまりがあるそうじゃありませんか」

得石は知らなかった。しかしおみのに云われてみると、そういう法度《はっと》があったようにも思えた。

「そうかもしれないが」と彼は不決断に*云った、「それとこれとは話が違うから」

「あの三人は先生のことをよく知っていますよ、海石のことも、豊島屋のことも、日《ひ》済《な》し貸しのことも」とおみのは云った、「――三人がお縄になれば、きっとなにもかも申上げてしまうでしょ、それでもいいかしら」

得石は進退に窮した。訴人《そにん》するといきまいた直後、こんどはそれを取り消さなければならない。しかもおみのに対してだから、どうにも恰好《かっこう》がつかなかった。

「少し飲ませて下さい」彼は手酌で二つばかり飲んだ、「酔いがさめてしまったらしい、――貴女《あなた》もどうですか」

「女中を呼ぶんでしょう」

「面倒だ、いや、面倒くさくなりました」と彼はまた一つ飲んだ、「貴女とのせっかくの晩に、そんな面倒なことはよしましょう、もう考えるだけでもうんざりですよ」

「ではあの人たちを帰して来ます」

おみのが立つのを見て、得石は驚いたように腰を浮かせた。

「どうするんです、おみのさん」

「あの人たちお金をよこせといって動かないんです」とおみのは云った、「だからお金を遣《や》って帰して来ますわ」

「金って、幾らよこせと云うんです」

「そんなことはあたしの役」おみのは媚《こ》びた眼で得石をにらんだ、「先生は心配なさらなくてもようございますの」

「まさかまた、すっぽかすんじゃあないでしょうね」

おみのは黙って、微笑しながらかぶりを振った。

九

母屋《おもや》の廊下へあがると、おみのはずっといって、小部屋の障子をあけた。中には小《こ》女《おんな》が一人、火鉢を抱えるようにして、行燈の光で双紙本《そうしぼん》*を読んでいた。

「まさちゃん」とおみのは云った、「あんたもうごはんは済ませたの」

「はい、頂きました」

「ではちょっとお使いにいって来てちょうだい」おみのはふところから紙入れ*を出し、幾らかの銭《ぜに》を小女に渡しながら云った、「これで梅花香を買って来て、粉で箱入りになっているほうよ、知ってるでしょ」

「はい知ってます」

「そしてね、買って来たら向うの離れへ来て、そっとあたしを呼びだしておくれ、用は云わずにただ呼ぶの、わかったわね」

「はい、わかりました」

小女が店のほうへ出ていってから、おみのは帳場へゆき、女中に酒と肴《さかな》を頼んで、ゆっくりと元の離れへ戻った。「三人の男」というのには会わなかったし、そんな人間がいるようすもない。彼女は「かれら」と話すだけの時間を費やしただけのようであった。

「ああ戻ってくれたか」おみのを見ると得石は片手で胸を撫《な》でた、「ながいものだから、また置いてきぼりをくったかと思いましたよ」

「あんなことを」おみのは火鉢の脇に坐り、掛けてある燗鍋《かんなべ》に触ってみながら、したたるように嬌《なま》かしいながし眼をくれた、「――今夜は泊るつもりでって、手紙に書いてあげたでしょう」

「こんどこそ、本気にしますよ」

「ではいままでは、本気じゃなかったんですか」

おみのは酒を徳利に移し、燗鍋へ新らしく酒を注《つ》ぎ足してから、彼に酌《しゃく》をした。

「冗談じゃない、こっちは初めから本気だったのに、いつも肝心なところでおみのさんに逃げられたんですよ」そこで彼は思いだしたように、慌《あわ》ててまわりを眺めまわした、「今日は約束した物もちゃんと持って来たし、――へんだな、さっきここへ」

「手提《てさげ》ですか」とおみのが云った、「手提ならここにありますよ」

火鉢の脇から手提を取って、おみのは彼の手へ渡した。彼はいそいで袋をあけようとしたが、紐《ひも》がもつれてなかなかあかなかった。

「なにをお出しになるの」

「このまえの約束した物ですよ」と得石はじれったそうにもつれた紐を解こうとした、「――貸金の証文を纏《まと》めて持って来たんです」

「あらいやだ、それならさっきみせて下すったじゃありませんか」

得石は顔をあげた、「みせましたか」

「あたしに出してみせて、それから横におなりになったのよ、覚えていらっしゃらないんですか」

「そうでしたか」彼は紐と取り組むのをやめ、手提をそこへ置いて盃《さかずき》を取った、「するとやっぱり酔ってたんだな」

「証文はみせて頂いたわ、そのほかにもう一つだけ、うかがいたいことがあるの」

「やれやれ、まだなにかあるんですか」

そのとき女中が酒肴を持って来た。おみのはあがり端《はな》まで出てゆき、自分でそれを運びこんだ。そのとき得石は、おみのが女中に、なにか囁《ささや》くのを聞きとめた。

「なんです」と彼はおみのが坐るのを待ちかねて云った、「どうかしたんですか」

「なんでもないのよ」とおみのが云った、「あの男たちまだ飲んでるんですって、でもちゃんと云うだけの物を遣ったんだからもう帰るでしょ、大丈夫よ」

得石は不安そうに盃を口へ持っていった。おみのは眼の隅《すみ》でそのようすを見、それから酌をして云いだした。

「あたしこのまえ、先生のことがすっかり知りたいって、云ったでしょ」

「もう洗いざらい知ってるくせに」

「まだ知りたいことがたくさんあるの、先生がどうしてそう女にもてるのか、先生のために死んだ人もいるそうだし、むさし屋のおかみさんは御主人をよそにして、先生にすっかり身揚《みあが》り*をしたって、なぜみんなをそんなに夢中にさせることができるのか、今夜うかがっておきたいのよ」

「それは口で云わなくっても、もうすぐ貴女自身で知ることができますよ」

「そのまえに知っておきたいのよ」おみのは上半身をゆらっと振った、「まさか妖術《ようじゅつ》を使うわけでもないでしょう」

「立派な医術の一つです」と得石は酒を呷《あお》って云った、「もっとも誰にでもできることじゃない、こればかりは身に備わったものだろうが、――誰か来たようじゃないか」

あがり端で「ごめん下さい」と云う声がし、得石はびくっと軀を固くした。おみのは立ってゆき、なにか話しあっていたが、やがて戻って来ると、得石に笑いかけながら坐った。

「なんだ」と彼が訊《き》いた。

「あの三人が帰りましたって、これで安心なすったでしょ」と云って、おみのは膳の上の盃を取った、「あたしも頂くから、いまの話を続けてちょうだい」

得石は話しだした。不安と緊張から解放されて、身も心もくつろいだというようすだった。

おみのは隙《ひま》なしに酌をし、それをぐいぐい飲みながら、いい気持そうに話し続けた。女のからだの機能から始めたが、詳しいことはおみのにはよくわからないらしい。それとも聞くふりをして聞いていないのか、かたちだけ合槌《あいづち》を打ちながら、もっぱら酒の燗と酌をすることにかかっていた。

「そのかみさんは首を吊《つ》って死んだ」

「まあ可哀《かわい》そうに」

「そう思うでしょう、当人以外はみんな可哀そうにと思うだろうが、本当のところそのかみさんは満足して死んだんですよ」

「どうしてわかるの」

「その女は子を欲しがっていた」と彼は独りで頷《うなず》いた、「亭主と七年もいっしょにいて、どうしても子ができない、年は二十六だったと思うが、子ができないうえにあのほうも不満だった、わかりますか」

「続けてちょうだい」

「私は診察してすぐにそれがわかった、女は自分ではなにも知らなかった、ただ子供が欲しいのに亭主が頼りない、というだけだったんです」そこでまた彼は、女のからだの微妙さについて繰返した、「――私が治療してやると、その女は吃驚《びっくり》しました、自分がどうなったかもわからなかった、こんなことは生れて初めてだと云って、それから約二た月間、軀に障《さわ》りのある日を除いて、二日おきにきちんとかよって来た」

「盃がお留守よ」とおみのが云った。

十

「女は子が生みたいと云い続ける」彼は酒をぐっと呷った、「あんまり諄《くど》く云われるので、つい治療の度を越しちまった、あのときは私ものぼせてたんでしょうな、それが身ごもってしまったところ、亭主は若いころ病気を患《わずら》って、医者から子はできない、と云われていたんだそうです」

「嘘か本当かわかりゃしない」と彼は片方の手を振った、「たとえ本当だとしても頑張ればいいのに、女はすぐあやまってしまった、ええ、私のところへ来てそう云ったんです、そのとき女は云いましたよ、——生れて初めて、芯《しん》そこからのよろこびを味わった、責め殺されても本望だって」

「そのとき死ぬつもりだったんですね」

「それから十日ばかり経《た》ってからです」

得石は肴を摘《つま》もうとして箸《はし》を持ったが、手許《てもと》がきまらず、塩焼きの鯛《たい》がむしれないので、すぐに箸を置き、乱暴に酒を呷った。

「女は私の名を出さなかった」と彼は云った、「瓦版《かわらばん》が出ましたが、ただ密通*としか書いてなかった、お読みになりましたか」
「読まなかったわ」
「書置もなかったんでしょうな、私のところへ、治療にかよっていたことは、もちろんわかっていた、だから亭主は私のことを疑っていたようだが」と云って彼は咳でもするように、がくんと上躰《じょうたい》を揺すった、「――へ、いくら疑ったところで証拠がない、証拠がなければどうしようもありませんからねえ」
「その人は本望だと云ったとしても」とおみのが訊いた、「死なれてみれば、先生だって悪かったなと思うでしょう」
「私が、――悪かったって」
「人間一人が死んだのよ」
「冗談じゃない」彼は笑った、「おみのさんなどはおぼこだからまだわかるまいが、たいていの女が、本当のよろこびを知らずに一生を終るものなんだ、たとえ責め殺されても本望だと云ったのは、その女の本心なんですよ」
「では悪いとは思わないんですか」
「むしろ慈善をしたと云いたいくらいです、貴女にもやがてわかるでしょうがね」
「召し上れ」とおみのは酌をした、「――むさし屋のときもそんなふうでしたの」
彼は「ちょっと」と云って、慎重に立ちあがり、酔わないふりをするために、ゆっくりと濡縁《ぬれえん》*へ出ていった。

「お父つぁん」とおみのは仰向いて、そっと囁いた、「あたしに力を貸して下さい」

戻って来た得石は、坐《すわ》ろうとして重心を誤り、だらしなく横ざまに倒れた。

「いやだわ、そんなにお酔いになったの」

「なに、まだまだ」彼は起き直って右の太腿《ふともも》を押えた、「ここが痛むのでしくじったんですよ、このくらいの酒で、転ぶほど私が酔うと思いますか」

「では好きなだけ召し上れ」とおみのは頬笑みかけて、酌をした、「どうせ泊るんですものね、そうでしょ」

「今夜こそはね」と云って彼は飲んだ、「――ところでどこまで話しましたかね」

「むさし屋さんのことよ」

「ああ、むさし屋のおそのさんか」彼は蒼《あお》くなってきた顔でにっと笑った、「あの人はたいへんなものだった、私はずいぶん女を知っているが、あんな女にはあとにも先にも会ったことがありませんね、生れつきからだがそんなふうにできてたんでしょう。それもただ好きだというだけではなく、いつも相手が変らなければだめだというんです、また悪いことに、婿《むこ》に取った亭主がいけなかった」

「悪い人だったんですか」

「そう云えば云えるような人なんだ」

おみのの顔が屹《きっ》となり、眼に強い光があらわれたが、もちろん得石は気がつかなかった。

「人間は善人で、温和《おとな》しくって、荒い声を立てたこともない」と彼は続けた、「婿には多い型だが、それに輪を掛けたような好人物で、もちろん女を扱うこつなんぞはまるっきり知らない、つまり朴念仁《ぼくねんじん》＊というやつです」

おみのはぎゅっと眼をつむった。

「こういう人間は毒にも薬にもならないというが、おそのさんのような人にとっては毒になるばかりです」

おみのはふるえる声を抑えて訊いた。

「どういうわけで毒になるんです」

「たとえば」彼は頭をぐらっと垂れ、それからすぐ思いついたように云った、「たとえば、燃えている火に焚木《たきぎ》をくべてやる力がないようなものです、火は燃え続けに燃えようとするが、付いている者に焚木をくべてやる力がなければ、燃えている火は消えてしまうでしょう」

「それは毒だという譬《たと》えにはならないじゃないの」

「おそのさんを火だと思ってごらんなさい、ああ」と彼はふいに声をあげた、「そうだ、――火のことなんかに譬えたのは、あの人が御亭主といっしょに焼け死んだからだな、うん、そうだ、あの人はいつも火のように燃えていた、ところがその婿は焚木一本くべてやる力もなかった、おまけに癆痎《ろうがい》で寝こんじまったというし、おそのさんにとっては毒薬のようなものだったんですよ」
「だって、そんな、——」とふるえながらおみのが云った、「そんな詳しいことをどうして知っていらっしゃるの」
「寝物語というやつさ」彼は得意そうに笑って、注がれた酒を飲んだ、「ふだんどんなにとりすましている女でも、寝物語となるとあけすけになるものです、男のこっちが恥ずかしくなるくらい、思いきってあけすけになるものですよ」
「そうして、その、お婿さんのことを、二人で笑っていたのね」
「笑われるより笑えというでしょう」
「ではその二人が亡《な》くなったから、いまは先生お一人で笑う番ね」
「それは済んだことさ」
「あたし先生の笑うのが見たいわ」
「済んだことだと云ってるでしょう」彼の持っている盃から酒がこぼれた、「いまはおみのさんという、可愛《かわい》い人がいる、昔のことはみんなくそくらえだ」
「はい、お酌、——召し上れ」
「もういい、もうよしにします」

「あら、いくじのないこと」

「ひと休みだ」彼は横になりながら、すばやくおみのの手を摑《つか》んだ、「おみのさん、ひと休みしてから飲み直すことにしよう」

「放して、乱暴なことは嫌いよ」

「じゃあ隣りへいきますか」

おみのは顔をそむけながら「ええ」と頷いた。

「今夜こそ、じらしっこなしですよ」

「放して」とおみのは囁いた、「あたし先にいってますから」

十一

おみのは立って、隣りの四帖半へはいり、襖《ふすま》を閉めながら、嬌かしく囁いた。

「いいと云うまで、来ないで下さいね」

得石は肱枕《ひじまくら》をしたまま頷いた。

「おい、海野先生」と彼は口の中で低く呟《つぶや》いた、「とうとう運をつかんだな、大大吉の運だ、あっぱれだぞ」

得石の顔がほぐれ、唇に微笑がうかんだ。彼は眼をつむって欠伸《あくび》をし、それから吃驚《びっくり》したように眼をみひらいた。

「おみのさん」と彼は呼んだ。

返辞は聞えず、得石は起き直った。

「おみのさん」とまた彼は呼んだ。

四帖半でかすかに、「どうぞ」と云う声が聞えた。

得石は立ちあがってよろめき、よろめきながら濡縁へ出ていったが、戻って来ると、いっそう蒼白くなった顔に、非人間的な、欲望のむきだしな表情があらわれていた。彼は足元に注意しながら、四帖半の襖をあけ、うしろ手にそれを閉めた。

おみのは長襦袢《ながじゅばん》*になって、夜具の枕許に坐っていたが、得石がはいって来ると、彼の寝衣《ねまき》を取って立ちあがった。得石は構わず歩みより両手でおみのを抱こうとした。

「だめ、着替えてから」

「そのまえに、ちょっと」

「だめですよ」おみのは横へ逃げた、「戸口の鍵《かぎ》も掛けてないじゃありませんか」

「人なんか来やあしないさ」

得石はおみのを捉《つか》まえようとして、灯《あかり》のはいった丸行燈《まるあんどん》に躓《つまず》き、慌ててそれを押えた。おみのは寝衣をそこへ置き、では自分で着替えて下さいと云った。

「あたし戸口の鍵を掛けて来ますわ」

「まさか」と彼はしんけんな顔で云った、「ここまできて、まさか逃げるんじゃあないだろうね」

「こんな恰好《かっこう》で」とおみのは長襦袢の袖《そで》をひろげてみせた、「——あたしこそ、今夜は先生を逃がさないことよ」

そして六帖のほうへ出、襖を閉めた。

おみのは火鉢《ひばち》の脇《わき》へ蹲《かが》み、隣りで得石の着替えする音を聞きながら、仰向いてきつく眼をつむった。顔は緊張のため硬《こわ》ばり、軀《からだ》が小刻みにふるえた。「お父つぁん」とおみのは祈るように呟いた、「あたしに力を貸して下さい」

四帖半でどしんという音がした。得石が寝たのであろう、おみのは頭を垂れて、やや暫《しばら》くじっとしていた。軀のふるえのしずまるのを待っていたらしい、やがて、頭から銀の平打の釵《かんざし》を抜き取ると、それを右手に持って、静かに四帖半の襖をあけた。

「ようやくおでましか」と得石の云うのが聞えた、「さあ、早くここへ」

おみのは中へはいって襖を閉めた。

それから四半刻《しはんとき》たらずして、きちんと身なりをととのえたおみのが出て来た。そのまま濡縁へ出たが、嘔吐《おうと》する音が聞え、やがて六帖へ戻ると、袂《たもと》から小さな紙箱を出した。その蓋《ふた》には「梅花香」と書いてあったが、おみのはその中から緑色の粉末を摘み取り、幾たびも火鉢の火にくべた。爽《さわ》やかな香りが部屋じゅうに漂い、おみのは得石の手提《てさげ》を持って立ちあがった。そして、しっかりした足どりで戸口のほうへ出てゆきながら、「これは川へ捨てればいいわ」と云った。

明くる日の午前十時ころ、——

離れの掃除にいった女中のおきぬは、悲鳴をあげながら母屋《おもや》へころげこんで来た。離れで人が殺されているというのである。ゆうべの係は誰だ、おふみさんです、ということでおふみが呼ばれた。

「みのさんという娘さんがお伴《つ》れでした」とおふみが云った、「いいえ、どこの人だか知りません、初めてのお客でしたが、ゆうべ五つ半*ごろでしょうか、お伴れさまは悪酔いをしたから泊めてもらうと云って、泊めることはできないと断わったんですけれど、立つこともできないからと仰《おっ》しゃるもので」

「また心付《こころづけ》をにぎらされたんだろう」と主人が云った、「それでその娘の帰ったあとで見にゆかなかったのか」

「ええ、いそがしかったもので、つい」

「誰か町役を呼んで来てくれ」

町役が二人来、主人はかれらを案内して、その離れへいった。死躰は四帖半の夜具の中にあった。掛け夜具がはねてあり、寝衣がはだけて、あらわになった胸の左の乳の下に、銀の平打の釵が突き刺さっていた。

「枕許に血がとんでるな」と町役の一人が云った。

「いや、血じゃあない」とひらのの主人が覗《のぞ》きこんで首を振った、「これは椿《つばき》の花片だ」

「死躰の枕許に椿の花片が一枚……」ともう一人の町役が、上眼づかいに唇を舐《な》め、首をひねった、「どこかで聞いたことがあるようだな」

第四話

一

「銀の平打の釵《かんざし》」と青木千之助は呟《つぶや》いた、「片方は裏梅の彫りで片方は花菱《はなびし》だった、注文して打たせたものではなく、小間物屋で買った品だろう」

早くとばしている駕籠《かご》が揺れるので、あぐらをかいた膝《ひざ》のあいだに抱えている刀の鍔《つば》がうるさく顎《あご》へ当るため、千之助は無意識に顔を脇《わき》へそらした。刀のぐあいを直すほうが簡単なのだが、考えごとに頭をとられていて、そんなことにさえ気づかないようすであった。

「下手人《げしゅにん》は一人だ」とまた彼は呟いた、「寝床へいっしょに引入れてから、釵で心臓を一と突き、手口は二度とも符節を合わせたように同じだし、おまけに死躰《したい》の枕許《まくらもと》に赤い山椿《やまつばき》の花びらが一枚、——どっちも女だというから、下手人がその女だということに紛れはないだろう」

一人は芸人、一人は町医者、どちらも評判のよくない人間だった、と彼は思った。初めに殺された岸沢蝶太夫には、恨みを持つ人間がいた。彼の兄弟子で仲次郎といい、彼のために腕を折られた。岸沢のたて三味線を横取りするのが目的でやくざ者を使い、仲次郎の利《き》き腕を折ったのだという。そこでいちおう仲次郎をしらべたところ、「おりう」という女の名が出た。住居もなにもわからない、年は十八、九で縹緻《きりよう》がよく、大店《おおだな》の娘のような感じだった。むささびの六助というならず者も伴《つ》れて来て、腕を折ったのは蝶太夫に頼まれたからだと云い、深川の門前仲町にある「岡田」という料理茶屋を教えられた。そこで仲次郎は蝶太夫に会い、事実を慥《たし》かめてから、相手の腕を折ってやろうと思ったが、おりうという娘に止められて帰った。そのときおりうは、仲次郎に金子《きんす》*五十両を呉《く》れ、なにかしょうばいに取り付くように、と云ったそうである。

「ここがわからない」と千之助は呟いた、「そのあとで蝶太夫をあやめたんだが、どうしてそのまえに仲次郎を呼んだのか、むささびの六とどんな関係があるのか、なんのために五十両という大枚な金を仲次郎に遣《や》ったのか、そのところがまるでわからない」

次の医者のときもそうだ、と彼は思った。

海野得石という医者は、いかがわしい治療をして金を儲《もう》け、大川端町で「海石」という料理茶屋を、そして日本橋平松町で「豊島屋」という宿屋を経営していた。いかがわしい治療のことも耳にはいっていたし、兼業を許されない医者が料理茶屋をやり、宿屋のほうでは「日済《ひな》し貸し」までやっているという事実もわかった。すると、蝶太夫が殺されてから十二日めに、浅草みよし町の「ひらの」で、得石もまた若い女に殺された。女はおみのという名で、こんどは貸金の証文を残らず持ち去った。

——これも謎《なぞ》のようだ。

得石が貸金の証文をまとめて持っていったことは、豊島屋の番頭がはっきり認めている。だが「ひらの」にはなにもなかった。死躰の側《そば》には、証文を入れたという手提《てさげ》さえもなかった。「瓦版《かわらばん》に出たから、借金をしている連中はよろこんだろう」と千之助は呟いた、「——まえには仲次郎に金を恵み、二番めには日済しの借金で困っている者たちを助けた、しかし、二人を殺すのが目的だったことに紛れはない」

それは殺しかたと、椿の花弁を一枚だけ置いたことでわかる。殺すことは初めから計画されたもので、金を与えたり証文を破棄したのはついでの仕事だ。

「紅《あか》い一枚の椿の花片」とまた彼は呟いた、「いったいなんの意味だ、そんなに若く、縹緻も人一倍いいという娘が、どういうわけで二人の男を手に掛けたんだ、——椿の花片はなんの意味だ」

駕籠が停《とま》り「着きました」という声がした。草履を揃《そろ》えたのは、迎えに来た上総屋《かずさや》の七造であった。街はもう黄昏《たそがれ》が濃く、眼の前にある料理茶屋の門口にも「かね本」という掛け行燈《あんどん》に火がいれてあった。

「女はいるだろうな」

「大丈夫です」と七造が云った、「どうぞ」

「駕籠屋は待たせておけ」

門口をはいると土間で、それが向うまで続いており、右側に部屋が並んでいた。田舎ふうの造りだろう、七造は土間をずっといって、端から一つ手前の障子をあけた。——そこは四帖半の小部屋で、行燈が明るく、手焙《てあぶ》り*の側に中年増《ちゅうどしま》*の女が一人坐《すわ》っていい、千之助を見るとうしろへさがって手を突いた。千之助はあがって、刀を右に置きながら坐った。

「辞儀*には及ばない、楽にしろ」と千之助は云った、「おまえ門前仲町の『岡田』の女中だそうだな」

「はい、『岡田』ではつるといってますが、本名ははな、年は二十六でございます」

「手短かに話してくれ」

「このうちに妹が奉公しているもんですから、今日はあたしの休み番なもので、ちょっと用もあって遊びに来たんです、妹はここではお初と云ってますけれど、本名は」

「肝心な話だけ聞こう」

「済みません」おはなはおじぎをした、「今日はこのうちもひまなもんですから、よかったら二人で寄席《よせ》へでもゆくがいいって、おかみさんが云ってくれたもんですから、それじゃあそうさせて頂こうって、妹が着替えにかかったんです」

「よけいなことはぬきだ」

「よけいなことじゃありません、ここが肝心なところなんです」おはなはむっとしたようにやり返した「それとも妹が着替えをしちゃあいけないんですか」

千之助はおとなしく兜《かぶと》をぬいだ、「着替えさせよう、続けてくれ」

「済みませんが邪魔をしないで下さいな」とおはなは云った、「口を出されるとあたし頭がこんがらがっちゃうんですから、——どこまで話したんですかしら、ああそう、妹が着替えにかかったところでしたね」

「そうだ」と千之助は辛抱づよく頷《うなず》いた。

「それであたし女中部屋から出て、お新ちゃんていう人と、——妹の仲良しでやっぱりこのうちの女中なんですけれど、その人と廊下で立ち話をしていたんです、お新ちゃんはあのとおり芝居きちがいですから、——済みませんが口を出さないで下さいまし」

千之助は頷いた。

「今月の中村座の狂言が面白いって、夢中になって話しだしたんです、そのうちに」と云っておはなは声を低くした、「そのうち急にお新ちゃんが、いまうちに沢田屋そっくりのお客が来ているって云いだしたんです、旦那《だんな》は沢田屋を御存じでしょう」

「知らないな」と千之助が云った。

「あらいやだ」とおはなは片手で彼を打つまねをした、「沢田屋というのは屋号、島村東蔵といって、いま売出しの評判な女形《おやま》じゃありませんか」

二

それを聞いてどきっとした、とおはなは続けた。なぜかというと、このあいだ蝶太夫が殺されたとき、いっしょに来た女、——つまり蝶太夫を殺したと思われる女が、沢田屋によく似ていた。身ごなしや口ぶりの色っぽいところなど、沢田屋そっくりにみえたからである。

「それであたし慥かめてみようと思って、お新ちゃんと相談のうえお茶を替えにいったんです」と云っておはなは息をはずませた、「向うじゃあ忘れてるでしょう、あたしは側へいってようく見てやりました」

「その女だったのか」

おはなは重おもしい眼つきで千之助をみつめ、自分の証言がどんなに重要な価値を持つかということを示すように、極めてゆっくりと頷いた。

「髪の結いかたも、着物や帯も変っていました」とおはなは囁《ささや》くように云った、「けれども軀つきや顔だち、声まで変えることはできやしません」

「間違いはないな」

「慥かですとも、あのときのおりうという女に間違いはありません、あたしは証人になってもようございます」

「よし」千之助は頷いて云った、「ちょっとこのうちの主人を呼んでくれ」

おはなは立ってゆき、すぐに五十ばかりの男を伴れて戻った。彼はこの「かね本」のあるじで、名は与助であると云った。

「おれは八丁堀《はっちょうぼり》の青木千之助という者だ」

与助は辞儀をして、「御苦労さまでございます」と云った。

「上総屋の七造から知らせがあったのでとんで来たんだが、あらましのことはそのほうも聞いているだろう」

「はい、お新と二人から聞きましたので、すぐ上総屋の親分へお知らせにあがりました」

「考えることがあって、この件はおれが係を買って出た」と千之助は云った、「市中の目明《めあか》し*にはぜんぶ通知したから、今日までに三度、それらしい女をみつけたと云って来た、しかし三度ともまるで人違いだった」

「あたしは人違いなんかしやあしません」とおはなが口をはさんだ、「あたしはこの眼でちゃんと」

「少し黙ってくれ」と制して、千之助はあとを続けた、「そういうわけで、人相風態だけが頼りだから、もしお新の云うことが」

「あたしお新ちゃんじゃありません、おはなですよ、旦那」

「済まなかった」千之助は忍耐して云った、「このおはなの眼に間違いがなかったにしても、これという動かぬ証拠がない」

「まあ、どうしてですか」おはなが憤然とくってかかった、「あたしという証人がちゃんといるのに、ほかに証拠が要るんですか」

「黙ってくれ、頼むからもう少し黙っていてくれ」千之助は哀願するようにおはなを見、それから与助に向かって続けた、「——つまり、そのほうにはわかるだろうが否《いや》応《おう》を云わせぬ証拠がなければ、むやみに人をお縄にはできない、そうだろう」

「御尤《ごもっと》もでございます」

「そこで頼みがある」千之助はちょっと声をひそめた、「その女を隣り座敷で見たいんだ、あとから伴れが来るそうだが、その伴れとどうするか見ていたい、そのようすによってこっちの出かたをきめようと思う」

「わかりました」と云って与助はちょっと考えた、「では座敷を変えましょう、だが、——いや、こんなことはもうとっくに承知でございましょうが、変った好みの客の頼みで作った拵《こしら》えですから、どうぞ御内聞に願います」

「念には及ばない」千之助は苦笑した、「おれはまだ知らないが、べつに珍らしいことでもないだろう」

「ではちょっとお待ち下さい」

与助は出ていった。

そこでまたおはなが饒舌《しゃべ》り始めた。こんどは身の上話で、別れた亭主のことや里子にやってある小さい娘のこと、いくら稼《かせ》いでも帯一本買うゆとりもない、などというぐち話をしたあと、これがもし本当にあの女だとわかったら、お上《かみ》からなにか褒美《ほうび》でもあるのだろうか、などと云いだした。

　青木千之助は不愉快そうに、眉《まゆ》をしかめておはなを見た。こいつ褒賞がめあてで訴《そ》人《にん》したのか、と思ったのであるが、そうだとするとその女は怪しい。蝶太夫を殺した女だ、ということはうっかり信じられないぞ、と千之助は思った。

「もし本当にこれが下手人だったら、幾らか御褒美がさがるかもしれない」と彼はおはなに答えた、「けれども、もしまったくの人違いで、そんな疑いをかけられるような女でないとすると、お上に手数をかけ、罪のない人間に迷惑をかけたことで、きびしいお咎《とが》めがあるかもしれないぞ」

　おはなの口があき、黄色くて大きな前歯があらわれた、「そんな、——」と彼女は吃《ども》った、「だってそんな、あたしはただお上のお役に立つつもりで、せっかくの休みに寄席へゆくのもやめて、こうやってなにしてるんですのに」

「その女が下手人なら、御褒美のさがるようにしてやるよ」

　おはなは唇を舐《な》めて、「でももしかして」と云いかけたが、そこへ与助が戻って来た。

「支度ができました」と与助が云った、「私が御案内いたします」

「おまえも来てくれ」と千之助がおはないに云った。

伴れてゆかれたのは離れだった。

こっちも田舎ふうの造りらしいが、二人のはいった部屋は納戸《なんど》のような六帖で、床の間と違い棚はあるが窓はない。灯《あかり》のはいった行燈と、燗鍋《かんなべ》のかかった火鉢《ひばち》の側に酒肴《しゅこう》の膳《ぜん》、そして角樽《つのだる》*が置いてあった。一方の壁には、坐っていて眼の高さに小さな窓のような枠があり、縦三寸横一尺ほどの滑《すべ》り戸が付いていた。

「ちょっとごらん下さい」あるじは千之助を呼んだ、「この戸をあけると隣りが見えます、いいえ向うはまだ来てはおりません」

千之助は戸をあけた。桐《きり》で作ってあるし、みぞには蠟《ろう》をひいたらしく、その戸は軽く、そして音もなくあいた。戸のうしろは紫檀《したん》の板が嵌《は》めてあり、その中央に小さな、横に細い穴が二つあいていて、覗《のぞ》いてみると隣り座敷がかなりよく見えた。千之助はその穴をしらべ、そこに黒い紗《しゃ》*の張ってあるのを認めた。

「隣りの壁はそこが貼《は》り絵になっていまして」と与助が説明した、「こちらの明りを強くしない限り、向うに気づかれる心配は決してございません」

罪な仕掛をするものだ、千之助はそう思ったが、口に出してはなにも云わなかった。

三

江戸市中で客を泊めることができるのは、宿屋のほかに新吉原、品川、内藤新宿、板橋の四ヵ所だけである。しかしそれは表向きの話で、時と場合によれば、小料理屋で泊ることができる。こういうことはいつの時代でも同じだろうが、特に、芝居や色街の近く、また、まわりの閑静な場所にある料亭では、逢曳《あいび》きを目的に来る客が少なくないから、たとえ泊らないにしても、それに応じた造りの小座敷や、必要な支度の揃っていることは通例であった。そうしてまた、隣りからそういうことを覗くという、癖の悪い客があり、そんな客のために特殊な仕掛のある店がある、ということは、与力*という役目柄で千之助もまえから聞いていた。

——人間というやつは奇妙な生き物だ。

下卑《げび》た、いやらしいことには違いない。覗かれる者の身になれば赦《ゆる》すことのできない屈辱であろう。だが、これもまた人間だけの持つ欲望と知恵であることも慥かだ、と千之助は思った。

「もう来るじぶんです」と与助が云った、「有り合せですがどうぞ、一と口召し上りながらお待ち下さい、行燈の明るさはこのくらいでちょうどですから」

「酒はいらない」と千之助が云った、「この膳はさげて、茶を持って来てもらおう」

「しかしせっかく支度をしたものですから」

「酒は飲まない」と千之助は強く云った、「さげさせてくれ」

与助は「へえ」と云った。

あるじが去るとまもなく、隣り座敷へその女がはいって来た。まだ十七か八くらいの娘で、おはなに覗かせると「そうだ」と云った。案内した女中がお新というのだそうで、火鉢の火を直したり、酒や肴《さかな》の膳をはこんで来たりした。火鉢には燗鍋をかけ、膳は二つ、角樽は一升入りであった。

このあいだにこっちでも酒の支度をさげ、若い女中が菓子鉢と茶道具を持って来た。おはなの耳へ口をよせて「姉さん頼みますよ」と囁いたから、それが妹のお初というのであろう、千之助には黙って会釈《えしゃく》をし、忍び足で去っていった。彼はおはなに手を振った。茶はあとだ、というふうに手を振り、そのまま隣りのようすを見まもった。

――罪だな、こいつは。

役目とはいえこれは罪なことだ、と彼は思った。たとえ相手が人殺しであっても、そんなふうに覗き見をするというのは非道であり、むしろ神聖を冒瀆《ぼうとく》する、という感じさえした。

隣り座敷の娘は火鉢へ片手をかざし、片手に本を持って読んでいた。こちらからは斜めに横顔が見えるが、ちょっと憂《うれ》いのある、おとなしそうな顔だちで、しんと坐った姿勢も、静かに本を繰る手つきも、優雅におちついていて、どう見ても大店《おおだな》の奥に育った箱入り娘、というふうにしか思えなかった。

——これは違うな。

どう考えても人を殺すようにはみえない。壮年の男を二人まで殺したとすれば、どこかにそういうものが感じられる筈《はず》である。与力として幾十人となく罪人に接して来、中にはずいぶん眼外《めはず》れな*例もあったが、罪を犯した人間と無実の人間とは、ふしぎなほど直感で判断がつく。無実な人間を誤認することはあっても、罪を犯した人間を見誤るようなことは殆《ほと》んどなかった。

——これは人殺しのできるような娘ではない。

千之助はそう考えながら、ふとまた、「その箱入り娘がこんなところで男を待っている」ということに気づいた。こんどの殺しそのものが尋常ではない、「釵《かんざし》」と一枚の「花弁」という取合せ、またどっちの男も行状*が悪かったこと、下手人と思われるのが、どちらも女であったことなどを、改めてなぞるように思い返した。

そのとき千之助は壁からはなれた。隣りの娘が、火鉢にかざしていた手を、袖口《そでぐち》からふところへ入れたのである。その手は乳房の上へ置かれたようで、たぶん無心な動作だったろうが、覗いている千之助にとっては、見てはならないものを見たような、うしろめたい気分におそわれたのであった。

――男の来るのを待つことはない、当ってみよう。

男が来てからでは、却《かえ》って事が面倒になるかもしれない、そう思ったので、千之助はおはなを手で招き、その耳へ口を寄せて、彼女にして貰《もら》う役割を教えた。

「わかったな」と彼は念を押した、「きっかけが大事だぞ、いいか」

「はい」とおはなは頷いた、「大丈夫やれると思います」

千之助は立ちあがった。

その部屋の出入り口は、隣り座敷と反対のほうにある。千之助はいちど外へ出、袖垣*のところを踏石づたいに廻《まわ》っていって、その座敷の格子《こうし》をあけた。とっつき*が三帖、衝立《ついたて》があって、すぐ左が座敷らしい。千之助は刀を右手に持ち、黙って静かに襖《ふすま》をあけ、立ったままで娘を見た。

「まあおそい……」と云いかけて、娘は口をつぐみ、不審そうに千之助を見た。

千之助は娘を見おろした。娘は本を持ったほうの手を膝《ひざ》におろし、静かな眼で千之助を見あげながら、「なにか御用ですか」と云った。驚いたり狼狽《ろうばい》したようすは少しもなく、ゆったりとおちついた態度だった。

「私は町方与力の青木千之助という者です」と彼は答えて云った、「ちょっと聞きたいことがあるのだが、坐《すわ》ってもいいですか」

娘は「どうぞ」と云い、すぐ気がついたように、片方の膳の前にある座蒲団《ざぶとん》を取って、千之助のほうへすすめた。彼はそこへ坐り、刀を右に置いた。

「役目だから言葉を改めます」

「はい」と娘は坐り直した。

「まずところと名を聞こう」

「住居は湯島横町、名は倫《りん》と申します」

「親がかり*か」

「はい、いいえ」娘はかぶりを振りながら、眩《まぶ》しそうに眼を伏せた、「少しわけがありまして、いま親の家からはなれ、湯島横町で茶の師匠をしております」

「年は幾つになる」

「二十歳《はたち》になります」

「二十歳で茶の師匠か」と千之助は云った、「実家のことを聞こう、ところ、しょうばい、両親やきょうだいのことだ」

娘はためらった、「あのう」と娘は口ごもり、哀願するような眼で千之助を見た、

「こんなことが親に知れると困るのですが」

「親には知れないようにしてやる、尤も、云えなければむりに云わなくともいいんだ」

「家は日本橋石町《こくちょう》で、伊勢屋という紙問屋をしております」

四

「父の名は喜兵衛、母はおとし亡《な》くなりました」と娘は云った、「きょうだいは二人で、家には十七になる弟の政吉がおります」

「家を出たのはどういうわけだ」

「それは云いたくないのですが」と娘はまたためらったが、伏し眼になって、低い声で云いにくそうに続けた「――母の亡くなったあと、まもなく新らしい母が来まして」

娘はそこで言葉を切り、顔をあげて、不審《いぶ》かしそうに千之助を見た。

「いまお役目と仰《おっ》しゃいましたけれど、わたくしどういうわけでお調べを受けるのでしょうか」

「人殺しが二度あった」千之助はさりげなく云った、「瓦版《かわらばん》が出たから知ってるだろうと思うが、一度は深川、二度めに浅草、どちらも殺されたのは男で、下手人は二度とも若い女だった、知っているだろう」

「いいえ」娘は大きくみひらいた眼で、吃驚《びっくり》したように千之助をみつめながら、かぶりを振った、「わたくし近所づきあいを致しませんし、瓦版を読むようなこともございませんから」

「茶の弟子たちからも聞かなかったか」

娘はまた眼を伏せた、「本当のことを申しますと、看板は出してありますが、わたくし弟子は取っておりません」

「どういうことだ」

千之助は咳《せき》をした。すると格子戸のあく音がした。千之助は「早い」と思った。咳を三度するのがきっかけだと教えた。いま来ては早すぎると思ったが、もうまにあわない、襖をあけておはながはいって来た。茶道具を持って、「ごめん下さい」と云ってはいって来、千之助の脇へ茶道具を置きながら、娘を見て「まあ」と大きな声をあげた。

「まあお珍らしい」とおはなは云った、「いつか門前仲町の店でお目にかかった、おりうさまじゃあございませんか」

千之助は娘の表情をみつめた。娘の顔は硬《こわ》ばるようにみえたが、怖《おそ》れの色も、動揺するけはいもみせなかった。

「わたくしはあなたを知りません」と娘が云った、「人違いをなすっているのでしょう」

「まああんなこと仰しゃって、門前仲町の岡田へ、岸沢のお師匠さんといらしったじゃありませんか、あたしあのとき番で、お二人のお世話をした女中ですよ」

「この女に相違ないか」と千之助が云った。

「ええこの人です」おはなは手をあげて娘を指さした、「あたしの眼に間違いはありません、慥《たし》かにこの人です」

千之助は片膝立ちになって、娘の左の手首を摑《つか》んだ、「おい、正直に云え、おまえこの女中を知っているだろう」

「存じません」娘は摑まれた手を放そうともせず、おちついた声で、かぶりを振りながら云った、「八幡様やお不動様へはおまいりにいったことがありますけれど、料理茶屋などへあがったことはございません」

「料理茶屋だって」と千之助がするどく反問した、「料理茶屋だということがどうしてわかった」

「だってこの、――」と娘は吃った、「この人を見れば、茶屋奉公をしている人だということはわかると思います」

「しらばっくれるな」

千之助は摑んでいる娘の手をぐいと引いた。一と揺り揺すぶってみるつもりだったが、娘はまったく無抵抗で、その軀《からだ》は引かれるまま、斜め前にやわらかくのめった。千之助は手を持ち変え、右手で娘の腕の付根を押えこんだ。

そのとき襖があき、男が一人、こっちを見て「あっ」と仰天したように叫んだ。

「なにをなさる」男はとびあがりそうな声でどなった、「おまえさんはなんだ、どうしたんだお倫さん、これはなんのことだ」

「騒がないで下さい清さん、人違いなんです」と娘が静かに云った、「――済みませんが、逃げもどうもしませんから、どうか乱暴なことはなさらないで下さい」

　千之助は手を放して、男を見た。

「はいってそこを閉めてくれ」

　男はふるえながら、襖を閉めてこっちへ来、娘の側《そば》へ坐った。娘は起き直り裾《すそ》や衿《えり》をかいつくろい、*髪へ手をやった。顔は蒼《あお》ざめてみえるが、態度も声音もおちついてい、却って男のほうがおろおろしていた。

「おれは八丁堀の青木千之助という者だ」と彼は男に云った、「そのほうこの娘を知っているのか」

「はい、その」と男は慌《あわ》ててかしこまった、「じつは許婚《いいなずけ》同様の者でございます」

「同様とは、どういうことだ」

「その、ちょっとわけがありまして」男は娘のほうを見、口ごもった。

「構いません」と娘が男に云った、「囲い者だと仰しゃって下さい」

「囲い者だなんて、そんな」

「おれから訊《き》くが」と千之助が云った、「それではそのほうが湯島横町の家の面倒をみているのか」

「まことに失礼ですが」と男はちょっとひらき直った、「私は蔵前《くらまえ》の札差《ふださし》*の伜《せがれ》で名は清一、親は香屋忠兵衛といいます、これは近いうち私の妻になる倫ですが、いったいどういう御不審でお取調べを受けるのか、それを先に聞かして頂けませんか」

千之助は男を見た。清一と名のるその男は、もう三十一か二になるだろう、背丈の高い、いい顔をしているし、着ている物も高価な品だが、いかにも札差の家の道楽者という感じで、ひらき直ったかたちもどこやらしまりがなかった。

「人殺し兇状《きょうじょう》の疑いだ」と千之助は云った、「この半月ばかりのあいだに、料理茶屋で人殺しが二件あった」

「人殺し」と清一が笑った、「冗談じゃあねえ、それはまたとんだ」

「清さん」と娘がやわらかに遮《さえぎ》った、「御用*のことですから、温和《おとな》しく聞いていて下さいな」

男は不服そうに黙った。

倫という娘は、眼の隅で女中を見た。千之助は仔細《しさい》を話してい、おはなは気まずそうに、隅のほうで身をちぢめていた。

五

千之助とおはなが去ったあと、清一は一人で面白がって、いまの出来事を肴にしながら飲みだした。

「お倫さんに人殺し兇状の疑いをかけるなんて、あの与力の眼はよっぽどどうかしている、これが男ころしとでも云うのなら見当は合うがね」

「清さんって吃《きつ》としたところがあるのね」とお倫は酌《しゃく》をしてやりながら云った、「町方与力っていえばたいへんな威勢があるんでしょ、それを清さんは平気な顔で、ひらき直っていざ*を云うんですもの、あたしどうなるかと思ってはらはらしちゃったわ」

「与力だって町奉行だって」と清一は膝へ手を突っ張って云った、「悪い事をしない限り恐れるこたありゃあしないさ、蔵前の店へいってごらん、ああいう侍がよく金を借りに来て、番頭なんかにお世辞を使ってるから」

「でもあの人お店へゆくことよ」

「いいとも」と彼は強く頷《うなず》いた、「お倫さんが本当に承知してくれるなら、浅草橋の叔父のところへいって話をする、嫁を貰って身を固めるとわかれば、おやじだって勘当は解いてくれるにきまってるよ」

「そんなにうまくいくかしら」

「うまく、――そうだ」清一は膝を叩《たた》いた、「いまの騒ぎはとんだ茶番だったが、おかげでお倫さんのいどころがわかった、もう隠してもだめだよ」

「湯島横町、うまく知れちゃったわね」

「それだけは与力さまさまだ」と清一が云った、「これからは訪ねていってもいいだろうね」

「いつも云ってるでしょう、店のほうから人がようすをみに来るのよ」とお倫が云った、「もしも清さんの来ているところをみつかりでもしたら、なにもかもめちゃめちゃになってしまうんですもの」

「いいじゃないか、どうせ私といっしょになれば、親の世話になんかならずに済むんだ、そうだろう」と云って、清一は急に盃《さかずき》を置き、お倫のほうへにじり寄った、「――それよりちょっと」

「いや、清さん」とお倫はあまえた声で云った、「よして、ここを出ましょう」

「ここを出るって」

「あんなことがあったから気持が悪いの、あたしのうちへいきましょう」

「それは有難いが、本当だろうね」

「わかっちゃったんですもの、しようがないわ」とお倫が云った、「その代りわがままを仰しゃってはいやよ」

「わがままとは、どんな」と云って、清一は誇張した太息《といき》をついた、「今夜もおあずけというわけか、罪だよお倫さん」

お倫はながし眼で彼を見、彼の肩に手を掛けて、ものうげに立ちあがった。

「さ、まいりましょう」

六

危なかった。本当に危なかった。あたしの胸はまだこんなに強く動悸《どうき》を打っているし、手を拳《こぶし》にしていないと、指はみじめなほどふるえる。でもこれは独りになってからのことだ。

門前仲町の「岡田」の女中が、どうしてあのうちにいたのだろう。この広いお江戸の中で茶屋奉公をしていれば、毎日大勢の客を扱っている筈だ。それをいちどしか会ったことのないあたしを、どうして覚えていたのだろうか、——尤《もっと》も、客の顔を覚えるということは、あの女たちのしょうばいのうちかもしれないけれど。

青木千之助という人は、あたしをおりうだと見ぬいただろうか。それともあの人の言葉を信じて、疑いを解いただろうか、——どちらともわからない。すっかり疑いを解いたとも思えるが、そうではないかもしれない。与力という役目からすれば、そうあっさり諦《あきら》める筈はない。

——そうよ、そんな筈はないわ。

あの女中が「まあお珍らしい」と云ったとき、あたしは息が止まった。喉《のど》のところに拳くらいもある固まりのような物がこみあげてきて、息が止まり、眼の前がすうっと暗くなるような感じだった。青木さまがそっぽを向いて、あたしを眼の隅《すみ》から見ていた。顔は脇へ向いているのに、青木さまの眼はあたしをするどくみつめている。それがちょうど針で刺されるように感じられたので、あたしは却って叫びだすのを抑えることができたのだ。

――あのときに勝負がきまったんだわ。

われながら女はこわいものだと思う。息が止まり、眼の前がすうっと暗くなるように感じ、怖ろしさのあまり叫びだそうとしたとき、青木さまが見ている、と気づいた。するとからだにあの反応が起こったのだ。乳房が重く張り、固くなった乳首が肌着でこすれ、両腿《りょうもも》の奥が湯でもこぼしたように熱くなる。満ち溢《あふ》れたものが静かに解放されるときの、こころよい充足感、――恐怖はやわらげられて、自信とおちついた気分がよみがえってきた。青木さまに捻《ね》じ伏せられたときも、自分が勝つことをあたしは疑わなかった。なぜなら、あたしは「罪を犯してはいない」からであった。

あの女中に「おりうさん」と呼ばれたときだけ、あたしは罪というものを感じた。それも、蝶太夫や得石を殺した、ということに罪を感じたわけではない。決してそうではない、それとはまったくべつの、なんと云ったらいいかしら、――わからない、なんと云いようもない。あなたはおりうさんではないか、とあの女中の云った言葉のなかに、罪を感じさせるものがあったような気がする。

そうよ、あたしは「決して」罪を犯しはしなかった。あれが人殺しであり、罪であるのなら、自分でそれを感じない筈はない。濡《ぬ》れた着物を着れば、冷たさときみ悪さを感じない者はないだろう。まして、人の命をちぢめるということは、濡れた着物を着るなどという譬《たと》えとは、比較もできないほど怖ろしく重大なことだ。

——それなのにあたしは、爪《つめ》の先ほども罪を感じていない、女中に呼びかけられたあの、ごく短いいっときのほかは……。

——初めて蝶太夫を殺したとき、あたしのからだに二つの反応があった。一つは嘔吐《おうと》したこと、もう一つはあれだ。裸にして寄り添って、教えられたとおり、左の乳の下をさぐり、そこへ釵《かんざし》の尖《さき》を当ててから、あたしは力をこめて、両手でそれを刺し込んだ。

——あたしはむさし屋のおしの、……

そして、父の恨みを云おうとしたけれど、舌がつって言葉が出なかった。頭がぼっとなり、眼の前が暗くなった。すると急に乳房が痛いほど重く張り、固くなった乳首が肌着にさわるのが感じられ、両腿の奥が湯をこぼすように熱くなった。手のひらや足の裏に、むず痒《がゆ》いような、するどくこころよい感覚が起こり、軀じゅうが痺《しび》れたようになった。

——拍子三つほどのあいだ、気を失ったような感じだった。

海野得石のときにも、まったく同じような反応が起こったものだ。嘔吐したのは血の匂《にお》いを嗅《か》いだからだろうか、いや、血は殆《ほと》んど出なかった。出たかもしれない、眼をそむけずにはいられなかったから、少しは出たかもしれないが、そんな匂いはしなかったし、あとで手を洗ったときにも、手は少しもよごれてはいなかった。

椿《つばき》の花片を一枚、枕許《まくらもと》へ置くときに、あたしは父に呼びかける。お父つぁん、これで恨みが一つだけ消えたでしょ、――すると父の頬笑む顔がみえるのだ。骨ばかりのように病み衰えた父の顔に、頬笑みがうかび、枕の上でそっと頷くのが、ふしぎなくらいありありとみえるように思う。おそらく、父のたましいはあたしに付いていて、あたしのすることを助け、あたしのしたことでなぐさめられるに違いない。

――死ぬまでにいちど会いたい、ひと言だけ云ってやりたいことがある。

そう云ったときの父の声や、見るに忍びないほど苦しげな表情は、いまでもはっきりと記憶に残っている。母はあの男たちとともに、父の心をふみにじり、父の一生をずたずたにしたのだ。一人の父を、よってたかって責め殺したようなものだ。無力で、温厚な父、……どんなに辛《つら》く、苦しく、くやしいことだったろう。「ひと言だけ云ってやりたい」と云いながら、そのひと言さえ云うことができずに死んでいった。

――まだ三人残っている。

桝屋《ますや》の佐吉があげたのは八人だったが、あたしはその中で五人を選んだ。その五人はいまでも、いろいろな意味で人を苦しめ、騙《だま》し、泣かせている。他の三人はゆるしても、五人だけはゆるすことのできない人間だ。

――あと三人。

湯島横町のこの家は引越さなければならない。青木さまはきっと、この家を見張るに違いない。実家のほうも調べれば、嘘《うそ》だということはすぐにわかってしまう。あれはあたしの友達の家なのだから、そして、友達のおいせさんはもうお嫁にいった筈だから。これからは場所をよく選ぶことにしよう。ことによると、市中の料理茶屋へは、町方から手配がゆきわたるかもしれない。それはたいへんな手数だし、全部に手配するということは不可能かもしれないが、それにしても注意するに越したことはない。

――香屋清一、こんどはあんたの番よ。

七

香屋清一は酔っていた。

「初めて会ったのは根岸の古梅庵《あん》だ」と彼は話していた、「あれは二月下旬だったかな、古梅庵は六月につぶれてしまったが、精進《しょうじん》料理が看板で、長いこと繁昌《はんじょう》したものさ」

「それより出会い*をするのに便利なうちなんでしょ」と年増《としま》芸妓《げいぎ》の一人が云った、「若旦那《わかだんな》が精進料理なんか喰《た》べにいらっしゃる筈はないわ、ねええ」

六人いる芸妓たちが「そうよそうよ」と声をあげ、幇間《ほうかん》の米八が二丁の柝《き》*を入れた。

とざいとうーざい、*夜どおし狂言で腰を折るのは御勝手なれど、いま業平《なりひら》*の香屋の若旦那が、ざんげ話の腰を折ることはまかりならぬ、いずれも静かにお控えあれ、などと黄色いような声*で叫んだ。

「米八を伴《つ》れていたんだ」と清一は続けた、「じつは小稲の云うとおり、古梅庵にはべつ棟《むね》のはなれが三つあって、人めを忍ぶ出会いには都合よくできているんだ」

「そら白状した」と小稲と呼ばれる芸妓が云った、「きっとなかの梅次姐《ねえ》さんよ」

「やかましい、私は仲人役《なこうどやく》だ」と清一が遮った、「濡衣《ぬれぎぬ》はつまらないから云っちまうが、本当はこの米八にいいのができて」

「ちょちょ、ちょっとお待ち」米八は片手でなにかを押えるような動作をした、「ものには云っていいことと悪いことがありやす、そういうあなた、男と男が血を吸《すす》りあって誓った秘密を、取るにも足らぬ女わらべの前で披露《ひろう》するということはござんすまい」

「ひと聞きの悪いことを云うな、私が米八なんぞと血を吸りあうか」と清一が云った、「こいつに惚《ほ》れるとはよっぽどの悪食《あくじき》*らしい、ともかくどこかで逢曳《あいび》きということになったが、師匠がかりの身で自由がきかない、どうか若旦那のおなさけでと、——こいつが両手を合わせて泣くという始末さ」

「米八さんのことなんかようござんすよ」と年増芸妓の一人が云った、「そのお嬢さんと馴《な》れそめの幕をあけて下さいな、ねえ」

そうよそうよと他の芸妓たちが云った。

「では柝を入れて」と清一は云って、一と口飲んだ、「こいつとその婦人をしけこませてから、私は女中を相手に飲んでいた、するとおかみがあらわれて、あちらのお客さまが一と口差上げたいと仰《おっ》しゃっていますが、と云うんだ、知らない客とはいやだと云うと、おきれいなお嬢さまだけれど、それなら断わりましょうかと云う」

「そこで眼の色が変った」と小幾が云った。

六人いる芸妓たちの中で、小幾はいちばん光ってみえた。年は二十一か二であろう、縹緻《きりょう》も芸も他の妓たちとさして違いはないがそれでなお一人だけ光っているようにみえた。

「お嬢さまというのが気になった」

清一はちょっと小幾を見たが、聞きながして話を続けた。

「そこで聞いてみると、相手は大商人《おおあきんど》の娘らしい、小間使を一人伴れただけで飯を喰べに来たが、庭でおれの姿を見かけた、ちょっとわけがあってぜひおめにかかりたい、というんだ」彼は菊弥という芸妓に酌をさせて、一と口飲んだ、「どんなわけで会いたいのか、と訊いてみると、おかみはなにも知らない、おめにかかったら申上げるそうだ、と云う、これは知っている娘だなと私は思った」

「そこで、――」と彼はまた飲んだ、「おかみに案内されていってみると、酒を付けた二人前の膳《ぜん》があり、その一方の膳の上に紅梅の枝がのせてあるだけで、娘はいなかった」

「あの辺にも」と小幾が云った、「気のきいた鼬《いたち》がいるんですね」

清一は飲んだ酒が喉につかえでもしたように、ぐっといいながら、ちょっと口をつぐんだ。

「その人」と菊弥が云った、「急に恥ずかしくなったんですね」

「そうらしい」と清一が続けた、「おかみや女中が捜してみると、ついいましがた帰ったという、そのとき、膳の上にある紅梅の枝に気がついた、その枝になにか結びつけてある、取ってみると置き手紙で、――ここでおめにかかるのは恥ずかしくなった、近いうちにお宅のほうへ知らせるから、そのときはどうぞ会いに来てくれ、という文面さ」

「憎いことをなさるじゃないの」いちばん年嵩《としかさ》のおまさという芸妓が云った、「へえ、いまどきそんな乙《おつ》なことをなさるお嬢さんがいらっしゃるんですかねえ」

「さしずめ五条橋*てえところですな」と米八が云った。

「なにが五条橋だ」

「走りかかってちょうと切れば」と米八は謡《うたい》がかりに身振り*をした、「そむけて右に飛びちがう、取り直して裾《すそ》を薙《な》ぎはらえば」

「洒落《しゃれ》にもならねえ」と清一が遮った、「こっちの相手は帰っちまったんだ」

「ははあ、牛若は鞍馬《くらま》へ御帰館*ですか」

「黙って聞け」と清一が云った、「――私も憎いことをすると思った、こっちを呼んでおきながら、紅梅の枝へ置き手紙を残してさっと帰る、いかにもすっきりとして、しかも人の気をそそるやりかたじゃあないか」

「古い手だわ」と小幾が云った、「人情本*を読めばそんな手はいくらでも出て来ますよ」

清一は持っていた盃の酒を、いきなり小幾の顔へあびせかけた。

「あっ」と菊弥が清一の手を摑《つか》んだ、「いけませんよ若旦那、どうなすったんです」

「いちいちちゃちゃ入れやがる」と清一は云った、「眼障《めざわ》りだ、帰れ」

米八はじめ他の芸妓たちがとめにかかった。小幾は顔や衿《えり》を拭《ふ》きながら、「いいえとめないで下さい」と、ぎらぎらするような眼で清一を睨《にら》んだ。

「あたしはこれで帰らせてもらいます」と小幾は云った、「その代りみなさんの前で、一とこと云いたいことがあります」

「うるせえ、帰れと云ったら帰れ」

「云われるのが怖いんですか」

「小幾ちゃん」とおまさが云った。

「放《ほ》っといて下さい」と小幾は坐《すわ》り直して、清一の眼をきつく睨んだ、「香屋さんの若旦那、あたしの云うことが怖いんですか、小若姐さんのことを云われるのが怖いんでしょ」

「云ってみろ」と清一は菊弥に酌をさせながら云った、「おれのほうこそあいつには手を嚙《か》まれたんだ、男だからおれは黙ってるが、もしあいつに文句があるんなら云ってみろ」

「男だから黙ってるんですって、へえ、若旦那はそれで男のつもりなんですか」小幾はせせら笑いをした、「弱い女をさんざんおもちゃにして、子供ができたと聞いたらそれっきり、おれはそんなものは知らない、ちゃんと枕代はやってある、枕芸妓の孕《はら》んだ子が誰の子かわかるもんかって、――姐さんは若旦那ひとりを守って来ました、あたしは側《そば》にいて始めからのことを知っています」

八

「米八」と清一が喚《わめ》いた、「なにをぼんやり見ているんだ、この気違いを追い出さないか」

米八が立ち、おまさが立ち、左右から小幾を伴れ出そうとした。

「聞いていられないのね」と、小幾は身もがきをしながら叫んだ、「小若姐さんは若旦那ひとりを守って来たし、お金まで貢《みつ》いでたじゃありませんか、そのために八方へ不義理ができて、吉原《なか》へでも身を売るほかはないような始末になってるわ、それを枕芸妓だなんて、——姐さんは死んでしまってよ」

米八とおまさが、むりやり小幾を伴れ去ったが、姐さんは死んでしまう、と云った言葉は、まるで形になって残ったかのように、はっきりと、悲痛な余韻をその座敷に残した。

「なにか陽気なものでも弾きましょうか」と云って松次という若い芸妓が三味線を持った、「さ、若旦那なんになさいます」

「話が途中だ、あとを聞かなくってもいいのか」

「うかがいますとも」菊弥が気のない調子で熱心そうに云った、「そういう話を途中でやめるなんて罪よ、ねえ」

「そうですとも、ぜひうかがいたいわ」と吉奴《きちやっこ》が云った。

松次が三味線を置き、おまさと米八が戻って来、そこへ女中が酒と肴《さかな》を持って来た。清一は飲みながら話し続けた。聞いている六人は明らかに興ざめしたようすで、酌《しゃく》をしたり肴を取り分けたりする手つきも、うわのそらのようにみえた。清一はいまの騒ぎでしらけた気分を、自分からほぐすつもりで話を続けたのであるが、「小若は死ぬだろう」という叫びも、彼にはそれほど気にならなかったものか、まもなくすっかり調子づいて、その話しぶりもますます熱を帯びるばかりだった。

「その娘はお倫といって、年は十七か八だろう」と彼は上唇を舐めた、「いかにも箱入り娘らしくて、縹緻もいいが、軀《からだ》つきや身ごなし、ものの云いようにこぼれるような、色気と、おっとりと匂うような品があった」

清一は浅草瓦町《かわらまち》の横町に自分の家を持ち、ばあやと二人でくらしていた。道楽が過ぎて七年まえに勘当され、香屋へは出入りも止められていたが、母親から呉《く》れる毎月の生活費は余るくらいあった。年はもう三十五になるが、肉躰《にくたい》的な快楽以外にはなんの関心もなく、精神的には十五、六歳のまま成長が停《とま》っているようだ。男ぶり*はいいほうだし、「香屋」は札差なかまでも指折りの資産家だから、女たちや取巻きに不自由はなかった。

——私は一人っ子だ。

彼はいつもそういっていた。

——勘当になっていたって、おやじが死ねば香屋の主人は私だ。

そんな気持だから、身持*を直そうなどと思ったことはない。勝手なことの仕放題で、困ると母親にしりぬぐいをしてもらった。自分の家にいたころは外で遊ぶだけではなく、女中でも下女でも、触れる者に手を付けた。近所の鳶《とび》*の女房と不始末*をしたのが勘当された原因であるが、その癖はいまも直らず、遊女や芸妓たちをべつにして、料理茶屋のおかみから、ちょっと眼につく女中などに、隙《すき》をみてはちょっかいを出すというふうであった。

放蕩者《ほうとうもの》でも金ばなれがいいとはきまらないだろうが、彼は徹底した自己中心で、自分の快楽に対してしか決して金は使わないし、使いぶりも吝嗇《りんしょく》に近いほどしみったれていた。それでも女や取巻きたちがはなれないのは、母親から仕送りがあるのと、「香屋」の名にひかされてのことだろう。しかしいま、それも怪しくなっていた。母親から来る金は、秋にはいって半減されたし、父親の忠兵衛は彼に見切りをつけて、親類から養子を取ることにした、ということを母親が知らせて来た。

——養子の話は威《おど》しだ。

彼はそう思ったけれども、噂《うわさ》はたちまち弘《ひろ》まって、ちかごろでは馴染の茶屋なども、勘定が少し溜《たま》るといい顔をしなくなった。こういうときにお倫があらわれたのである。どうして彼女が自分にうちこんで来たか、彼には見当もつかなかったが、古梅庵で置き手紙を受取ってから五日めに、瓦町の家へ使いの者が手紙を届けに来た。

——どうしてこの家を知ったろう。

誰かに聞いたのか、それともまえから知っていたのか。お倫に逢うとすぐに慥《たし》かめてみたが、彼女は微笑するばかりでなにも云わなかった。

「どう思う、米八」

と彼は酔ってぐらぐらする軀をまっすぐにしながら云った、「——春から逢いだして、もう冬だ、そのあいだ月に三度か四たびは逢っている、が、どこでおれをみそめたか、どうして瓦町の家を知っているか、どうしても云わないんだ」

逢うときは日と時刻と場所を、お倫のほうから知らせて来る。逢っているうちは極めて嬌《なまめ》かしく、いまにも肌をゆるしそうにみせながら、もう一歩というところで巧みに躱《かわ》されてしまう。しかも、たび重なるにつれてその態度は嬌かしさを増し、十一月になって逢ったときは、夫婦になってくれるなら、と云いだした。

「今日まで本気かどうかためして来た、と云うんだ」清一は酒を呷《あお》った、「——浮気《うわき》ならいやだけれど、ちゃんと夫婦になってくれるなら、……米八、おまさばばあもこのところを聞いてくれ、いいか、夫婦になってくれるのなら、千両箱を二つ持ってゆこう、って云うんだ、千両箱二つだぜ」

「なんですかそれっぱっち」と米八が云った、「仮にも香屋の若旦那が、二千両ばかりのはした金に声を高くすることはないでしょう」

「あたりきよ、金なんぞじゃあねえ、こころ意気だ、二千両は鼻紙代にもならねえが、それを持って来ようというこころ意気がうれしいじゃねえか、そうだろうばばあ」

「それはようござんすけれど」とおまさが訝《いぶか》しそうに云った、「いったいそれはどういうところのお嬢さんなんですか」

「それがてんでわからなかった」と云って、彼は左手の盃《さかずき》を口へ持ってゆきながら、右手をいそいで振った、「いや、いまはわかっている、一昨日へんな間違いがあって、そのとき実家のことも住居のこともわかった、歴《れっき》とした大商人の娘で、本郷のほうに小間使と二人別居しているんだ」

「これはまた」と米八が云った、「よもや勘当なんてえことじゃあないでしょうな」

「よけいな頭痛を病むな、――とにかく、一昨日の晩おれは、本郷のその家へいっしょにいったんだ」

そのとき女中が、結び文を持って、いそぎ足にはいって来、「いまお使いの人がこれを」と云いながら、清一に渡した。

「おっ」と彼は浮き腰になった、「来たな、お召し状だぞ」

彼はふるえる指で文を解いた。

九

手紙を読み終ると、清一は顔の筋をほぐし、手紙を袂《たもと》に入れて立ちあがった。

「いよいよ大願成就《じょうじゅ》だ」と彼は云った、「二千両の持参金付きを嫁に貰《もら》えば、大手を振って蔵前の家へ帰れる、おれもそろそろ身を固めてもいいころだからな」

「御祝言《しゅうげん》にはひとつわっと賑《にぎ》やかに」と米八が熱のない口ぶりで云った、「――へっ、若旦那てえ方はよっぽどいい星の下にお生れなすったんですな」

「私はこれで帰るよ」と清一は云った、「みんなには座敷を付けておく*から、残ってゆっくりやってってくれ、私のこころ祝い*にね」

「お供を呼びましょう」と菊弥が云った、「本郷へいらっしゃるんでしょ」

「本郷なんてやぼなところじゃあないさ、が、これはまだないしょないしょ」

みんなが立って、きまりきった世辞を云いながら、清一を送り出していった。米八と五人の芸妓たちはまもなく戻って来、どうしようか、と相談した。このまま飲むか、それとも引揚げるか、誰にもあとの座敷はないという。それなら気の合った同士で、このまま飲み続けよう、ということになった。

「いまの話が本当なら、勘定のほうの心配はありませんからね」と米八が云った、「ひとつ、このうちのおかみさんも呼びますか」

「だけれど本当かしら」と松次が云った、「なんだかあたし怖いような気がするわ」

菊弥が盃を取りながら笑った、「またおはこが始まった、あんたときたら障子に鳥影がさしても怖いんだから」

「そうじゃないわ、さっき小幾ちゃんが、あの辺には悪い鼬《いたち》がいるって聞いたとき、あたしぞうっとそうけ立った*わ」

「悪い鼬じゃなくってよ、あの辺にもそんな気のきいた鼬がいるかって」

「いやーっ」松次は両手で耳を押えた、「ごしょうだから鼬だなんて云わないで、あたし鼬が立ちあがって手招きするとこを見ちゃったんだから」

みんなが笑いだし、初めて気楽に盃を交わしあった。暫《しばら》くはとりとめのない話が続いたが、そのうちにまた、米八がひょいとまじめな顔になった。

「まったくだ」と米八が云った、「どうも話がどことなくへんだよ、十七やそこらのお嬢さんが、根岸の古梅庵へめしを喰《た》べにゆくというのもおかしいし、瓦町の家を知ってるとすれば、若旦那がどんな人かということもわかっている筈《はず》だ、そうじゃありませんか、姐《ねえ》さん」

「あたしもそれを考えていたのよ」とおまさが頷《うなず》いた、「男ぶりはいいけれど、もう年が年だしねえ、あのとおり底抜けの道楽者に、たいまいな持参金付きで、そんな大《たい》家《け》の箱入り娘が自分から嫁にゆきたがるなんて、——話どおりだとすればあたりまえじゃあないと思うわ」

「あの人はさんざんあくどいことをしましたからね」と菊弥が云った、「もしかするとその娘というのは人間じゃあなく、怨霊《おんりょう》のようなものかもしれないわ」

「いやいや」と松次が遮《さえぎ》った、「お願いだからそんな話やめて」

「おや松次さん」とおまさが松次のうしろを指さした、「おまえさん背中になにを背負ってるのさ」

きゃあといって松次がとびあがった。

そのとき袖垣《そでがき》をまわって、下足番の老人が一人の男を案内して来た。男は三十がらみで、*木綿縞《もめんじま》の袷《あわせ》に半纏《はんてん》を重ね、尻端折《しりはしよ》りで、*股引《ももひき》に麻裏*をはいていた。彼は、「この座敷か」と老人に慥《たし》かめてから、縁先へあゆみ寄った。

「ちょっとあけてくれ」と男は呼びかけた、「須賀町《すがちよう》の上総屋の者だ」

座敷の騒ぎがぴたっとやみ、米八が立って来て障子をあけた。

「知ってるだろうが、目明しの上総屋、おれは七造という者だ」と男は囁《ささや》き声で云った、「香屋の清一という客がいるだろう」

「へっ」と米八はそこへ坐った、「若旦那はお帰りになりました」

「帰ったって、いつ帰った」

「ついさっきのことで」と米八が答えた、「使いの人が手紙を持って来まして、それを読むとすぐお帰りになりました」

七造という男は顔をひき緊《し》めた、「その手紙は女からの呼出しじゃあなかったか」

「へえ、そのような話でございました」

「いった先は」と七造がたたみかけた、「ゆき先はわかっているか」

「いいえ、なにも仰《おつ》しゃいませんでした」

「手紙はあるか」

米八は首を振った、「若旦那が持っていらっしゃいました」

七造はくるっと向き直った。米八が「御苦労さまです」と云うのをうしろに、七造は袖垣をまわって走りだした。

宵《よい》のくちでもあり、柳橋という土地柄で、街は灯《あかり》が明るく、往来の人の中には座敷着姿の芸妓も見えるし、料理茶屋からは絃歌《げんか》の声も聞えて来て、冬とは思えないほど、あたりはうきうきと賑わっていた。

青木千之助は柳橋の袂に立って、七造が走って来るのを認めた。

「清一はいたか」

七造は息をせきながら手を振り、ふところからずり落ちそうになった十手《じって》を、危なく押えて「いません」と云った。

「呼出しの手紙が来て、いましがた帰ったそうです」

「呼出しの手紙」と青木が云った、「しまった、一と足おくれたか」

「どうしましょう」

「おまえはもういい、おれは瓦町を覗《のぞ》いてみよう」

そして彼は走りだした。

――着替えに帰ったかもしれない。

瓦町は一と跨《また》ぎである。女に逢《あ》いにゆくとすれば、着替えに寄るということも考えられる。いそげばまにあうかもしれない、彼はそう思って走った。

瓦町の家はさっき訪ねたばかりで、留守のばあやに茶屋を教えられたのであるが、駆け戻ってみると、清一は帰っていなかった、「いいえお帰りになりませんが」とばあやは不安そうに云った、「なにか若旦那に、間違いでもあったのでございますか」

「そうでなければいいと思うが」青木は太息《といき》をついた、「――もし帰って来たら、ちょっと須賀町の上総屋へ顔を出すように、いや、当人に咎《とが》*はない、うっかりすると当人の命にかかわることなんだ、いいな」

「目明しの上総屋さんでございますね」

「そうだ、心配することはないから、必ず顔を出すようにと云ってくれ」

忘れないようにと念を押して、青木千之助はその家を出た。

十

八丁堀の組屋敷*へ帰る途中、青木千之助はしきりに、後手《ごて》を取った自分のふがいなさを責めた。

一昨日の晩、――彼は二人のあとを跟《つ》けたのである。七造でもよかったが、大事をとって自分で跟けていった。そして湯島横町の家へ、二人がはいるのを慥かめてから、近所の者にお倫のことを訊《き》いた。

――温和《おとな》しくって、きれいで、お人柄*ないい娘さんですよ。

三軒で訊いたが、三軒とも同じように褒《ほ》めていた。実家は下町で大きい商家らしい、茶の師匠の看板を出しているが弟子は取らない。軀が弱くて保養でもしているのか、小間使と二人ぐらしで、訪ねて来る客もなし、まして浮いたような噂もない。というように、お倫の云ったこととみな口が合っていた。

——では的が外れたか。

そう思ってそのまま帰った。

昨日は奉行所へ出頭した。吟味《ぎんみ》にかける盗賊があり、係の与力と打合せをするためで、そのあと夕方まで役所で事務をとった。そうして今日、北町奉行所に用があってでかけたが、帰りにふと思いだしたので、念のために石町へまわってみた。伊勢屋という紙問屋はあった。あるじの名は喜兵衛、妻女は二年まえに亡《な》くなっていたし、十七になる息子は政吉という。そこまでは合っていたが、肝心の娘のことが違っていた。伊勢屋の娘は名をおいせといい、日本橋槇町《まきちょう》の吉野屋という、糸綿問屋へ嫁にいっている。もちろん現在も吉野屋にいるし、懐妊ちゅうで、来月が産み月だ、ということであった。

——お倫という女を知らないか。

青木千之助はそう訊いた。お倫の人柄や、現在の住居や、茶の師匠の看板を出していることなど、できるだけ詳しく訊いてみたが、伊勢屋は思い当る者はないと答えた。

――しかし、向うではこの家のことをよく知っているらしいから、娘さんの友達とか、近所の者でこれと思う娘がある筈だが。

――うちのおいせは引込み思案な子で、友達も二、三人しかいませんでしたし、近所にそれらしい娘がいたという覚えもないように思います。

――二、三人いたという友達はどうだ。

青木千之助はそう問い進めた。

――さようでございますな。

喜兵衛はちょっと考えてから答えた。

――二人はこの町内の娘で、一人は婿《むこ》を取りましたし、一人はまだ家におります、もう一人、おいせといちばん仲の良かった娘がいましたが、それは今年の正月に亡くなってしまいました。

――死んだ、それはどこの娘だ。

――本石町に「むさし屋」という薬種問屋がございますが、そこの一人娘で、名はおしのさんと云いました。

――むさし屋、むさし屋。

友達の二人は町内に住んでい、一人は死んだという。「むさし屋」という屋号になにか記憶があるようだったが、お倫を押えるほうが先だと思い、そのまま辻駕籠《つじかご》をひろって本郷へとばした。

だがお倫はもういなかった。隣りで聞くと、昨日の朝早く引越したという、「実家へ帰ることになった」と挨拶《あいさつ》にまわったそうで、そのほかにゆき先を知っている者はなかった。

「勘のいい女だ、おそろしく勘がいい」と歩きながら彼は呟《つぶや》いた、「せめて香屋の伜《せがれ》をと思ったが、それさえ一と足違いで先《せん》を越された、ざまはないぞ」

彼は舌打ちをした。

——香屋の伜はやられるかもしれない。

無事に帰るかもしれないが、女が急に引越したのは危険を感じたからであろう。とすれば、つまり女が彼を覘《ねら》っているとすれば、おそらく無事に帰るようなことはないだろうし、それを防ぐ方法もない。

「なにか手段があるか」と青木は自分に問いかけた、「一昨日の晩で懲《こ》りたうえに、これだけ勘のいい娘なら、おいそれと捉《つか》まるような場所を選ぶことはあるまい」

仮にまた料理茶屋へ呼びつけたとしても、この広い江戸市中ぜんたいに手を打つことは不可能である。

「一昨日の晩思いきって挙げればよかった」そう呟いて、彼はくっと首を振った、「ぐちはよせ、問題はこれからどうするかだ、香屋の道楽息子は諦《あきら》めよう、どうしたらあの娘を押えることができるか」

彼の歩調はゆるくなり、堀に沿った片側町を、暫く黙って歩いていった。それから、江戸橋と思われる橋を渡ったとき、道傍《みちばた》によたか蕎麦《そば》*が荷をおろして、釜下《かました》の火を煽《あお》ぎながら、湯を沸かしているのを見た。ちょっと見ただけで通り過ぎたが、一丁ばかりいってからふと立停《たちどま》り、じっと夜空を見あげた。

——むさし屋。

よたか蕎麦の行燈《あんどん》に「べんけい」と書いてあった。なにげなく見て通ったのだが、弁慶という字から連想がうかんだのであろう。彼はそのとき初めて、親子三人の焼死、という出来事を思いだした。

「亀戸《かめいど》のほうの寮で、両親と娘が焼け死んだ、慥かそんな事だったな」歩きだしながら彼は声に出して云った、「——うろ覚えだが、母親と娘は達者だった、父親は病気で危篤《きとく》だったが、母と娘はまったく丈夫だった、それがどうしていっしょに焼け死んだか不審だと、云っているのを聞いた」

伊勢屋の娘ともっとも親しかったのは、そのむさし屋の娘だったという。——彼はいそぎ足になり、かいぞく橋の袂で辻駕籠をひろうと、八丁堀へいそがせた。

組屋敷へ帰ると、同心の井田十兵衛を呼んで、「むさし屋」親子の検屍《けんし》をしたのは誰だったかしらべさせた。そして、定廻《じょうまわ》り*の内村伊太夫だとわかると、すぐにその住居を訪ねていった。内村は酒を飲んでい、まず一と口つきあえとすすめたが、千之助は断わって用件を述べた。

「ああ、あれはよく覚えている」相当に酔ってはいたが、役目のことになるとさすがにしゃっきりとした、「——危篤の病人はともかく、丈夫な妻と娘が焼け死ぬというのはおかしいので、かなり念入りに調べてみた」

「死躰《したい》はどんなだった」

「すっかり焼けて、三人とも殆《ほと》んど骨だけになっていた」と内村が云った、「医者にも立会わせたが、二躰は男と女、もう一躰は小柄で、骨の質が明らかに若い、それで娘のものだということにきまった」

「骨になるほど焼けることがあるだろうか」

「油のためだったと思う、現場はひどく油臭かったし、納戸《なんど》に燈油がだいぶしまってあったようだ、しょうばいは薬種問屋だが、油屋も兼業していたからね」

十一

寮にはおまさという女中がいたこと、母親が酒を飲んだこと、娘は長い看病疲れで、かなり弱っているようにみえた。と語っていたことなどを、内村伊太夫は記憶をたどりながら話した。

「どうしたんだ」と話し終ってから内村が訊き返した、「あの件でなにか不審なことでもあるのか」

「いや」と千之助はあいまいに云った、「べつの事でひょっと思いついたんだが、どうやら見当が違ったようだ」

邪魔をして済まなかったと云って、千之助はすぐに立ちあがった。

油があったにしても、一軒の火事ぐらいで三人が骨になるほど焼けるだろうか。まして母と娘は丈夫な軀であった。母親は酔い、娘は看病疲れで弱っていたにもせよ、——なにかそこにわけがありそうだ。油。一人は酔い、一人は疲れてい、他の一人は瀕死《ひんし》の病人。油がひどく燃えた。女中は夕方になってから急に暇が出て帰された。

「こんなふうに偶然の重なることは稀《まれ》ではない」と千之助は呟いた、「しかし細工をしたということも考えられる、仮に細工をしたとすれば、誰が、どんな理由だったろう」

彼はその点に考えを集中した。

明くる日、青木千之助は「むさし屋」へ当ってみた。当主人は伊四郎といい、分家の亀屋伊兵衛の二男が養子にはいったものだが、店の雇人たちは殆んど変っていない。手代の徳次郎だけが暇を取って自分の店を出したということであった。千之助は番頭の嘉助から、手代、小僧にまでそれとなくさぐりを入れてみた。

だがなにも得たものはなかった。

死んだ主人と娘が、よほど店の者によくしたのだろう。かれらはみな二人を褒めちぎり、二人があんなふうに死んだことを、いまでも心から悲しみ嘆いていた。これに対して、主婦のおそのは好かれていなかったらしく、もちろん悪く云う者はなかったが、人の好《よ》さそうな番頭の嘉助でさえ、おそのについてはあまり話したがらなかった。

千之助は徳次郎の店を聞いてから「むさし屋」を出た。

徳次郎の実家は荏原《えばら》在にあり、十数代も続く大地主で、苗字《みょうじ》帯刀をゆるされているという。彼はその二男であるが、自分の望みでむさし屋へ奉公にはいった。去年の秋、礼奉公*も済んだので、今年は暖簾《のれん》を分けてもらうことにきまっていたという。この五月に、下谷《したや》御《お》徒町《かちまち》へ店を出したが、それには実家から多額な補助があった、ということであった。

――徳次郎に当ってみよう。

そう思って八丁堀へ帰ると、米沢作馬という同心が待ちかねていて、「また椿《つばき》の花片です」と云った。千之助は口をあいた。

「殺しか」

「男が殺されて」と米沢が云った、「その枕許《まくらもと》に赤い椿の花片が一枚」

「やっぱり、そうか」

「兇器《きょうき》は例の釵《かんざし》で心臓を一と突きだそうです」

「誰かいったか」と千之助はせきこんで訊いた、「場所はどこだ」

「場所は芝の露月町、大和屋《やまとや》という宿屋の二階だそうです」と米沢が答えた、「まだ、どなたもいってはいません、現場に手を付けないように、井田が見張りに当っています、青木さんのお帰りを待っていたんです」

「すぐゆこう、支度をしてくれ」

あの道楽息子め、と千之助は思った。

――きさま自分で招いたことだぞ。あのとき「許婚《いいなずけ》のような者だ」とか、「私が世話をしている」などと云った。こっちの話をよく聞いて、相手の素姓《すじょう》に疑いをもつだけ頭がはたらいたら、こんなことにはならなかったのだ。

――よっぽど惚《ほ》れこんでいたんだな。いい年をしてばかなやつだ。

彼は一人だけ先に、駕籠をとばせながらそう思った。三十四、五にもなり、道楽も相当して来たらしいのに、ばかなやつだと思い、同時に、彼を救えなかった自分の無能をも嘲笑《ちょうしょう》した。あんな十七か八の小娘に扱われて、うろうろ駆けまわるなんて話にもならない。よっぽどのお笑いぐさだぜ、彼は自分を罵《ののし》った。

大和屋は大きな構えの宿屋で、主人は仁左衛門といい、二人の町役と鳶《とび》の者などが彼を出迎えた。千之助は係の女中と、番頭や仁左衛門からざっと事情を聞いた。――

事の始終はまえの二件と同様で、男が先に来、すぐに女が来て、酒と食事を注文した。女は小間使を伴《つ》れず、一人だったという。男は初めからかなり酔っていたが、そこでも一升ちかく飲み、食事には手を付けず、「泊ってゆく」と云うので、女中が寝る支度をした。

「それから、――半刻《はんとき》ばかり経《た》ったでしょうか」と係の女中が云った、「酔いざめの水を忘れていたことに気がついたので、その支度をしてお座敷へゆきました。そっと声をかけましたが、もう寝ていらっしゃるだろうと思って、音のしないように障子をあけましたら、……女のお客さまがこっちへ向いて、長襦袢《ながじゅばん》を着ていらっしゃるところで、あたしはっとして」

女中は恥ずかしそうに口ごもった。

女客はいま起きたところらしく、二布《ふたの》一枚で上半身はあらわだった。女中が声をかけたのも聞えなかったものか、吃驚《びっくり》して、美しい胸乳《むなち》を隠したが、自分はこれから帰る、と声をひそめて云った。

「自分はうちが近いから帰るが、この人はわる酔いをしているし、あのとおりよく眠っているから、朝までそっと寝かしておいてくれ、と仰《おっ》しゃいました」と女中は云った、「それから、お二人の勘定と多分なこころづけを頂きましたし、べつにおかしいようなふうもみえませんでしたので」

男が殺されているのをみつけたのは、午前十時すぎだと云った。現場は端にある八帖で、井田十兵衛が退屈そうに莨《たばこ》をふかしていた。――座敷のまん中に夜具が延べられ、頭のほうを枕屛風《まくらびょうぶ》で囲ってある。死躰は香屋の清一で、掛け夜具が捲《ま》くってあり、はだかった胸の、左の乳の下に、平打の銀の釵が突き刺さっていた。

聞いているうちに、同心と書役《かきやく》＊が来たので、千之助は二階へあがっていった。

千之助はぞっとそうけ立った。

黄色みを帯びた蠟《ろう》のような肌へ、深く、まっすぐに突き刺さっている銀の釵が、怨《おん》念《ねん》と呪《のろ》いの声をあげているように思えたのである。彼は眼をそらして枕許を見た。そこには血を落したかのように、椿の赤い花片が一枚、なにかを暗示するものの如《ごと》く置かれてあった。

「こんな物がありました」と井田十兵衛が云った、「枕の下に覗《のぞ》いていたので、取り出してみたんですが」

それは巻いて折った手紙で、表に「青木さま」と書いてあった。自分の姓だからちょっとおどろき、彼は蹈《かが》んだ恰好《かっこう》のままそれを披《ひら》いた。読んでみると正しく彼に宛《あ》てたもので、次のようなことが書いてあった。

――先夜おめにかかった倫でございます、その節はあなたさまをお騙《だま》し申し、こんどまたお手数をかけます、さぞ憎い女とおぼしめすことでしょうが、これには深い仔細《しさい》がございますし、また、わたくしに運がありましたら、あと二度だけお手数をかけることになると思います、それが済みましたら、あなたさまのところへ自首しにまいり、仔細をお話し申すつもりでございますが、いま一と言だけ申上げます、それは……この世には御定法《ごじょうほう》*では罰することのできない罪がある、ということでございます。

千之助は唇をひき緊《し》めた。

――法で罰することのできない罪。

彼はその一句を、ながいこと、息をひそめて見まもった。

「あと二人、――」と彼は独《ひと》り言のように呟いた、「それを止める法はないか、……いったいこの男たちはなにをしたのだ、椿の花片はどういう意味だ」

井田十兵衛がきせるをはたき、その音で千之助はわれに返った。

「倉橋」と彼は手紙を巻きながら書役に云った、「見取り図を描《か》いてくれ」

第五話

一

「およねさんは盃《さかずき》も取らないじゃないか」と源次郎が云った、「たまには一つくらいつきあってもいいだろう」

「あたし酔うとうるさいのよ」

「いいね、そうるさいの結構」源次郎は燗徳利《かんどくり》を持った、「おまえが酔ってうるさくなったらさぞ色っぽいだろう、遠慮はいらないから一つあげよう」

およねは羞《はにか》み笑いをし、しなをつくって盃を取ったが、酌《しゃく》をされると、その盃を持ったまま眼の隅《すみ》で庭のほうを見、すぐにまた源次郎を見た。——男は日本橋よろず町の袋物問屋「丸梅」の主人で源次郎。年はちょうど四十だというが、ようすはずっと若く、多くつもっても三十五歳より上にはみえなかった。

「どうしようかしら」とおよねは云った、「あなたは女ぐせが悪いという話だし、まだ気ごころもよくわかっていないんですもの、酔ったあとが心配だわね」

「気ごころが知れないって、冗談じゃない、それはこっちの云うことだぜ」源次郎は手酌で飲んだ、「初めて逢《あ》ったのが森田座の夏芝居だろう」

「秋ですよ、七月だもの、それも、――女のあたしからさそいかけるようになすったのよ、憎らしいと云うよりもこわい方だわ」

「冗談じゃない、そいつはとんだ濡衣《ぬれぎぬ》だ」と源次郎は云った、「私はおよねさんが桟《さ》敷《じき》にいるのも知らなかったよ、あのときは、そうさ、まえの晩から友達と飲み続けで」

「芸妓衆《げいぎしゅう》もいたでしょ」

「友達のいろさ」

「お友達のいい人があなたにしなだれかかるんですか」およねはまた庭のほうへ眼をやったが、すぐ男を見返ってにらんだ、「あんな見物人のたくさんいる桟敷で、御簾《みす》もおろさずおおっぴらでいちゃいちゃしながら、あたしにまで罪な眼つきをなさるんだもの、本当にこわい方よ、あなたは」

「そいつはまったくの濡衣だ、女中に呼ばれて茶屋の座敷へゆくまで、私はおよねさんを見た覚えもないよ、だいいち」と云って彼はまた手酌で飲んだ、「――だいいち、私をこわい男だと思ったのなら、茶屋の座敷へ呼び出すことはないじゃないか」

「憎らしい方ね」およねは溶けるような媚《こび》のある眼で男を見た、「世間を知っているひとならしらないけれど、あたしのように世間もよく知らず、男の方のことなんかなおさら知らない者は、あなたのようなそぶりや、あんな眼つきをされれば、もう自分で自分をどうしようもなくなってしまいますよ」

「覚えがあるんだね」

「初めてだからのぼせあがってしまったんじゃありませんか、覚えがあれば こんな悪《あく》性《しよう》な方になんか惚《ほ》れるもんですか」

「そらその調子だ」と源次郎が云った、「その眼もとや身のこなし、言葉の云いまわしまで沢田屋そっくりだし、沢田屋よりいろけたっぷりだ、およねさんはよっぽど島村東蔵がひいきか、さもなければいろごとで磨《みが》きあげたんだろう」

「ええ、あたし沢田屋は好きよ」

「そらまた変った」源次郎は燗徳利を取りあげたまま、感嘆したような眼でおよねを見まもった、「そこがどうもおかしい、世間知らずのうぶなお嬢さんにみえるかと思うと、いろごとの手くだを知り尽した人のようにみえ、またひらりとお嬢さんらしくなってしまう、初めて逢ってからもう百幾十日になるし、こうして二人きりで出会うのも七たびか八たびになるだろう、それでも私にはおよねさんという人がわからない」

およねは微笑しながら首をかしげた。

「気ごころが知れないと云いたいのは私のほうだ」と云うと、男の眼にしんけんな光がうかんだ、「およねさん、本当のことを云ってくれ、おまえさんはどこの誰で、どうしてこんなに私をじらすんだ」

「いやだ、そんな顔をなすって」およねはあまえるように肩を揺った、「それはあたしが云うまで訊《き》かないでって、もうなんどもお願いしたでしょ、あたしだってあなたのこと、なにも訊かないじゃないの、——あたしはあなたが好き、逢ってお顔が見たいから逢う、それでいいじゃありませんか」

「およねさんはそれでいいかもしれないが、私のほうはそれじゃあ済まないよ」

「あらいやだ、初めからその約束だったじゃありませんか」およねは上半身をまっすぐにした、「それがそんなに御不満なら、これ限《き》りおめにかからないことにしますわ」

「もう私に飽きたというわけか」

「いじ悪なことを仰《おっ》しゃるからよ」とおよねは沈んだ声で云った、「あたしあなたのおかみさんにしてくれと云いもしないし、こうやって逢うにしても、いちどだって御迷惑をかけたことはないでしょ、あたしのうちがたとえどんな金持にしても、娘の身でこんなことをするにはずいぶん苦労しなければならない、それでもあなたに逢うためならと思って、口では云えないような辛《つら》いおもいを」

「わかったわかった、勘弁しておくれ」源次郎はうろたえたように遮《さえぎ》った、「年がいもないことを云って私が悪かった、悪いところはあやまるが、しかしおまえにそんな苦労させることは、私だって男だから辛いし、私にできることならなんでもするからって、これまで幾たびも云っているじゃないか」

「私が苦労するのは私の勝手ですもの、そんなことあなたに心配していただかなくってもようございますわ」

「それを水臭いというんだ、その水臭い気持が私にはたまらないんだよ、およねさん」と彼は坐《すわ》り直したような声で云った、「たった一つだけ訊くが、おまえさんはただこうして逢うだけでいいのかい」

およねはやわらかに眼をそらした。

「およねさんも十二や十三の小娘じゃあない、もし本当に私が好きで逢っているなら、いつまでこんなままごとみたような逢いかたをしていられるわけがない筈《はず》だ」と源次郎は云った、「――もしも、ただこんなことをしているだけで満足だとしたら、私を好きだというのは本当じゃあないと思う」

「あなたにはおわかりにならないのよ」

「私とおまえは男と女なんだよ」

「あなたはわからないのね」およねは聞きとりにくいほど低い声で囁《ささや》いた、「――御夫婦になれるわけじゃないんですもの、女は男の方のように、そうあっさりふみきれるものじゃありませんわ」

「そんなふうに云われると一言もないけれど、男にはこういう辛抱ほど苦しいことは

「あたしだって辛いわ」とおよねは囁いた、「——本当はあたし、今夜は……」

ないんだからね」

二

襖《ふすま》の向うで声がした。およねは云いかけた言葉を切って「はい」と返辞をした。襖をあけて、若い女中が顔を見せ、廊下に坐ったままで云った。

「こちらさまは丸梅の御主人でいらっしゃいましょうか」

「ええそうよ」およねは源次郎が制止するより早く答えた、「それがどうかしたの」

「いまあの、たずねてみえた方があるんですけれど」

「お客さまなの」

「それが、あの」女中はちょっと口ごもった、「小さなお子を二人伴《つ》れた女の方で、お名前はつるさんとか仰しゃいましたが、ちょっとでいいから御主人に会いたいといって」

「だめだめ、いけないよ」源次郎はいそいで手を振った、「そんなことを取り次ぐやつがあるものか、いないって云うんだ、いないって」

「でもあとを跟《つ》けて来て、おはいりになるところを見たと仰しゃるもんですから」

「待たしておいてちょうだい」およねが云った、「ええ、いまいきますからってね」

あしないよ」

女中は襖を閉めて去った。

「冗談じゃない、どうするつもりだ」と源次郎は狼狽《ろうばい》した、「私はそんな者には会や

「会うのはあたしが会います」とおよねは云った、「小さな子を二人も伴れ、あなたのあとを跟けて来たとすれば、きっとあなたのために泣かされている人でしょ、――おつるさんですって、いったいどういう人ですの」

「困ったな」彼は眉《まゆ》をしかめたが、困っているというより、むしろ自慢しているような、おろかな表情が認められた、「へんなときにへんなことがばれて面目ないが、泣かせるとか泣かせないとか、そんな色っぽい話じゃあない、よろず町の店で使っていた女中なんだよ」

「まあ、いいお好みだこと」

「魔がさしたのさ、酔っていてなにも知らなかった」と彼は云った、「ちょうど女房が湯治*にいった留守で、酔いざめの水を持って来させたんだが、おつるのほうがその気でいたらしい、私にはこれっぽちもそんなつもりはなかったんだ」

「それで二人も子をお産ませになったの」とおよねはやさしく睨《にら》んだ、「口は調法*なものだというけれど、悪い方よ、あなたは」

「いや本当に魔がさしたんだ、女ひでりがしているわけじゃあなし、誰がすき好んで

女中なんかに手を出すものかさ」

「高麗屋《こうらいや》*、──というところね」と云っておよねは立ちあがった。

「どうするんだ」と源次郎が云った、「会う必要なんかありゃあしない、うっちゃっとけばいいんだよ」

「あたしの気が咎《とが》めるんだもの、そうはいかなくってよ」およねは男の自尊心を煽《あお》るように云った、「あたしがその人からあなたを横取りするようなものですもの、その償いぐらいしなければ冥利《みょうり》*が悪いわ」

およねは違棚《ちがいだな》の隅に置いた、小さな袱紗《ふくさ》包みを持って、そっと廊下へ出ていった。

それから約四《し》半刻《はんとき》、──酒がなくなったので手を叩《たた》くと、年増《としま》の女中が燗徳利を二本、盆にのせて持って来、お伴れさまはお帰りになりました、と云った。

「帰ったって、本当か」

「はい、うちの都合があるからお先に失礼しますって」女中は酌をしに坐りながら、源次郎を打つようなまねをした、「お勘定も済ませたし、旦那《だんな》がもっと召し上るかもしれないからって、わたしたちへお心付のほかに、余分のものまで置いていらっしゃいましたよ」

「またか」と彼は舌打ちをした、「ゆだん大敵だな」

「あんなおきれいな若いお嬢さまに」と女中は酌をしながら云った、「こんなにまでされるなんて旦那もよっぽどの腕でいらっしゃるのね」

「一ついこう」彼は女中に盃をやった、「おまえさんなんていうんだい」

「おさだと申します、どうぞごひいきに」

「いまの話の、あの」と彼は顎《あご》をしゃくった、「あの娘は、このうちの馴染《なじみ》なのか」

「いやですよそんな」女中は盃を返し、片手でまた打つまねをし、片手で酌をしながら云った、「知ってらっしゃるくせになんですか、そんなしらじらしいことを仰しゃって」

「いや、私はこのうちは知らないんだ、私は初めて来たんだから」

「そんならあの方だって初めてじゃありませんか、それとも旦那のほかに、こんなところで浮気《うわき》をなさるような」

源次郎は手を振って遮った、「そうじゃない、そんなことじゃない、ただこのうちは馴染かどうかと訊いただけで、初めてなら初めてでいいんだよ」

「たんとお聞かせなさいまし、あたしいただくから」女中は膳《ぜん》の上から勝手に盃を取った、「憚《はばか》りさま、*お酌をして下さいな」

源次郎は浮かない顔で徳利を持った。

その家は日本橋ばくろ町の「伊賀正」といって、旅館と料理茶屋を兼ねていたが、その家を小伝馬町のほうへゆき、堀の手前を左へ曲ったところに、二階造りで藪蕎麦《やぶそば》があった。——その二階の小部屋で、およねがおつるという女と話していた。五つになる女の子は、卵とじの丼《どんぶり》をかかえ、しきりに汁《しる》をはねかしながら、蕎麦を喰《た》べるのに熱中してい、年が明けると二歳になるという下の女の子は、母親に抱かれて乳を咥《くわ》えていた。

ここへ来てからもう一刻ちかく経《た》つ。おつるは絶えず眼を拭《ふ》きながら、少し訛《なま》りのある言葉つきで、源次郎とのゆくたて*を語り続けていた。

「わたしもばかだったんです」おつるは鼻の詰まった声で云った、「でもどうしてでしょう、こんなときになると女は、みんな同じようなことを云いますわね、しょせんあたしがばかだったって、……おかしなものですよね」

おつるはそのとき十五歳だったという。常陸《ひたち》のくにのなんとかいう山里から奉公に来て、半年と経たないうちに、女中部屋へ忍びこまれた。その部屋にはほかに三人、飯炊《めした》きの女と下女と、小間使が寝ていた。騒げば難はのがれたであろうのに、その三人に気づかれては大変なことになる、という気がして、声も出なかったし暴れもしなかった。

田舎で十五まで育ったのだから、情事についてはかなり詳しく知っていた。もちろん見たり聞いたりしただけで、具体的な経験もなし、軀《からだ》もまだ女にはなっていなかったが、これがあのことだと思い、幸不幸の分れめだと思った。

——田舎ではそうなのだ。

一度でもそういうことがあれば、二人は夫婦になるときまっていたし、男にその気がなくって、いたずらにされたのだとすると、女は泣かなければならないのだ。

三

常陸は気の強いおくにぶりだという。*そうばかりともいえないが、おつるは気の強いほうであった。源次郎には妻もあり三人の子もある。「丸梅」の店は繁昌《はんじょう》しているし、勝手もとも裕福である。これでは主婦になる望みなどとうていないし、黙っていれば慰みものになるだけであろう。そう思ったので、源次郎に今後の身の保証を求めた。

——ああいいとも、私もそのつもりだ。

源次郎はそう云った。いますぐといってもおまえは年が若すぎる、二、三年もしたら家を持たせ、袋物の店を出してやろう。私は女房よりおまえのほうがすきだから、そうなったらこっちは店の者に任せ、おまえといっしょにくらすことにする、そう約束をしてくれた。それは嘘《うそ》ではなかった。十七の年にみごもると、堀江三丁目の横丁に家を借り、ばあやを一人雇って気楽にくらすようになった。

一年あまりは手当も充分にあり、着物や頭の物なども買ってくれたが、そのうちにだんだん足が遠くなり、手当も減るばかりで、去年の秋、二番めの子をみごもったときは、おれの子ではない、などと云いだした。おれは月に一度か二た月に一度ぐらいしか来ない。そのあいだおまえがなにをしていたか、こっちにはちゃんとわかっている。その子の親はほかにある、とはっきり云った。

「それを聞いたときわたし、気が遠くなりそうでした」とおつるは云った、「そのときはもうくらしが苦しいので、ばあやには暇を出したあとなんですけど、ことによるとばあやがなにか根もない告げ口でもしたんでしょうか、こっちには証人がいるんだという口ぶりでした」

およねはそっと頷《うなず》いてみせた。

「それっきりよりつかなくなり、僅《わず》かずつでも届いていた手当さえ、一文も来なくなったんです」おつるは機械的に眼を拭いた、「それでなくとも手内職＊をしなければやってゆけなかったのに、身重《みおも》になって手当が一文も来ないんですから、どうにもしようがありません、その家をたたんで、同じ二丁目の裏店《うらだな》＊へ引越しました」

それから出産まで、出産してから今日まで、買って貰《もら》った着物や帯や、頭の道具などを売って、内職の足しにしながらどうやら凌《しの》いで来た。けれども源次郎の気の変る望みもないし、このままでは親子三人が飢え死にするかもしれないので、いっそ常陸の田舎へ帰ろうと思った。

「まだ二た親がいますからね、まさか追い帰しもしないでしょうけれど」とおつるは続けた、「こんな小さなのを二人も伴れてゆくんですから、兄よめの手前もまさか手ぶらじゃあ帰れません、それで思いきって丸梅の店へ訪ねてゆきました」

蕎麦を喰べ終った子が、母親のところへ寄って来てぐずりだした。もっとなにか喰べるのだという、およねは小銭を出して与え、もう夜だからそれでがまんをし、明日になったらすきな物を買ってお喰べなさい、となだめた。

「だめなことはわかってました」おつるは礼を述べてから続けた、「旦那は留守だといい、おかみさんが出て来て、わたしのことを犬畜生のように云うんです」

むろん一言もない、相手にすれば亭主を寝取られたのだ。どんなに憎んでも憎みたりないであろう、おつるはなにも云わずに帰って来た。そのときたった一度「死んでしまおうか」と思ったということだ。

「そんなことを考えたのはそのとき一度だけで、すぐに、いやなこったと思い直しました」とおつるは云った、「ちゃんとした夫婦でいて亭主に先だたれ、二人も、三人もの子をかかえてやってゆく人が世間には幾らもいる、なにくそ死んでたまるものかって思いました」

それから源次郎を外で捉《つか》まえようとし、暇をみては店から出て来るのを見張っていた。三度ばかり捉まえたが、力ずくで突き放されてしまったので、今夜は他人のいる前で話をつけようと思い、ばくろ町まで跟けていった、ということであった。

「たいへんだったわねえ」およねは溜息《ためいき》をついて云った、「――でもあなたの云うとおりよ、あんな人にみれんを持っていたら、それこそ一生をめちゃめちゃにされてしまうわ、女だって自分の産んだ子の一人や二人そだてられないことはない、田舎へ帰って立派にそだてあげて、そういう人でなしを見返してやるがいいわ」

そしておよねは袱紗包みをあけ、金二十両と、小粒*で二両を合わせ、紙に包んでさしだした。おつるはあっけにとられて見ていたが、自分の前にさしだされたので、首を振りながらしりごみをした。

「これでは足りないけれど、手土産くらいは買ってゆけるでしょう」とおよねは云った、「これを持って一日も早く田舎へお帰りなさい、ちっとも遠慮することはないのよ」

「どういうわけですか」おつるは訝《いぶか》しげにおよねを見た、「こんなたいまいなお金を、見ず知らずのあたしにどうして下さるんですか」

「あたしも女だからよ、女同士であんたの苦労がよくわかるし、このお金はあたしには要らないからよ」

「あなたはあたしを」

「いいえなにも云わないで」およねは袱紗をたたみながらかぶりを振った、「いまは意地にこだわったりみえを張ったりするときじゃないわ、それは当然あなたが受取っていいお金よ、お子たちのためにもすなおに取ってちょうだい、わかるわね」

おつるは頭を垂れ、「済みません」と云って、すぐに眼をあげた、「——でもいったい、あなたはどなたでしょう、お名前だけでも聞かせて下さいませんか」

「道ばたですれちがっただけの者よ」

「でもそれではわたしの気が済みませんもの」

「いいわ」とおよねは立ちあがりながら云った、「もしあたしのことを思いだすようなことがあったら、今日を命日だと思って、線香の半分でもあげてちょうだい、それだけで充分よ」

「まあ、そんな」おつるは眼をみはった、「なにを仰《おっ》しゃるんですか、まあ」

「冗談よ、かんにんしてちょうだい」およねは二人の子供の顔に触りながら云った、「——田舎のおじいさまやおばあさまのところへ帰るのよ、丈夫な、いい子になって、お母ちゃんに孝行なさいね」そしておよねはその座敷を出た。

四

ばくろ町から帰った夜、おしのは風邪をひいたらしく、夜半から急に高熱が出て、まる五日のあいだ寝こんでしまった。

こんどの家は道灌山《どうかんやま》の下で、大きな植木屋の隠居所であった。それは、佐吉が捜したもので、おしのは京橋の呉服屋の娘、病後の保護にといって借り、佐吉は店のかよい番頭ということにしてあった。

佐吉を桝屋から抜いたのはおしのである。毎月一両という手当で縛り、いまでは根岸に住んでいて、十日に一度ずつおしのを「みまい」といって訪ねて来る。彼はおしのにとってなくてはならない人間であった。佐吉は母の情事をとりもって来た男で、母の相手を捜すにも、また必要なことをしらべるにも、彼の過去や性質はうってつけであったし、また彼自身、おしのに支払わなければならないものを持っていた。

風邪で寝ているあいだ、おしのは「丸梅」の源次郎のことを思った。

——なんという悪い人だろう。

十五にしかならない、田舎の小娘に手を出し、子供を二人も産ませておいて放《ほう》り出す。しかも子供の一人を「自分の子ではない」と難くせをつけた。おそらく、暇を出されたばあやというのをだきこんだのだろう、証人まである、と云うに至っては下の下だ。

「そんなことができるものだろうか」寝床の中でおしのは自分に問いかけた、「いくら悪いといったって、人間にそんな非道なことができるものだろうか」

おつるの一方口*だけ信じては、誤りではないだろうか。おしのは気をしずめるようにそう反問した。けれどもすぐに、「否《いや》」と、枕《まくら》の上で首を振った。

「あの人はそういう人だ」とおしのは声をひそめて呟《つぶや》いた、「あの人もおっ母さんもそういうことのできる人だ、おっ母さんが亡《な》くなったお父つぁんにしたことも、人間にできるようなことではなかった、二人はよく似ている、無情で非道なことを平気でやれるところは、二人ともそっくりだ」

そして自分は二人の子だ、自分のこの軀には、あの二人の血がながれているのだ。

「ああ」おしのは絶叫した、「ああ」

小間使のまさがとんで来たとき、おしのは両手で胸を掻《か》きむしり、けもののような声で呻《うめ》きながら、夜具の中で身もだえをしていた。まさは下働きのお吉ばあさんを医者へ走らせ、おしのをしずめようと手を尽したが、そのうちおしのは激しく咳《せき》こみ、絶息するかと思われたとき喀血《かっけつ》した。二度、三度、口からほとばしり出た血が、夜具から畳の上まで飛び散るのを見て、まさのほうが気を失いそうになった。

――お父つぁんと同じ病気になった。

自分の吐いた血の色を見て、おしのはそう思いながら、失神しそうになるのを、けんめいにこらえた。

――お父つぁんが迎えに来たのだ、これはお父つぁんが、あたしのゆくのを待っているという証拠だ。

医者は正直なことは云わなかった。風邪がこじれて喉《のど》に傷が出来、それが咳のためにやぶれて出血したのだ。というような、苦しいごまかしを云い、それにしても厳重すぎる養生法を繰返し念を押していった。

「もうすぐよ、お父つぁん」とおしのは夢うつつのうちに囁《ささや》いた、「もうすぐだから待っててね」

だが、母と源次郎の幻像はなかなかはなれず、それからさらに二日、おしのは母を呪《のろ》い源次郎を呪い、自分の軀にながれている血を呪って、もだえ続けた。

このあいだに佐吉がみまいに来たが、医者にとめられているので、まさが断わりを云い、おしのには会わずに帰ったという。なにか大事な話があると云っていたそうであるが、彼は次の十日めを待たずに、また訪ねて来て、「どうしても会わなければならない」と云い張った。

おしのは起きて彼と会った。その二、三日は固粥《かたがゆ》や卵や、叩《たた》いた鳥の少量なども喰べるようになったし、病気を恐れる気持はまったくなかった。残った二人の始末をすれば、いつ死んでもいい軀である。

——いいえ、とおしのは思った。いいえそうではない、自首して出てお裁きを受け、事実をすっかり申上げなければならない、それまでは生きているのだ。

はいって来た佐吉は怯《おび》えていた。少なくともおしのには、彼が怯えていて、それをけんめいに隠そうとしているのが感じられた。

「聞かれると困るんだが」と佐吉は坐《すわ》るとすぐに云った、「おまさちゃんを使いにでもやってもらえませんか」

「あの子は大丈夫よ、わかってるじゃないの」とおしのは答えた、「それにあの子は立ち聞きなんかしやあしないわ」

「じゃあ云っちまいましょう」佐吉はもう一と膝《ひざ》前へ出て声をひそめた、「八丁堀の青木という与力を知ってますか」

おしのは頷いた。

「あの男が勘づいたようですぜ」

「勘づいたって、なにを」

「墓を掘り返して骨をしらべたそうです」

「なんのことよ、それ」

おまさが茶と菓子を持って来、そのまま去った。佐吉は茶を啜《すす》ったが慌《あわ》てているために舌をやいて、顔をしかめた。

「正月の火事に疑いを持ったらしい」佐吉は唇を舐《な》めて云った、「旦那《だんな》は死にかかってる病人だし、おかみさんが潰《つぶ》れるほど酔っていたことは、寮のおまさという女中が知っていた、けれどもおまえさんはそうじゃあなかった、おかみさんの相手をしたにしても、火事になって動けないほど酔っている筈《はず》はない、ことによるとおまえさんは殺されたうえ、火をつけて焼かれたんじゃあねえか、――こう考えたそうです」

おしのは息を止めた。

「それで浅草の浄念寺へ、蘭方《らんぽう》の医者とかってのを伴《つ》れてゆき墓を掘り起こして骨をしらべたっていうわけです」

「ちょっと待って」おしのは遮《さえぎ》って、眼をつむり、暫《しばら》くなにか考えていたが、「いいわ」とやがて云った、「あんた神田川の船市を知っているわね」

「船宿*ですね、ええ知ってます」

「これからあそこへいっていてちょうだい」

「どうするんです」

「あたしもあとからすぐいくわ」とおしのは云った、「いってから詳しい話を聞きましょう、相談しなければならないこともあるのよ」

「だって病気に障《さわ》りゃあしませんか」

「たかが風邪をこじらせただけじゃないの」おしのは枕の下から紙入れを出し、なにがしか包んで佐吉に与えた、「あのうちに弥太っていう船頭がいるから、屋形船の支度をさせておいてちょうだい、お酒や肴《さかな》も忘れないように頼んでよ」

佐吉は承知して立ちあがった。

五

「いそがなければならない」とおしのは独り呟いた、「いそがなければ」

骨をしらべてなにがわかるか、おしのには見当もつかない。けれども、なにか決定的なことがあばかれるような気がする。青木はおしのが誰かに殺されたと思っているそうだ、そこまで辿《たど》ってくれば、事実があらわれるのは遠いことではあるまい。そうだろうか、すっかり焼けて骨だけになったのだから、なにも証拠になるような物が出て来る筈はない。慥《たし》かに、なにも出て来る筈はない。しかし役人には役人の眼がある。どんなに巧みに仕組まれた罪も、しらべるようにしてしらべれば必ず発見されるというではないか。

「あの人は現にあたしを見ている」とおしのは呟いた、「もし疑わしいことをみつけたら、むさし屋のほうをしらべるだろう」

店のほうは大丈夫だ。養子にはいった当主の伊四郎はもちろん、番頭の嘉助さえなにも知らない。ただ徳次郎だけは、あたしの生きていることを知っている。もし徳次郎がしらべられるとすれば、――こう思ってきて、おしのは身ぶるいをした。あの人が吟味《ぎんみ》にかけられたとき、飽くまで知らないと云い切る気力はないだろう。たとえその気力があったにしても、あの人をそんな辛《つら》いめにあわせるわけにはいかない。もうきりをつけるときだ、とおしのは心をきめた。

おしのは手文庫*を出して、机の前に坐った。金はまだ二百五十両とちょっと残っていた。おしのはそれを三つに分け、二つを紙に包んだ、一つに「おまさどの」と書き、他の包みといっしょに机の抽出《ひきだし》へ入れ、残った金を紙入れへ入れた。それから立ちあがって、あたりを眺めまわした。

——片づける物はない。

いつどうなるかわからない軀《からだ》なので、始末すべき物はいつも始末してある。人に見られて恥ずかしいような物はなにもない。慥かだろうか、おしのはなおよく、部屋の中を眺めまわしてから、おまさを呼んだ。

「でかけるからね」おまさが来ると彼女は云った。「着替えるから手伝っておくれ」

「おでかけですって」おまさは屹《きっ》と顔を緊《し》めた、「冗談にもそんなことを仰しゃらないで下さい、この寒さにそんなお軀で」

「いいわ、それなら頼まない、もうさがっておくれ」

「さがりますけれど、お出し申すわけにはまいりませんから」おまさはきっぱりと云った、「お医者さまにも云われていますし、あたしが見たっておでかけになれるようなお軀じゃあございません、あたし力ずくでもお出し申しはしませんから」

「そう、それならちょうどいいわ」

おしのは机のほうへゆき、抽出をあけて、さっきの金包みを取り出すと、おまさの前へ押しやって云った。

「これをあげるから出ていっておくれ」

おまさは蒼《あお》くなった。

「これはなんですか」

「給銀のほかに、僅《わず》かだけれどお礼がはいってるわ」とおしのは冷やかに云った、「あんたはずっとまえからあたしに楯《たて》を突くようになった、あたしが若いと思ってばかにしているんでしょ、いつか暇を出そうと思っていたけれど、ちょうどいいからいまきまりをつけましょう、さあ、これを持って、荷物を纏《まと》めて、出ていってちょうだい」

まっすぐにおしのを見まもっているおまさの眼から、あふれ出る涙が頬を伝い、ぽろぽろと膝の上に落ちた。

「本気で仰しゃるんですか」とおまさは喉声で訊《き》き返した、「そんなこと、――あたしのどこがいけないんですか、あたしがいつ楯を突いたりしたんですか」

「現に、いま」おしのは吃《ども》り、眼をそむけながら云った、「いま現に、あたしの云うことにさからってるじゃないの」

「これがさからってることでしょうか」

「頼むからそんな声を出さないで」おしのはできるだけ邪険に云った、「女のめめそそする声って大嫌いよ、いいからこれを持ってあっちへいってちょうだい」

おまさは手で眼をぬぐった、「堪忍《かんにん》して下さいまし、お召替えの支度をします」

「もういいわよ、構わないで」

「あたし、ばかで、気がつかないもんですから」とおまさは前掛で顔を押えながら立ちあがった、「ただあなたのお軀に障ると思って、お止めしただけなんです。あなたがいま怒っていらっしゃるのも、本当に怒っていらっしゃるんじゃない、あたしのためを思って、わざとそんなふうに仰しゃるんだ、っていうこともよくわかっています、一年ちかくもこうしてお側《そば》にいるんですもの、いくらばかだって、そのくらいのことがわからないもんですか、――でも、どうしてですか、どうしてこんなふうになさらなければならないんですか」

「あんたなんかの知ったことじゃないわ」

「いいえ知ってます」おまさは坐り、ふるえだしながら、声をひそめて囁いた、「わけはなんにもわかりませんけれど、お供をしていったさきざきのこと、秋から冬へかけて、そこでなにがあったかということは、あたしみんな知っていました」

おしのは口をつぐんだ。病気になってから、いつもぼっと頰に赤みのさした顔が、白っぽく乾いた灰色になり、表情をなくして硬《こわ》ばった。

「こう云ってもあなたを咎《とが》めたり、悪く思ったりしているんじゃありません」おまさは涙をこぼしながら、しっかりした言葉つきで続けた、「あたしはあなたの御性分がわかっているつもりですし、夜なかに独りで泣いていらっしゃることも、苦しそうに唸《うな》ったり、うなされたりしていらっしゃるのも聞きました、なんのために、――どういうわけがあってなさるのかは知りませんけれど、どうしてもそうなさらなければならないのだ、ということだけは、いちども疑ったことはありません」
「もうよして、よしてちょうだい」
「ええよします、よしますけれど一つだけうかがわせて下さい」
「いいえよして、それは云えないの」
「どうしてもですか」おまさの眼からもっと涙があふれ落ちた、「あたしがそんなに信用できないんですか」
「違うのよ、そうじゃないの」おしのは脱力したような眼でおまさを見た、「信用していなければ今日までいてもらやあしなかった、あんたなら大丈夫だと思ったから、どんなところへもいっしょに来てもらったのよ、でも――このわけは云えないのよ」
「どうしてですか」

六

おしのは息をしずめ、暫く黙っていてから、眼を伏せたまま云った。

「あんたを罪にするからよ」

「——どういうことですか」とおまさはまた問い返した。

「あんたの云うとおり、あたしはこうしなければならないからしているのよ、そのためには初めから自分の命を賭《か》けているの」とおしのはひそめた声でゆっくりと云った、「——でもね、世間からみれば、あたしのしていることはたいへんな罪で、人でなし、毒婦、鬼、なんと云われるかもしれないの」

おまさの唇がひらき、小さな、白い、並びのいい歯が見えた。

「あたしはもうすぐ自首して出るつもりよ」とおしのは続けた、「そうすれば、おまさちゃんも吟味にかけられるでしょう、だから、いまのうちにあたしからはなれてもらいたいと思ったし、たとえこのうちにいたとしても、なんにも知らなければ罪にはならないわ、あんたに話せないのもこういうわけがあるのよ」

「ほかにどうにか」とおまさは声をふるわせて云った、「どうにかすることはできないんでしょうか」

おしのは静かにかぶりを振った、「おまさちゃんがあたしだとしても、きっとこうしずにはいられないだろうと思うの、――こんなことが、二度と世の中に起こらないようにと祈るだけだわ」

おまさの喉に嗚咽《おえつ》がこみあげて来た。

「これを取ってちょうだい」とおしのは金包みを押しやった、「うちへ帰って、いい人と祝言《しゅうげん》をし、あたしの分まで仕合せになっておくれ、じゃあ着替えをしましょう」

着替えが済むと、おまさが駕籠《かご》を迎えにいった。

「お供をしてもいいでしょうか」

おしのは黙ってかぶりを振り、頭巾《ずきん》をかぶって部屋から出た。

師走《しわす》十九日にしては暖かい日の昏《く》れがたで、風のない空には、橙色《だいだいいろ》に染まった大きな雲があり、街はその反映で、きみの悪いほど明るく夕焼けていたが、駕籠が「船市」へ着いたときにはもうすっかり昏れて、家並はすっかり灯《あかり》がついていた。――その船宿は佐久間町の河岸《かし》にあり、さして大きくはないけれども、階下に六帖と八帖、二階に小座敷が二つあり、佐吉はその一つで待っていた。

彼は弥太という中年の船頭を相手に、もうかなり飲んだとみえ、膳《ぜん》の上に燗徳利《かんどくり》は一本だが、首まで赤くなっているし、言葉の調子も平生とは違っていた。

「いらっしゃいまし、暫くでございます」弥太は坐り直してお辞儀をした、「ええ覚えておりましたとも、あれは名月の晩でございましたかな、その節はたいそう頂戴《ちょうだい》いたしまして、ええ、ずっとお待ち申していたんでございます」

おしのは佐吉を見た。

「支度はできてます」と佐吉が云った、「あんまり冷えるもんですから、ちょっと頂いていたところですが、すぐ、いらっしゃいますか」

「そうしましょう」とおしのは云った。

弥太はけいきよく立ちあがり、「では炬燵《こたつ》を入れておきましょう」と云って、階下へおりていった。佐吉は膳の上の盃《さかずき》を取った。

「川へ出ると冷えます、寒さ凌《しの》ぎに一ついかがですか」

「さっきの話のあとを聞くわ」

「船で船で」佐吉は手を振り、自分で酒を注《つ》いで飲んだ、「だって、そのつもりで船になすったんでしょう」

おしのは佐吉のようすを見た、「——丸梅へいってもらうつもりだったけれど、そんなに酔ってってはしようがないわね」

「酔ってやあいません、酔っちゃあいねえが、今夜はあの件をとっくり相談することにしよう」と佐吉は云った、「丸梅は逃げやあしませんよ」

おしのは佐吉の顔を見ながら頷《うなず》いた。

船に乗ってからも、佐吉は盃をはなさなかった。障子で囲った屋形船の中に、派手な色の蒲団《ふとん》を掛けた置き炬燵があり、燗鍋《かんなべ》をのせた小さな火鉢《ひばち》と、酒肴《しゅこう》の支度ができていた。佐吉は自分で燗をし、手酌《てじゃく》で飲み、肴をつつきながら、おちつかないようすで、絶えまなしに饒舌《しゃべ》っていた。

「当ります」

弥太の声がし、ふなばたが土堤《どて》をこすって停《とま》った。橋ではないらしい、乗るときに橋場へ着けろと云っておいたので、障子をあけてみると、船は土堤の下に着いていた。

「向島です」と佐吉が云った、「長命寺の下のところですよ、こっちのほうがいいと思いましてね」

そして彼は立ちあがり、艫《とも》*のほうの障子をあけて、弥太になにか囁《ささや》いた。

——打ち合わせてあったのだ。

あたしが来るまえに、飲みながら打ち合わせておいたのだ、とおしのは思った。艫では弥太が「じゃあ、話が済んだら呼んで下さい」と云い、草履を持って土堤へあがった。向島の汀《なぎさ》は浅瀬に葭《よし》が茂っていて、じかに船は着けられないが、長命寺の下に当るひとところだけ水が岸まで深く、土堤へすぐに着けることができた。おしのはその地形を見届けてから、障子を閉めた。

佐吉は戻って来るときよろめいた。

「土堤の向うに奈良茶の店があるんです」と彼は炬燵へはいりながら云った、「一杯やって来いってね、話が済むまで追っぱらったわけです」

「機転がきくわね」とおしのは頰笑んだ、「そのお燗つき過ぎやしなくって」

「そのこと、そのこと」佐吉は燗鍋の中から徳利を出した、「そのことあのことついできあって、——いよいよさしですね」

「話を聞きましょう」

「まあそうせかせなさんな」彼は手酌で一つ飲み、べつの徳利を振ってみてから、片口へ酒を移し、それを注いで燗鍋の中へ入れた、「——骨なんぞしらべたってなにが出るもんか、とあっしは思ってた、素人《しろうと》の浅知恵、餅《もち》は餅屋ですね、与力なんてものあたいした眼を持ってますぜ」

「なにかみつかったっていうの」

「旦那と、おかみさん」佐吉はしゃっくりをした、「お二人の骨には不審はなかった、ところがもう一つ、お嬢さんの骨てえのをしらべて、その蘭方医とかってのが、首を振ったそうです」

おしのは息をのんだ。

「これは女の骨じゃあねえって」と云って佐吉は二つ飲んだ、「若い者の骨にはちげえねえが、腰っ骨が男だって、娘でも十六、七になると、腰っ骨が違ってくるんですってね、ここんところが」

佐吉は片手で自分の腰を叩《たた》いた。

七

おしのはきつく眼をつむった。

「これだけはごまかせねえんだそうです、ええ」と佐吉は続けた、「女のはこう開くんだそうで腰の骨がこう開くから、いしきや腿《もも》*が太くなるんで、これは間違いなく十七、八の男の骨だって云ったそうです」

「おしのさん、もういけませんぜ」と彼は続けた、「——菊太郎の親から、行方知れずの届けが出ているでしょう、それを突き合わせれば、菊太郎とおかみさんの仲もわかるだろうし、蝶太夫、得石、香屋の清一と、薯《いも》の蔓《つる》をたぐるようにつながって出てきますぜ、そう思いませんか」

「そう思うわ」とおしのが云った、「そして、あんたの名も出てくるわね」

「げっ、と云いてえが、初めにてめえで気がついた、そこまでたぐっておれの名が出ねえ筈《はず》はねえってね」佐吉は燗鍋の中の徳利を出し、手酌で三つ呷《あお》った、「おしのさん、あっしゃあ金で買われておめえの手伝いをした、だが、一度だって自分で手出しをしたこたあねえ、ただおめえに頼まれて、ほんの手伝いをしただけだ、そいつはしらべてみればわかるこったし、おめえのことなんぞ知らねえと云ったって立派にとおる筈だ」
「そうかしら」
「そうかしらって、――現におめえが、自分一人でやったことを知ってるじゃねえか」
「あたしの云うのはそうじゃないの」とおしのは穏やかな口ぶりで云った、「あんたは金で買われてあたしの手伝いをしただけだ、って云ったでしょ、自分では一度も手出しはしなかったって」
「そうでねえとでも云うのかい」
「そうでないと思ってるの」おしのは沈んだ眼つきで彼を見た、「あんたはあたしの手伝いをしただけではなく、おっ母さんの手伝いもしたわ、おっ母さんばかりじゃなく、よその後家さんやおかみさん、浮気《うわき》な娘たちまで、何十人となく芸人や役者衆をとりもって来たわ、そうじゃなくって、佐吉さん」
「ちょっと待ってくれ」彼は頭を振り、片手で横額をとんとんと叩いた、「話がへんにこんがらかってきやがったが、そいつはいってえ、どういうことなんだ」
「あんたのために、何十人もの女のひとや、その人の縁者や家族の人たちが、おちぶれたり一家ばらばらになったりして、どのくらい不仕合せになり、泣いているかもしれないわ、あたしのおっ母さんがいい証拠だとは思わない、佐吉さん」
「そういうのをかったいのかさ恨み*って云うらしいぜ」と佐吉は云い返した、「にんげん道に外れたたのしみをすれば、それだけのむくいがあるのは当りめえさ、憎むならてんでん*を恨めばいいんだ、ええ、おらあこんな話をするつもりじゃあなかった、おしのちゃん、肝心な話があるんだから聞いてくれ」
「あたしの云うことが痛いのね」
「そのくらいのことを云われて痛えような、ちょろっかな*人間だと思うのかい、冗談じゃあねえ、まあおいらの話を聞いてくれってんだ」佐吉は盃を持った手をゆらゆらさせ炬燵の上へかぶさるようにして云った、「おらあな、おしのちゃん、おめえと生き死にを共にしようと思ってるんだぜ」
おしのは微笑した、「生き、死に、をですって」
「おらあまえから惚《ほ》れてたんだ」と云って佐吉は盃を置いた、「おしのちゃんのためなら女房子も要らねえ、生きるも死ぬもおめえといっしょだと思っているんだ」
「あんた口もうまいじゃないの」
「おめえはもう江戸にはいられねえ、もう火が足もとまで来ちゃってる、どうしたって土地を売らなきゃあならねえ場合だぜ」と佐吉は身をのりだして囁いた、「だがおめえはまだ十八だし、お膝元《ひざもと》から外へ出たことのねえ人だ、独りじゃあどうにもならねえ、誰か力になる者がいなくちゃああがきがつかねえ*、——そこで相談だが」
「あとは聞くまでもなくってよ」おしのは燗徳利を持った、「はいお酌、——あたしが相談したいと云ったのも、そのことなんだから」

「いやそうじゃあねえ、おれの相談てえのは、おめえと夫婦になるってこった」佐吉は酒を飲んだが、大半はこぼした、「おめえは金はずいぶん持ってるらしいが、江戸をずらかるとすれば旅切手*も要るし、女一人よりも夫婦者のほうが安全だ、それにおらあずっとめえから、おめえに首ったけなんだから」

「聞くまでもないって云ったでしょ」おしのはまた酌をしてやった、「それはあたしのほうから相談しようと思ったことじゃないの」

「へ、へ」佐吉は卑《いや》しく狡猾《こうかつ》に笑った、「その手はくわねえ、飴《あめ》を砂糖で煮つめたような、そんな甘い手に乗るおれじゃあねえ」

「なにがその手なの」

「沢田屋に手を取って教えられた色の手くだ、知らねえ者はぼっとくるだろうが、この佐吉にゃあおあいにくだ」と云って彼は立ちあがり、炬燵をまわって、よろめきながらおしのほうへ来た、「もしいま云ったことが本心なら、おめえじたばたあしねえ筈だぜ」

「あんたは負けない性分ね」

佐吉はおしのを羽交《はが》いじめにした。うしろから羽交いじめにし、荒い息をしながら、頬へ頬をすりつけた。

「だめよ」おしのはあまく囁いた、「灯《あかり》を消してちょうだい」

「恥ずかしい柄《がら》かよ」

「障子に影がうつるじゃあないの」おしのは背中で佐吉にあまえた、「土堤から見られたらどうするの、ねえ、灯を消して」

佐吉は手を放し、おしのが帯を解きかかるのを見て、行燈《あんどん》を吹き消した。

そのとき土堤の上を、二人伴《づ》れの男が歩いていて、「ようよう」と声をかけた。酔っているのだろう、互いに支えあいながら、大きな声で、「ようようやけます」とどなった。屋形船の灯が消えるところを見たらしい、絡《から》みあってひょろひょろと泳ぎ、片方の男が、「みせつけるない、ちくしょう」と喚《わめ》き、片方が、「石をぶっつけるぞ、野郎」とどなった。

「放してくれ」とその男はよくまわらない舌で云った、「石を捜して、ぶっつけてやるんだ」

「よしきた」伴れの男が云った、「おれも手伝ってやらあ、おらあ世の中のためになることなら、命も要らねえ、ほんとだぜ、世の中のためになることならなんだってやるんだから」

「いいことを云うぜ、おめえは」まえの男は相手の肩に凭《もた》れかかった、「男はその意気だ、じゃあひとつ、その意気で善公のところへ押しかけるか」

「待ってました」と伴れの男が云った、「野郎を叩き起こして一杯買わせるとしよう」

そしてなお、わけのわからないことを喚きながら、宵闇《よいやみ》の中へ消えていった。

まもなく、屋形船の障子があき、おしのが半身を乗りだして、川の水で両手を丹念に洗った。そして障子を閉めると、暫《しばら》くして艫のほうへ出て来たが、そのときはもう頭巾《ずきん》をかぶってい、片手に持った袱紗《ふくさ》包みの中から麻裏草履を出してはくと、危なっかしい身ぶりで岸へとび移った。

「お父つぁん」とおしのは空を見あげて囁いた、「あと一人よ、それまで力を貸してちょうだいね」

おしのは土堤へ登り、寺島のほうへゆっくりと去っていった。屋形船は暗く、ひっそりと、音もなく岸につながれていた。

第六話

一

おしのは、窓際《まどぎわ》に倚《よ》って、川の対岸の火事を見ていた。

その家は東両国の橋詰で、相生町《あいおいちょう》の河岸《かし》にあり、裏は隅田川に面していた。それは「丸梅」の源次郎が指定した家で、おもてむきは踊りと長唄《ながうた》の稽古《けいこ》所となっている。その看板が二枚掲げてあるし、三十四、五になるきれいな女主人と二十二、三のあだっぽい女がい、ほかに女中が二人と下働きが幾人かいるらしい。女主人はおたき、若いほうはおきぬといって、藤野なにがしとかいう三千石《ごく》ばかりの旗本の*、囲い者だということであった。——男は二人の女をただ囲っているわけではなく、稽古所の看板にかくれて、ひそかに男女の出会いにも貸すし、侍《さむらい》や裕福な町人に売女《ばいた》の世話もする。もちろん紹介者のない客は取らないし、その代価も高いので、かなりな稼《かせ》ぎになるのだが、藤野なにがしは月に二度ずつ来て、二人の女を巧みにあやなし*、儲《もう》けた物をきれいに持っていってしまう。

——岡場所の亭主などよりわる賢い男だ。

その話をしたとき、源次郎は、そう云って軽蔑《けいべつ》したように顔をしかめてみせたものだ。

藤野は旗本というだけでなく、なにか町方役人に顔がきいているらしく、岡っ引などもその家へは近よらない。そう聞いたので、おしのはここを選んだのであった。佐吉の話によると与力青木千之助の追及は意外にきびしく、その手と眼はきみの悪いほど的確に、自分の足跡をぴたっぴたっと押してくる。墓を掘って骨をしらべた、と聞いたときおしのは、青木千之助がうしろから自分の肩に手を掛けるような、現実的な恐怖を感じたくらいであった。

――あと一人で終る。

あとの一人こそ、自分にとってはもっとも遁《のが》すことのできない人間だ。この一人を始末するまでは、絶対に捉《つか》まってはならない。こういう理由から、おしのは初めて、相手のきめたこの家へ来たのだ。

「よく燃えるわね」と階下で女たちが云いあっているのが聞えた、「小笠原《おがさわら》さまの屋敷でしょ、あれ」

「太田摂津《せっつ》さまよ」と他の女が云った、「火の見*が右にあるじゃないの、小笠原さまはあの右よ」

「向う河岸の火事っていうけれど、燃えてるのが人の家だから、花火よりきれいだし面白いわね」

「誰だいそんなことを云うのは」と女主人らしい声が云った、「人さまの不幸を面白がる者があるかね、ばかなことを云うと承知しないよ」

おしのも火事を見まもっていた。

両国広小路から川下のほうへ、七、八町も寄っているだろうか、階下の人たちの云うとおり、町家ではなく武家屋敷とみえ、棟《むね》が高いので火も高く大きくみえる。川波の上を伝って、すりばん*といわれる半鐘の音や、火消しの者や逃げだす人、また火事を見物に駆けつける人たちの声までが、かなりはっきりと聞えて来た。

「正月六日の夜なかだったわね」とおしのは呟《つぶや》いた、「亀戸の寮の裏、——生垣《いけがき》のところから、燃えあがる火を見ていたわ」

あれから約一年、ずいぶんいろいろなことがあった、とおしのは思った。

一年のあいだに、世間の人の五年にも十年にも当るような経験をした。いやな経験だった。耳を洗い、眼を洗い、手を、躯《からだ》じゅうを、ごしごし洗いたいような気持になる。それは自分の選んだ五人の男たちが、特に卑《いや》しくおぞましく、ゆるすことのできない人間だったからでもあろう、——佐吉から聞いた母の相手は、八人以上を数えたが、どうしても「ゆるせない」と思ったのはその五人であった。そして、実際にその一人ひとりに接してみ、かれら自身と、その身辺に起こっていた事情を、つぶさに見聞して来て考えることは、この世にはなんとけがらわしく、泥まみれな生活が多いことか、という厭悪《えんお》のおもいであった。

「本当になんという人たち、なんという生活だろう」おしのは眉《まゆ》をひそめた、「——あんなふうに生きていて、少しも恥じたり、後悔したりするようなことはなかったのかしら」

当人たちはべつだ、かれら自身はもう死んでいるから。しかしかれらも生きているとしたら、同じような悪事や、卑劣な生活を続けたことだろう、とおしのは思った。

——岸沢蝶太夫。海野得石とその妻、彼が経営していた「海石」という料理茶屋のおかね。香屋清一とそれを取り巻く女たち。

悪い人間が一人いると、その「悪」はつぎつぎにひろがって人を毒す。いちど悪に毒された者は、容易なことではその毒から遁れ出ることができない。

——丸梅の女中だったおつると二人の幼ない子たち。

おつるは故郷へ帰るだろう。けれども自分の犯したあやまちや、「丸梅」に騙《だま》されたという口惜《くや》しさや、二人の子たちに対する責任の重さに、はたして耐えてゆくことができるだろうか。

豊島屋のあくどい日済《ひな》し貸しで苦しんでいた人たち。あの人たちも豊島屋の手からは遁れた筈《はず》であるが、すぐまたべつの日済し貸しから銭を借りるだろう。そしてその、僅《わず》かな借銭に付く高利のために、同じような苦しいめにあうにちがいない。

「あたしも十二、三までは仕合せに育った」とおしのは呟いた、「店は繁昌《はんじょう》している
し、お父つぁんはもとより、みんなから大事にされ、可愛《かわい》がられて、なんの不自由も
苦労もなく育った、――けれども、それはあたしがなにも知らなかったからだ、あた
しがきれいに着飾って、おっ母さんといい気持に芝居や寄席《よせ》へゆき、春、秋の遊山《ゆさん》を
たのしんでいたとき、お父つぁんは独《ひと》りで、誰にうちあけようもない辛《つら》いおもいに苦
しんでいた、財産もあり、しょうばいは繁昌し、人に羨《うらや》まれるようなむさし屋の主人
が、本当はどんな貧乏な人より貧しく、どんな不仕合せな人よりも不仕合せだった」
世間はこんなものなのだろうか、とおしのは思った。
幸福でたのしそうで、いかにも満ち足りたようにみえていても、裏へまわると不幸
で、貧しくて、泣くにも泣けないようなおもいをしている。世間とは、本当はそうい
うものなのかもしれない。――そうだとすれば、おっ母さんのような人はいっそう赦《ゆる》
すことができない。心では救いを求めて泣き叫びたいようなおもいをしながら、それ
を隠してまじめに世渡りをしている人たち。そういう人たちの汗や涙の上で、自分だ
けの欲やたのしみに溺《おぼ》れているということは、人殺しをするよりもはるかに赦しがた
い悪事だ。
「ああ」とおしのは呻《うめ》いた。

二

女中が茶を替えに来たとき、おしのは窓框《まどがまち》に肱《ひじ》を掛け、その上に顔を伏せたまま、眠ったような恰好《かっこう》をしていた。

「まあ、どうなさいました」と女中が坐《すわ》りながら声をかけた、「障子をあけたままで、うたた寝などをなすっていると、お風邪をひいてしまいますよ」

「火事を見ていたのよ」と云っておしのは顔をあげた、「そうしたらなんだか気持が悪くなってしまって」

「まったく怖うござんすからね」女中は茶を淹《い》れ替えながら云った、「でももう消えましたでしょう、お武家屋敷でようございました、なんて申しては悪うございましょうけれど、こんな年の瀬になって町家が焼けでもしたら、それこそみじめでございますからね」

「そうね」おしのはぼんやりと云った、「お武家なら御領地もあるし、――」

女中はむろん聞いてもいない、茶をすすめてから、「お伴《つ》れさまはおそうござんすのね」と云った。おしのはやはりぼんやりした口ぶりで、あの火事で道を塞《ふさ》がれたのではないか、と答えた。

「そんなことかもしれませんね」女中は炬《こ》燵《たつ》の火をみてから、立ちあがりながらおしの横顔を見た、「――そろそろお支度を致しましょうか」

おしのはそうして下さいと答えた。

火事は消えていた。飛び火はせず、その武家屋敷だけで済んだらしい。焼け落ちた建物のかがり*が、ぼっと赤く、余煙*を染めているだけで、やかましかった物音や人声も、もうこっちまでは聞えて来なかった。すると、にわかに寒さがしみるように感じ、おしのは障子を閉めて、炬燵のほうへ戻った。

女中が酒の支度をして来た。火鉢《ひばち》に燗鍋《かんなべ》、徳利《とくり》に角樽《つのだる》、それから盃《さかずき》だけのせた膳《ぜん》。それらを運んでいるうちに源次郎が来た。云い訳をせきこんで云いながら、額の汗を拭《ふ》き、古渡《こわた》り更紗《さらさ》*の手提《てさ》げ袋をあけて、桐《きり》の小箱を出しておしのの前に置いた。

「これが出来るのを待っていたんでね」と彼は炬燵へははいらずに、火鉢の側《そば》へ坐って云った、「気にいるかどうか、あけて見てごらん」

「あとで――」と振り向いて、おしのは女中に云った、「お膳を持って来て下さいな」

「怒ってるのかい」と源次郎が訊《き》いた。

「いろいろ考えて、考えくたびれたところなんです」

「私たちのことをかい」

「いろいろなこと」と云って、おしのはこわいような横眼で彼を見た、「たとえば、――あなたがよろず町のお家へ帰って、おかみさんやお子たちとどんなふうにたのしく話したり笑ったりなさるか」

「ちょっと」源次郎は片手をあげた、「冗談じゃない、いまじぶんになってそんな」

「いま初めてじゃありません、あなたと逢《あ》うようになってから別れたあとはいつでもそのことが胸に閊《つか》えて、独りで寝ながらどんなに苦しかったかしれやしません」

「だってそれは、そんなことはよく承知の上の筈じゃないか」

「もちろん承知の上よ、だからこれまで一度だってこんなこと云ったためしはないでしょ、いまだってあなたを責めているわけじゃありません、悪いのはあたしですもの、ただこのごろ、ふっとすると淋《さび》しくなって、自分が可哀《かわい》そうに思えてしかたがないんです」

「女中が来るよ」と彼が囁《ささや》いた。

女中がはいって来、炬燵蒲団《ぶとん》の上へ平の膳を置いた。二人前の汁《しる》や鉢や皿の物が並べてあり、源次郎が「あとはいいよ」と云った。女中が去ると、彼は手まめに角樽の酒を片口へ移したり、それを徳利に入れて、燗鍋の中へ立てたりしながら、おしの気を変えようとしてやっきになった。

「私こそおよねさんに怨《うら》みが云いたいよ」と彼は燗鍋の下の炭火をあらけ*ながら、調子を変えて云った、「これだけ長いあいだ逢っていながら、いつもうまく躰《たい》を躱《かわ》されてておあずけばかりだ、このあいだの伊賀正のときだってそうだろう」

「あたしの罪じゃありませんわ」
「まさか置いてきぼりとは知らないから、いい気になって飲みながら待っていた、女中の手前だって恥ずかしい、すっかり汗をかいちまったよ」
「あれはあたしの罪じゃなくってよ」とおしのは云った、「出ていってみたらおつるさんていう人、小さな子を二人伴れてしょんぼり立ってるじゃないの、広い土間の隅のところで、片手で五つになる子を抱きよせ、背中の子を肩で揺りながら、頼りなげに立っているのを見たら、どうしてもそのままではおけなかったのよ」
「そのままではおけなかったって」
おしのは頷《うなず》いた、「あたしおつるさんの話を聞いたわ」
「そんな、ばかなことを」
「ばかなことなもんですか、あたしにはいい薬でしたよ」とおしのは云った、「あの人の話を聞いて、あたし初めて自分のゆく末のことを考えました、おつるさんもあなたに妻子のあることを知っていて、そうなった、だから自分が仕合せになるだろう、などと考えるのは間違っています、男は口ではどんな約束もするでしょう、けれどもその約束は信じてはいけない、妻子のある男がほかの女にゆく末のことを約束して、もしもその約束を守ったとしたら、もとの妻や子たちを不仕合せにするでしょう、ひとを不仕合せにして自分が仕合せになろう、などと考えるのは、間違っているばかりではなく人でなしと云ってもいいと思います」

「ちょっと、ちょっと待ってくれ」と源次郎は徳利を出しながら云った、「寺子屋で孝経《こうきょう》の話でもするような、そんなやぼなことを云うのはよそうじゃないか、それとも、——今夜はその手ではぐらかそうというつもりか」

「いいえ」おしのはかぶりを振った、「今夜は逃げも隠れもしません、今夜は覚悟をして来たんです」

「そんな大げさなことを」と云って彼は盃を取っておしのにさした、「とにかく一ついくとしよう」

おしのは注《つ》がれた盃を膳の上に置き、源次郎に酌《しゃく》をしてやった。

「あたしおつるさんに、国許《くにもと》へ帰るように云いました」いちど置いた盃を持って、それをみつめながらおしのは続けた、「少ないけれど持たせる物を持たせてあげましたから、もうあなたに心配をかけるようなことはないでしょう、今日あたりは常陸のどこやらとかいう、故郷へ帰っているかもしれません」

「持たせる物って、金でもやったんですか」

「あなたは関係のないこと」と云って、おしのは盃の酒をきれいに飲みほした。

三

「おつるさんのことはもう心配はないわ」とおしのは続けた、「あの人は二人の子をかかえて、これから苦労することでしょう、苦労があんまりひどければ、二人の子を伴れて親子心中をするかもしれない、でも決して、あなたに迷惑はかけないと思うわ」

「もうその話はよそうじゃないか」

「憚《はばか》りさま*、お酌」おしのは、盃を出し、源次郎が酌をした、「今夜はいただくのよ」とおしのは云った、「――この話はあなたに痛いのね、おつるさんのほかにも、何人となくたのしんだ相手がいるんでしょ、たのしむだけたのしんで、飽きれば猫の仔《こ》を捨てるように、さようなら――とも云わずに捨ててしまったんでしょ」

「およねさんのように云うと、男だけが悪いように聞えるけれど」源次郎は手酌で飲み、おしのに酌をしてやりながら、とりいるような口ぶりで云った、「女だって子供じゃあなし、こうすればどうなるかというぐらいの分別はある筈だ」

「そのとおりよ」

「男に妻子があるかないかはべつとして、いろごとというものはひょいとしたはずみでもできてしまう、算盤《そろばん》を置くように、末始終《すえしじゅう》*のことを計算したり、是非善悪のけじめをつけてから、さてそれでは、というようなもんじゃあない、男も人間だし女も人間だ、ばかなことをしたり思わぬ羽目を外したり、そのために泣いたり苦しんだりするのが、人間の人間らしいところじゃあないだろうか、いろごとでたのしむのは男だけじゃあない、女のほうが男の何十倍もたのしむという、だからこそ、前後の分別を忘れて男に身を任せるんじゃあないか」

「あなたの云うとおり、そのとおりよ」とおしのは盃の酒を呷《あお》った、「あたしはまだ知らないけれど、たのしむところまではそのとおりのようね、でも、そのあとはどうなの、――わかりいいからおつるさんのことにしましょう、男と女、人間同士ひょいとしたはずみでそういうことになった、おつるさんはあなたの何十倍もたのしんだとしましょう、それにしても、おつるさんをくどきおとしたのはあなただし、たとえ何十分の一にもせよ、あなただってたのしんだことはたのしんだ、そうでしょ、それだのにあとで苦しむのは女だけで、あなたは爪《つめ》の先も痛みはしない、おつるさんはことによると、一生苦しまなければならないかもしれないのに、あなたは妻子とたのしくくらしているうえに、あたしのような者ともこうして隠れあそびをしていられる、――男と女はもともとそういうようにできているのかもしれません、きっとそうなんでしょうよ、けれども、それであなたはなんでもなくって、たまにはああ悪かったぐらい思うこともあるんですか」

「今夜は御機嫌ななめらしいな」源次郎は苦笑しながら、おしのに酌をして云った、「なにかいやなことでもあったのか」

「今夜限《き》りでお別れする、っていうことが云いたかったんです」

源次郎は訝《いぶか》しそうな眼をした、「——およねさん酔ったね」

「酔うのはこれからよ」と云っておしのは汁椀《しるわん》の蓋《ふた》を取った、「さあ注いで下さいな」

「うれしいね、その調子だ」彼は酌をしてからおしのを見た、「だが、——これっきりで別れるというのは、まさか本気じゃあないだろうね」

「本気よ」とおしのは云った、「自分では本気のつもりよ、いろいろ考えてみると、このへんが別れどきだと思ったの」

「それはひどいよ、別れどきって云ったって、まだ一度も寝たことさえないじゃないか」

「だから今夜はその覚悟で来たって云ったでしょ」

「つまり、やっとのことで始まる、というわけじゃないか、半年の余も待ちに待って、ようやく望みがかなったと思うと、それっきりで別れるなんて罪だ、それはあんまりひどすぎるよ」

おしのは笑った、「あなたの番が来たのよ」

「なんだい、私の番って」

「これまでは女のほうが苦しんだ、何人か、何十人か知りませんけれどね」と笑いながらおしのが云った、「こんどはあなたが苦しむ番なの、わかるでしょ」

「おまえさんは平気なんだね」源次郎の顔に自信ありげな微笑がうかんだ、「今夜なにしても、明日は平気で別れて、そのままでなんともないっていうんだね」

「そんな顔をなさらないで」おしのは気弱そうに云った、「自分でそう決心したんだから、この気持を崩さないでちょうだい、――あなたがそういう顔つきをなさると、躯《からだ》から力がぬけてしまうような気がするの、あなたって怖い方だわ」

「怖いもんか、私は甘い人間だよ」彼は征服者のように云った、「さあおよね、今夜限りでお別れなら、酒なんかで暇を潰《つぶ》してはいられない、ちょっと向うで休むとしよう」

「女中さんが来ますよ」

「来やあしないよ」彼は立ちあがって手をさし出した、「このうちのことは私がよく知っている、呼ばなければ誰も来る気遣いはないんだから、さあ」

「立たせてちょうだい」

「酔っちまったね」

源次郎は炬燵をまわり、おしのをうしろから抱き起こした。酔って力のぬけたような、やわらかにくったりとした娘の躯は、源次郎の欲望をかきたて血を狂わせたようだ。彼は片手でおしのを抱き、片手で襖《ふすま》をあけた。次の間には夜具がのべてあり、絹の丸行燈《まるあんどん》や、枕許《まくらもと》の盆なども揃《そろ》っていた。

「あちらに包みがあるの」とおしのが囁き声で云った、「持って来て下さいな」

源次郎は風呂敷《ふろしき》包みを持って来た。

「屏風《びょうぶ》をまわして」とおしのは云った、「着替えるまで見ないでね」

「行燈へ火を入れよう」と源次郎が云った。

彼が丸行燈に火を移し、襖を閉めると、屏風の中からおしのが、彼の寝衣《ねまき》を出してよこした。もちろんこの家のものである、彼は気もそぞろな動作で、手早く着替えをし、「いいかい」と声をかけた。

「いいわ」とおしのが答えた。

源次郎が屏風をまわってゆくと、おしのは長襦袢《ながじゅばん》になって夜具の上に坐り、扱帯《しごき》*をしめようとするところだった。

「ちょっと」と彼は声をかけた、「それをしめるまえに、ちょっと私に見せておくれ」

「どうして」

「いいからさ、ちょっとだけだから」

前へまわって坐った源次郎の顔を、おしのはするどい眼つきでみつめながら、静かに、長襦袢の衿《えり》を左右へひらいた。

四

皮膚の薄い肌は透きとおるように白い。その病気にかかると特に肌が美しくなるというが、おしのの肌はまえよりも白く、掌《てのひら》の中へはいりそうな乳房は、文字どおり透きとおるようで、乳首のまわりの薄い樺色《かばいろ》が、際立《きわだ》って嬌《なま》めかしくみえた。

「ああ、きれいだ」源次郎は眼をぎらぎらさせながら呻《うめ》いた。「こんなきれいな胸を見るのは初めてだよ」

「そんなに見てはいや」

「もうちょっと」と彼は息を喘《はず》ませながら云った、「そのままもうちょっと、――ああ、まるでなにかの花のようだね」

「おそのさんよりもきれい」

「おそのさんだって」

「本石町《ほんごくちょう》の薬種問屋、むさし屋のおそのさんよ」とおしのが云った、「覚えてるでしょ」

「むさし屋の、――おその」

「思いだして」

「あんな古いことを知っている筈《はず》はない」と源次郎は云った、「誰かに聞いたんだね」

「思いだしたのね」

「昔の話だ」と云って彼は手をさし伸ばした、「もうすっかり忘れていたよ、さあ、そんなことはいいからそれを脱いで」
「まだよ、もう一つ訊くことがあるの」おしのは彼の手を押しやった、「あなたその人に娘を産ませたっていうけれど、ほんと」
「いったい誰からそんなことを聞いたんだ」
「嘘《うそ》か本当か知りたいの、おそのという人の産んだ娘の父親はあなただって、本当にそうなの」
「昔のことだって云ってるじゃないか」
「嘘じゃあないのね」とおしのはひそめた声で、念を押すように云った、「その娘があなたの子だっていうこと、本当なのね」
「本当だ」と彼は頷いた、「もう正直に本当だと云ってもいいだろう、おそのも娘も死んじまったからね」
「亀戸の寮で、焼け死んだんですって」
「そんなことまで知ってるのか」
「あなたの知らないことも知ってるわ」おしのは頬笑んだ、「寮の焼け跡から三人の骨が出たわね、一人は父親の喜兵衛、一人は妻のおその、もう一つ小さな骨は娘のおしの、――そういうことだったでしょ」

源次郎はじっとおしのをみつめた。

「ところがこのあいだ、町方の青木千之助という与力がしらべたんですって」とおしのはゆっくり続けた、「不審なことがあるから、墓を掘り返して三人の遺骨をしらべ、蘭方医《らんぽうい》に鑑定させてみたんですって、——すると、御夫婦のほうは間違いなかったけれど、娘のほうは違うんですって、男と女は腰の骨でわかる、その骨は娘のものではなく、紛れもない十六、七の男の骨だったそうよ」

「それは」源次郎は唾《つば》をのんだ、「いったいそれは、どういうことだ」

「つまり娘は生きているというわけよ」

「ばかなことを、ばかな」と彼は首を振って云った、「だって現にむさし屋では、ちゃんと三人の葬式を済ましているじゃないか」

おしのはあやすように笑った。

「それに第一、——」と彼はせきこんで云った、「その骨が男のものだとすれば、娘はいったいどうしたんだ、焼け死んだのでなければ生きている筈だし、生きているなら名のって出る筈じゃないか」

「もう名のって出るじぶんよ」とおしのが云った、「しなければならないことが、もうすぐに終りますからね」

「おまえ、——およねさん」

「あなたも聞いてるでしょ、十一月からこっち、市中の料理茶屋とか、宿屋とか、屋形船なんぞで、男が四人殺されたわね、……殺したのは十八、九になる女で、左の乳の下に平打の銀の釵《かんざし》が突き刺してあり、枕許にはいつも赤い山椿《やまつばき》の花片が一枚落ちていた、そうでしょ」

源次郎はまた唾をのんだ。

「殺された四人は、みんなむさし屋のおそのとかかわりがあったの」とおしのは彼の眼をみつめながら云った、「おそのという人は恥知らずの浮気者《うわきもの》で、いつも男あそびが絶えなかった、御主人は養子のうえに温和《おとな》しい人だったので、御夫婦になってからも主人らしい顔もせず、一人娘が他人の胤《たね》だと知りながら、その娘を実の子より大事に可愛《かわい》がり、店のために骨身を惜しまず働きとおした、そのあげく病気になり、血を吐いて倒れてしまった、長いあいだ心と軀の苦労が積もり積もって、いつか癆痎《ろうがい》にかかっていたんです」

「いいえもう少し」おしのはなにか云おうとする源次郎を遮《さえぎ》って、続けた、「もう少しだから聞いて下さい、――おしのという娘は、母を呼んで看病してもらおうと思いました、医者も危ないというし、続けて何度も血を吐くし、せめて一生に一度くらい、御夫婦の情を味わわせてあげたいと思ったからです、でも、おそのという人はそのとき、子供役者を伴《つ》れて遠出をしていて、帰って来たときはもう、御主人は亡《な》くなったあとでした、臨終のときにはおしのという娘しかいなかったのですが、亡くなるまえに、御主人は娘に云ったんです、――おそのにひとめ会いたかった、ひとめ会って、一と言だけ云いたいことがあった、たった一と言だけ、云ってやりたいことがあったって……」

おしのは頭を垂れたが、源次郎が言葉をはさむまえに顔をあげ「娘にはわからなかった」と静かに続けた。

「そのとき娘は、日ごろ薄情にされた恨みを云いたいのだろう、と思っただけでした、けれども、母を捜しているあいだに、母の男狂いを知りましたし、遠出遊びから帰って来た母を責めたとき、自分が不義の子だということをうちあけられたのです」

「そのときおそのという人は、中村菊太郎という子供役者といっしょで、御主人の死《し》骸《がい》が隣り座敷にあるというのに、その菊太郎と平気で酒を飲んでいたんです、いい機嫌に酔って、死んだ人のことを平気で悪く云い、おまえの本当の父はこの人ではない、日本橋よろず町の丸梅の主人で源次郎という人だ、とうちあけたのです」

「そんなに詳しいことを、どうしておよねさんが知っているんだ」と源次郎が咳《せき》をして訊き返した、「おしのから聞いたのか」

「その娘は死んだ父親が好きでした」とおしのは穏やかに云った、「――世間のどんな娘より父が好きで、ふだんから母の仕打を憎らしく思っていたんです、そうして、自分が不義の子だと聞いたとき、父が臨終になにを云いたかったか、ということがわかり、母も、母といっしょに父を苦しめた男たちも、赦《ゆる》すことはできないと思ったんです」

「わかった」と源次郎が云った、「やっぱりおしのから聞いたんだ、そうだろうおよねさん」

おしのは黙って彼の眼をみつめた。

五

「おしのが生きているというのは本当なんだな」源次郎は急に寒さを感じたような表情で問いかけた、「おまえさんはおしのを知っている、たしかにその話はおしのから聞いたんだろう、いったいおしのはいまどこにいるんだ」

「それよりも、殺された四人のことが気にならないかしら」

「どういうわけで」

「四人ともおそのさんとわけがあったということは話したでしょ、殺し方も同じ、枕許に山椿の花片、——」とおしのは暗示するように云った、「山椿は父親という人の好きな花だったんです、なんのたのしみも道楽もなかったその人の、たった一つだけ好きな花だったんです、だからその花片は、父親へ供養《くよう》のしるしとして置かれたものなんです」

「と云うと、四人を殺したのは」と云いかけて、彼は強く頭を左右に振った、「いやばかな、まさかそんな」

「そうなんです、四人ともおしのが殺したんです」

おしのはそう云うと、長襦袢の左の袂《たもと》をさぐり、銀の平打の釵と、平たくたたんだ紙包みを出し、包みをひらいて、その中に赤い椿の花片が一枚あるのを見せた。

源次郎はうしろざまに反《そ》って、両手で上躰《じょうたい》を支えた。顔は壁土色に硬《こわ》ばり、大きくみひらいた眼は、いまにもとびだすかと思われた。

おしのはもういちど、長襦袢の衿を左右へひらき、あらわな胸を彼に見せた。

「さあどうぞ」とおしのは云った、「どうぞ触って下さい、あたしがおしの、あなたの娘です、抱いて寝て下さるんでしょう」

源次郎は口をあいた。なにか云おうとするらしいが、舌が、硬ばって言葉にならず、全身が小刻みにふるえだした。

おしのはそのようすを、眼も動かさずにみつめていて、やがて胸を隠し、夜具の脇《わき》にあった着物を引きよせると、それを肩に掛けながら立ちあがった。源次郎は躯をずらせて、これも着替えに立とうとしたが、おしのは横眼で見て、「いけません」と云った。

「あなたは泊ってゆくんです」

源次郎は立ちかけた膝《ひざ》をおろし、屏風を背にして、途方にくれたように坐《すわ》った。おしのは手早く着替えを済ますと、夜具を中にして、源次郎と向き合って坐った。

「あたしはあなたも殺すつもりでした」

「どうしてだ」と彼は吃《ども》りながら、舌のもつれるような口ぶりで訊き返した、「どうしてそんな、四人も殺さなければならなかったんだ」

「話してもあなたにはわからないでしょう、わかるような人なら、恥ずかしくって生きてはいられない筈です、あなたは」とおしのは囁《ささや》き声で、相手の心臓を刺しとおすように云った、「――自分の血を分けた娘と逢曳《あいび》きをし、さんざんあまいことを云ってくどき、今夜はいっしょに寝ようとしたんですよ」

「それは」と彼はひどく吃った、「私はそうとは知らなかったから」

「あたしはあなたを畜生*にしてやろうと思った」とおしのは構わずに続けた、「あなたを畜生にしたうえで、殺してやるつもりだった、でも考え直しました、あたしはあなたを生かしておいてあげます、殺してしまうには惜しいからです、――あたしはこれから自首して出て、なにもかも申上げます、寮へ火をつけておっ母さんと菊太郎を焼き殺したこと」

源次郎はあといった、「なんだって、おそのさんとその役者を」

「酒で酔い潰れているところを焼き殺したんです」

「私を威《おど》かそうというんだな」

「お裁きになればわかるでしょう、家じゅうに油を撒《ま》いて火をつけたんですから、あなたの血を分けた娘がね」と云っておしのはやわらかな微笑をうかべた、「――実の母親を焼き殺したうえ、四人の男を次つぎと殺した、これを自首して出れば世間じゅうに知れ渡るでしょう、そして、そのあたしの父親が、丸梅の主人の源次郎だということも」

「私を威すつもりなんだ」と彼が云った。

「あなたは苦しむのよ」とおしのはあやすように云った、「死ぬ苦しみは、いっときだわ、あっけないほどすぐに済んでしまうの、――あなたはそうはさせない、あなたは生きている限り苦しむのよ、親を殺せば磔《はりつけ》か火焙《ひあぶ》りでしょう、あなたは自分が密通をしたこと、密通をして産ませた自分の娘が、磔か火焙りになったということ、世間の人たちがそれを知っていることで、死ぬまで苦しまなければならないのよ」

「嘘だ、そんなことができるものか」

「見ていればわかるわ」と云って、おしのは風呂敷包みを持って立ちあがった、「――お裁きは長くはかからないでしょう、十日もすればきっと江戸じゅうの評判になる筈よ」

「そんなことはさせないぞ」源次郎も立ちあがった、寝衣の前がだらしなくはだかり、濃い毛の生えた脛《すね》がまるだしになった、「——おまえが本当におしのなら、おれはそんなふうに死なせはしない、おれの罪は罪としても、おまえを死なせるわけにはいかない、とにかくもういちど坐って相談をしよう」

「どんな相談があって」

「生きることだ」と彼はけんめいな眼つきで云った、「おまえは若いし、そんなにきれいだ、自首さえしなければなにもわからずに済むだろう、罪ほろぼしにおれがどんなことでもする、頼むからおれの云うことを聞いてくれ」

「それが苦しみの始まりね」おしのは低く笑った、「——お仕置にならなくっても、あたしは長くは生きられないのよ、この躯《からだ》はお父つぁんと同じ病気で、もう二度も血を吐いたんですから」

「私は、私は力ずくでも止めるぞ」

「やってみて下さい、一と声叫べば女中が来るでしょう、どうせ自首するんですから、町方を呼んでもらって、あなたの眼の前でお縄にかかりますよ」

源次郎は両手をだらっと垂れた。

「力ずくで止めないんですか」とおしのは云った、そして、夜具の枕許にある釵と、紙の上にのっている花片を指さした、「——それがおしのからあなたへのかたみです、忘れずに持って帰って下さい」

そして静かに隣り座敷へ出ていった。

「おしの、それはいけない」と源次郎はしゃがれた声で呼びかけた、「そうしてはいけないよ、おしの」

だがその声は低くかすれているため、おしのには聞えなかったであろう。源次郎は恐怖そのものといった眼で、銀の釵と、山椿の血のように赤い花片をみつめていた。

六

十二月二十七日の午後。

青木千之助は八丁堀の役宅*で、溜《たま》っていた書類の整理をしていた。朝からの雨が雪になるかと思ったが、寒さがきびしいばかりで雪になるようすもなく、雨落《あまおち》の石を打つあまだれの音が、気のめいるような陰気な調子で、低く、ゆっくりと呟《つぶや》いているのが聞えた。

手が凍《こご》えてきたので、筆を措《お》き、火桶《ひおけ》で手指を暖めていると、声をかけて、同僚の岡田朔太郎《さくたろう》がはいって来た。

「精を出すね、もう暗いじゃないか」

「正月に休みたいからね」と千之助は答えた、「——もうしまったのか」

「うん、おちつかなくってね」岡田は眼を細くした、「だらしのない話だが、この時刻になるといけないんだ、どうなだめてもそわそわしちゃって、なんにも手が付かなくなってくるんだ」
「おれのせいじゃないさ、頼むから邪魔をしないでくれ、今日は師走《しわす》の二十七日だぜ」
「話ぐらい聞いてくれてもいいだろう、じつはちょっと相談があるんだ」
千之助は手をあげて制した、「あ、あ、それはだめだ、あの女のことだけはおれに話さないでくれ、おれには別れろと云うほかに意見はないんだから」
「友情のない男だな」
「ああ、この事については爪《つめ》の先ほどの友情もないね」千之助は机に向かって筆を取った、「ほかに用がなかったらいってもらおう」
「青木はあの女を誤解しているんだ」と云って岡田は立ちあがった、「いちど会ってゆっくり話してくれれば、おれの女房として立派に値打のあることがわかるんだがな」
「それも幾たびか聞いたせりふだ」と書類を繰りながら千之助が云った、「おまえの惚《ほ》れる女はみんな侍《さむらい》の女房として立派な値打がある、それが五十日も経《た》たないうちにすべた*のおかめ*のおひきずり*に変ってしまう、おい、子供だって同じ落し穴へは落ちないもんだぜ」

「こんどのお松は違うんだっていったら」

「それもきまり文句だ」千之助は背を向けたままで、筆を持った手を振った、「さあ出ていってくれ、おれはこれを片づけなくちゃならないんだ」

岡田朔太郎は溜息《ためいき》をつき、首を振りながら出ていったが、閉めた障子をすぐにあけて戻り、「忘れていたよ」と云って、一通のふくらんだ手紙をさし出した。

「おれの書状箱にこれが紛れこんでいたんだ」と岡田は云った、「おしのという女の名まえだが、呼出しじゃあないのか」

「おしの」千之助は受取って署名を見た、「覚えのない名だな、なんだろう」

「おれのお松と同じ口じゃあないのか」と云って岡田はあとじさりをした、「そんな顔をするなよ、冗談じゃないか」

そしてこんどはいそぎ足に出ていった。

千之助は暫《しばら》く「おしの」という署名をみつめていたが、やがて封を切って、厚くふくらんだその手紙を披《ひら》いた。厚さ一寸ほどもある巻紙の上に、細長く折った一枚の紙があり、彼はまずそれを読んだ。

――わたくしは日本橋本石町三丁目の薬種問屋、むさし屋の娘しのでございます。

それにはこういう書きだしで、人を殺した罪で自首して出たいが、いつぞや「かね本」であなたを騙《だま》したことがあるし、あなたが自分のことをしらべていると聞いたので、ぜひあなたの手でお縄にしていただきたい。おいでになるまでここを動かずに待っているが、いらっしゃるまえに同封の書状を読んでおいてもらいたい。こんどのことはこみいった事情があって、口ではよく云いあらわせないかもしれないと思い、前後のゆくたてを書きとめておいたのである。文章もたどたどしい字も読みにくいだろうが、どうかひととおり眼をとおしておいていただきたい。という意味のことが書いてあった。

「本所枕橋《まくらばし》の近く、松平越前さまの横のむらた、——茶屋だな」千之助はところ書きを読むと、下唇を嚙んで呟いた、「やっぱりおしのという娘だったのか」

彼は机の上を片づけて、その書状を読みはじめた。

とそこに書かれていた告白は異常なもので、とうてい十八歳の娘などにできることとは思えなかったが、同時にまた「十八歳」という年齢の純粋な潔癖さがなければできなかったろう、とも思えるものであった。

彼女は父に対する深い愛情を切々と訴え、特に父が「山椿《やまつばき》」について語った思い出ばなしに感動したことを、克明に書いていた。文章は少しも修飾がなく、事実をそのまま書き綴《つづ》ったらしく、もどかしい云いまわしが多かったけれど、偽りのない感情をあらわしているようであった。

——わたくしは母が赦せませんでした。

母の不貞、不行跡についても、彼女は隠さずに怒りを述べていた。（これらは読者がすでに読まれている）そして、自分が不義の子であると聞かされたとき、しかも母自身が、平然としてそれを語るのを聞いて、殺す気になったという。

――母と子という気持はなくなっていました、人間として赦すことができない、女ぜんたいをけがすものだ、というように感じたのです。

人が生きてゆくためには、お互いに守らなければならない掟《おきて》がある。その掟が守られなければ世の中は成り立ってゆかないだろうし、人間の人間らしさも失われてしまうであろう。ことに男と女との関係は、お互いの誠実と信頼が根本である。わたくしはまだ情事を知らないから、それがどんなに人を迷わせ、あやまちを犯させるものかはわからないし、世間には密通ということが少なくないことも聞いている。

――けれども母の場合は違うのです。

母が男狂いをした、不義の子を産んだというだけなら、「殺す」などという気持にはならなかったでしょう。母にはそれが「あやまち」でもなく、不徳義とも感じなかった。父が知っていたようすから推察すると、わたくしが不義の子であるということを隠しもしなかったと思うのです。

――死ぬまえに一と言だけ。

たった一と言だけ云いたいことがある、と父は云った。二十年ちかいあいだ、抑えに抑えて来たおもいを、いちどだけ母に叩《たた》きつけたかったのであろう。しかし、仮にそうすることができたとしても、おそらく母は平気だったにちがいない。父の死躰を見たとき、母は悲しそうな顔ひとつせず、「きみが悪い」と云って逃げだし、子供役者の菊太郎と、良人《おっと》の死躰のある同じ家の中で、酒を飲み、たわむれていた。

――これが赦せることでしょうか。

母のしていることは、不行跡とか、みだらだというだけではありません。世の中の掟や、人と人との信義をけがし、泥まみれにしたうえ、嘲笑《ちょうしょう》しているようなものです。

――そしてその母の血が、わたくしのこの軀にもながれているのです。

わたくしは死のうと思った。不義の子と知りながら、あんなにも愛してくれた父への申訳に。もちろん母も死ななければならないし、母とともに父を苦しめた男たちにも、罪のつぐないをさせよう、わたくしはそう決心いたしました。

亀戸の寮のことから、屋形船の佐吉のことまでは、もうおしらべ済みでございましょう。わたくしは父の遺してくれた八百両あまりの金で家を借り、小女《こおんな》を雇ってくらしながら、母とかかわりのあった男たちのことをさぐりました。その消息を知っていたのが佐吉で、男の数は八人余でしたが、そのうちどうしても、罪をつぐなわせたい者だけ五人選んだのです。

――この世には御定法《ごじょうほう》で罰することのできない罪がある。いつかこういうことを書いたのを、お読みになったと思います。あれを書いたときは本当にそう信じていたのです、生みの母を殺し生みの父を殺し、見知らぬ男を五人も殺すというのは、「御定法」では罰することができず、しかも人間としては赦しがたい罪である、ということを信じなければできないことだったと思います。

告白の文章はここで跡切《とぎ》れ、あとは墨の色も新らしく、走り書きで、次のように続いていた。

――わたくしは生みの父を殺しませんでした。殺せなかったのではなく、「殺さなかった」のである。自分が彼のじつの娘であること、母をふくめて六人を殺したこと、これから自首して出るが、そのときは詳しい理由と、自分が不義の子であり、じつの父は日本橋よろず町の「丸梅」の主人、源次郎だということを申上げるつもりだ、ということをはっきり云ってやった。

――このためにあの人が一生苦しみ、死ぬまでおろすことのできない重荷になるように、と思ったからです。

わたくしはいま「むらた」の離れでこれを書いているが、初めて寮へ火をつけたときのような、張り詰めた気持はなく、むしろ恥ずかしさと、自分が僭上《せんじょう》だった、というおもいで苦しんでいる。

——御定法で罰することのできない罪。

あのときはそう書いたし、そう信じて疑わなかったけれども、御定法に代って「自分が罰する」自分が罪を裁く、などと考えたことは誤りであった。もっとも憎んでいるじつの父を「生かしておこう」と思ったとき気づいたのだが、人を殺すことは罰することでもなく、罪のつぐないをさせることでもない。その人の罪は、御定法で罰せられないとすれば、その人自身でつぐなうべきものだ、ということに気がついたのである。

——だが母だけは死ななければならなかった。

母の血のながれているわたくしも死ななければならない。その覚悟は初めからできている、磔《はりつけ》でも火焙《ひあぶ》りでもいい、早くお裁きを受け、処刑されて、あの世の父のところへゆきたいと思う、いまはそれだけが願いである。

書状はそれで終っていた。

千之助は書状を巻いて、机の抽出《ひきだし》へ入れ、でかけるために、身支度をした。

終章

枕橋の手前を右へ曲ってゆくと、松平越前邸から一丁ほどいった右手に「むらた」と軒行燈《のきあんどん》を掛けた料理茶屋があった。

駕籠《かご》を門の中まで入れさせると、女中がみつけたのだろう、雨傘《あまがさ》を持って迎えに出て来た。千之助は駕籠を待たせておき、

「離れにおしのという女客がいるか」と訊《き》き、自分の名と身分を告げた。町方与力と聞いて、女中はちょっと驚いたようだったが、青木という名を告げられていたのだろう、「お待ちかねでございます」と云って、案内に立った。

その離れは母屋《おもや》と棟《むね》がべつになっているが、踏石の上に屋根が掛けてあるので、傘をさす必要はなかったし、踏石からすぐに、離れの縁側へ続いていた。女中はその縁側のところで、お伴《つ》れさまがみえましたと声をかけ、千之助は女中に「もういい」という手まねをした。

「なにかお支度を致しましょうか」と女中が訊いた。

「あとで頼む」と千之助は答えた。

女中が去るのを待って、千之助は刀を右手に取り、縁側へあがって名をなのった。

しかし返辞はない、座敷の中はしんとして、人のいるけはいも感じられなかった。

――逃げられたか。

しまったと思い、彼は手荒く障子をあけた。雨の日の黄昏《たそがれ》で、座敷の中はすでに暗く、香を炷《た》くかおりが噎《む》せるほど強く匂《にお》っていた。

「おしの」と云って、彼は咳《せき》こんだ、「おしの、いるか」

千之助は障子をいっぱいにあけ放った。

小机の上に香炉が煙をあげてい、火鉢《ひばち》の脇《わき》に、娘が俯伏《うつぶ》せに倒れていた。千之助は棒立ちになり、上からじっと見おろしていたが、長い経験で、それがもう死躰《したい》であるということは一と眼でわかった。

「おそかったな」と彼は呟いた、「待てなかったのか」

彼は頭の中のどこかで、おしのを助けよう、と思っていたことに気づきながら、身を跼《かが》めて、死躰をそっと仰向きにした。娘の両手は、胸に突き刺した短刀の柄《つか》を握っていた、両足は膝《ひざ》のところを、着物の上から固く扱帯《しごき》で縛ってあった。――千之助は娘の軀《からだ》が楽になるように、仰向きにきちんと寝かせてから、踏石のところへ出て手を鳴らした。

女中に行燈の火を入れさせ、八丁堀へ使いをやるように命じた。座敷へはいれなかったので、女中はなにも気づかなかったろう。千之助としては、誰にもおしのの死躰を見せたくない気持だったが、役目の責任として、同心を呼ばないわけにはいかなかったのである。

行燈の光で座敷の中を見まわすと、小机の香炉の側《そば》に手紙があった。彼は小机を火鉢の脇へ移し、「青木さま」と上書《うわがき》のあるその手紙を、披《ひら》いて読んだ。

――約束にそむいて申訳がない。

手紙は走り書きで、初めにまず詫《わ》びを云い、自首して出るつもりだったが、お仕置のことを考えると恐ろしくなった。その場になってみれんなまねをしそうに思えるので、あなたには済まないが自害をする、死骸《しがい》はどうか御法どおりに処分してもらいたい。

――また、道灌山《どうかんやま》の下に「植茂」という植木屋があり、その隠居所におまさという召使がいます。これは雇人でなにも知らない人間ですから、まだそこにいるとしてもお構いなしにはからって下さいまし。そして、その部屋の机の中に金包みがございますが、それは父が遺してくれたものの残りで、決してうろんな金ではございません。*もしそうしてもよいのなら、貧しい人たちへのお施米《せまい》*の足しにでもしていただければと存じます。

あなたにはずいぶんお手数をかけた。いちどおめにかかり、お詫びを申上げなければならないのに、こうして死ぬことをゆるしてもらいたい。もう一つ、最後のお願いがある。死骸がどういう処分を受けるかわからないが、処分するまえに、ぜひ腑分《ふわけ》をしてくれるように頼む。

――わたくしのからだがよごれていず、むすめのままだということを知っていただきたいからです。

手紙はそうむすんであった。

千之助は小机の上に手紙を披いたまま、おしののほうへ眼をやった。庇《ひさし》を打つ雨の音はまだやまず、風が出たのか、横のほうで笹《ささ》の葉の揺れ騒ぐのが聞えた。おしのは平安な顔をしていた。白蠟《はくろう》のような頬にも、のびやかな眉《まゆ》にも、赤みの失《う》せた唇にも、苦痛の色は些《いささ》かもなく、まるで眠りながら微笑しているような、おちついた安らかな顔つきであった。

「おしの、私にはなにも云えないよ」と彼はおしのの死顔に向かって囁《ささや》いた、「おまえのしたことが正当であったかなかったか、私にはわからない、だがおまえはそうしたかった、そうせずにはいられなかった、ということだけは真実だ、――しんじつそうせずにいられなかったとすれば、それをしたことについて悔やむ必要はないよ」

彼は眼をつむって、また続けた、「丸梅の源次郎は私が引受けた、彼には充分に、彼の罪の味を思い知らせてやるよ、――おまえはもう父親の側へいっているだろう、心をいためたり、人の眼を恐れたりすることもない、父親の側でゆっくり休むがいい、もう誰もおまえの邪魔をする者はないからな」

千之助はふところから、たたんだ手拭《てぬぐい》を出し、おしのの側へすり寄って、その顔を手拭で掩《おお》ってやった。香炉の煙はもう絶えていた。

注釈

七＊駕籠舁　駕籠を担ぐ人夫。

＊息杖　駕籠舁や重い荷を運ぶ人が、休むときや肩を替えるときに荷などを支える長い棒。

＊題詩　書物・絵画などの表題として書かれた言葉。

＊狂歌　風刺画、皮肉をきかせた滑稽な内容を、用語や題材とも自由につづった短歌。

＊雲介　雲助。街道や宿場の駕籠人足。

＊河原乞食　（江戸時代、京都の四条河原で興行したことから）歌舞伎役者を卑しめていった語。

＊一丁　一町とも書く。距離の単位で、一丁は約一〇〇メートル。

＊寮　別荘。下屋敷。

＊薬種屋　薬を調合し、販売する人。また、その家。薬屋。

八＊自火　自分の家から出した火事。

＊町方　町方同心。町奉行所で岡引などを使い捜査活動・治安維持活動にあたった。

＊癆痎　肺結核のこと。肺病。労病ともいう。

＊家付き　家付き娘。生家にいて婿を取る娘。

九＊ゆきひら　行平鍋の略。平椀の形をした陶製の蓋つき鍋。

＊膳立て　食器、食物を配置し、食膳の準備をすること。
一〇＊やくざ　役に立たないこと、またはそのような人間。賭博の花札「八、九、三」は足すと二〇になり、役にならないことから名付けられた。
＊客をする　客を招いてもてなす。
一一＊暮六つ　午後六時ごろのこと。江戸時代は日の出から日の入りまでと、日の入りから日の出までの時間をそれぞれ六等分して一刻としていたため、季節によって長さが違った。
＊番頭　商家における使用人の頭。営業から経理まで店の万事を預かる管理職。
＊手代　番頭と丁稚の間の身分に当たる商家の奉公人。一〇歳頃に丁稚として商家に入り、手代になるまでおよそ一〇年程度、主人や番頭の手足となって働く。
＊帳合　売上金や商品数と帳簿の記載を照らし合わせて確認すること。
一三＊小僧　商店などで使われている少年。丁稚。
一四＊直った　その地位に就くこと。
一五＊埋み火　炉や火鉢などの灰にうずめた炭火。
＊よみ本　江戸時代の小説のジャンルの一つ。絵を中心とした草双紙に対し、文章を読むことに主眼を置いた小説。
一七＊掻巻　着物の形をした寝具の一つ。掛け布団として用いる。夜着よりも小さく面も少なめ。呼び名は体に「かき巻く」ことに由来。

一九＊波がしらを逃げる　「波がしら」とは波の盛り上がった頂のこと。ここでは、病気とうまく付き合っていく、の意。
二〇＊辻駕籠　町の辻（十字路）で客を乗せた町駕籠。夜でも人通りが多い道で客待ちをしていた。
二一＊いたずら　自分のすることを謙遜して言う語。芸事、習い事などにいう。
二五＊芝居茶屋　芝居の予約、幕間の食事、酒肴の接待などが行われた茶屋。芝居小屋の周辺にあった。昼時にはお重が出され、これが現在の「幕の内弁当」の起源となった。
三一＊性もなく　性とは本来の性質のこと。ここでは本質すら失ってしまうほどに、前後不覚にの意。
＊行李　竹や柳で編んだ箱形の物入れ。旅行の際に荷物を運搬するのに用いた。
＊両　「両」は江戸時代の貨幣通貨。一両で小判一枚。
三六＊重湯　水分を多くして炊いた粥の上澄みの液。
三七＊半分小作　地主から借りた田畑と自分の田畑の両方を耕作すること。
三九＊しんしょう　身の上。価値。
四〇＊名題　歌舞伎の、名題看板に名前を書き記される資格を持つ上級の役者。
＊顔見世　顔見世芝居の略。翌年その劇場に勤める役者を決め、その顔ぶれで十一月に興行する芝居。
四一＊悪心　胸がむかむかして、吐き気のすること。嘔気。
＊出方　芝居茶屋で客を案内したり、小料理・弁当・酒の肴などを座席に運んだりする者。

四三*女形　女に扮する役者。
*ごしんぞさん　御新造。武家や裕福な商家の妻の敬称。元は大名や旗本の妻を奥様と呼ぶのに対し、御家人の妻をこう呼んだが、町屋の上流に広がり、中流以下でも医者の妻などにも使われるようになった。
四四*切り金　金銀箔の小片。
*百匁蠟燭　一〇〇匁（約三七五グラム）ほどもある大型の木蠟燭。漆や櫨の樹液から作られる。嘉永四（一八五一）年で、一本三〇〇文と高価なものだった。燃焼時間は約三時間半。
四五*膳部　食べ物を載せる膳のこと。
*とりもち　接待。
四七*垂れ　垂駕籠のむしろ戸のこと。
五三*釣台　人や物を載せて運ぶ台。板を台とし、両端をつり上げて前後から担ぐ。
*油単　ひとえの布。
五四*香炉　香をたくための器。
五九*おんば日傘　ついちょっと外出するにも乳母に抱かれ、そのうえ日傘をさしかけられるの意。大切に育てられること。
*おか惚れ　深く接して人物を知ったわけでもないのに惚れること。
*しと　「人」のこと。江戸言葉では「ひ」と「し」を混同する発音傾向があった。

六〇＊口三味線　三味線の旋律を口で歌うこと。
＊組打ち　じゃれあうこと。
六六＊死水「死水を取る」は臨終の際に死者の口に水を注ぐこと。息を引き取るまで介抱すること。
七一＊手燭　照明器具の一種。中に蠟燭を灯し、手で持ち歩けるように柄を付けた。
＊半刻　約一時間。
＊地着き　その土地に古くから住んでいること。土着。
＊被布　着物の上に着る、羽織に似た外衣。
七三＊半鐘　町内に設置された火事を知らせる小さい釣り鐘。火事の遠近や状態は、叩き方でわかるようになっていた。ゆっくりと叩いている時は火事が遠く、早ければ早いほど近いということになっていた。
七三＊町飛脚　商人や一般庶民相手の飛脚。書状や軽荷物を請け負い、宿場から宿場まで運んだ。御府内などの都市内を配達地域とした町飛脚は、担いだ小型の狭箱に風鈴が付いた棒を付け、音が利用者への合図としたため、「ちりんちりんの町飛脚」などと呼ばれた。
＊雪洞　絹や紙で覆った手燭。一本の柱を付けた台座の上に、六角形や球形で上開きの覆いを付けたものも指す。
七四＊しもたや　仕舞屋。以前は商家で、現在は廃業している家。商売をせず金利などで生活している家。

＊小女　下働きの若い女性。
七五＊四半刻　約三〇分。
＊笹鳴き　鶯の子が冬の頃なお調わぬ音声で囀ること。
七七＊十徳　襟を肩から胸の左右に垂らし、引き合わせて着る垂領型の上衣。男子が小袖の上に着たもので、羽織の原型の一つとされる。
＊差配　所有者に代わって貸家・貸地などを管理すること。またはその者。
七九＊写る　似る。
＊蛇のなま殺し　蛇を殺しもせず生かしもせずして苦しめるように、いずれとも決せずに相手を困らせることをいう。
八〇＊そのときばったり　そのとき限り。
＊囲い者　別邸に住まわせておく妾。別妾。
八一＊針も持てず　裁縫もできず。
八三＊乙声　音程の低い声。邦楽で、甲より乙のほうが一段低い音であることから。
＊村雨　急に激しく降ったりやんだりする雨。にわか雨。
八三＊小天狗　武芸に秀でた若者のたとえ。
八四＊糸　琴・三味線などの弦楽器の別称。
＊音締めひとつ　「音締め」は三味線・琴などの弦を締めて、音調を整えること。ここでは、三味

線の調子が合っているかどうかも聞き分けられない、の意。
八五＊くろうと　芸者や遊女などのこと。
＊はな　祝儀の金品。
八七＊あいびねえ「歩びなせえ」がなまったもの。歩きなさい、一緒に来なさいの意。
八八＊蝶足の膳　膳の一種。蝶が羽を広げたような足の形になっていることが特徴的。
＊お面へ来た「面」とは剣道の技の一つで、頭部を打つこと。ここでは大打撃を与えるようなことをする意で使われている。
八九＊仲間　江戸時代、武士に仕えて雑務に従った者のこと。
＊からりしゃん　さっぱりとして快活なさま。
＊あいそづかし　情愛を失う。すっかり嫌になる。
＊いろ　美しい女性。恋人。
＊合の手ぴったり「合の手」は相手の動作や話の合間に挟む別の動作や言葉のこと。ここでは、ちょうどよかった、の意。
九〇＊売らなきゃあ「売る」とは味方を裏切ること。ここでは江戸を離れることを指している。
九一＊門付　人家の門前に立って音曲を奏するなどの芸をし、金品をもらい受けること。またその人。
九四＊いなや　打消しの意味を表す語。
九五＊わけ　男女間のいきさつ。関係。

*座敷を勤めた　宴会の席で応対すること。
奌*大切　歌舞伎公演で、その日の最終幕。
*所作事　歌舞伎用語。舞踊または舞踊劇。
*店賃　家の借り賃。家賃。
*荒物屋　雑貨屋。
*隠居しごと　隠居してからする、生計に直接かかわりのない仕事。「隠居」は家督を譲って世間から遠ざかり、ひっそりと暮らすこと。
卆*出語り　歌舞伎で、浄瑠璃太夫と三味線弾きが舞台に設けられた席に出、見物人に姿を見せて演奏すること。
九八*世帯持ち　生計のやりくりのこと。
九九*元結　髪を結ぶ細いひもや糸。組み紐や真麻、紙縒製の水引元結などが用いられた。
一〇〇*丹前　江戸時代の庶民の夜着。どてら。
*つくり　装い。外見。見てくれ。
*伝法　勇み肌なこと。
一〇一*鼬の道　いたちは一度通った道を二度と通らぬという俗信から、ふっつりと足の絶えたことにいう。
一〇三*云いぬけ　言いのがれること。言い開きをすること。

一〇四＊出語り山台　歌舞伎で、出語りの演奏者が並んですわる緋《ひ》毛氈《もうせん》を敷いた台。

一〇六＊とりついた　新しく物事を始める。着手する。

一〇九＊身の立つように　生計が成り立つように、の意。

一一三＊番たび　その都度。

一一六＊仰臥　仰向けに寝ること。

一一七＊薬研　主に漢方で、薬種を砕き、または粉末にするために用いる器具。細長い舟形をした、内側がV字形の器の中に薬種を入れ、上から軸のついた車輪様のものをきしらせて薬種を押し砕く。

＊薬札　薬代、治療費として医者に払う代金。寛永期では、一服銀二分が相場とされた。

＊衣桁　室内で衣類などを掛けておく道具。木を鳥居のような形に組んで、台の上に立てたもの。

＊七つ半　午後五時ごろ。

一一八＊しめて　関係を持って。交接して。

一一九＊白ッ首　首筋に白粉を塗りたてた女。酌婦や娼妓などをいう。

＊けころ　吉原から少し離れた上野山下などにいた売春婦のこと。語源は、短時間で次々と「蹴転がる」ように客の相手をしたためとも、客が蹴転がせば、すぐに横たわるからともいわれている。

一二〇＊代脈　医師に代わって診察すること。

一二一＊人がましい　ひとかどの人物らしい。正常な人間らしい。

＊玄関番　玄関にいて、来客の取次などをするもの。

＊奥　主人やその妻や家族の居間や寝処。
一二二＊本道　内科のこと。
一二三＊二一天作　「二一天作の五」のこと。旧式珠算で割算の九九の一つ。十を二で割るとき、十の位の一の珠をはらい、桁の上の珠を一つ下ろして五と置くこと。ここではそれが五になるとは限らないと言うことで、世の中の不条理を説いている。
＊かまきりの斧　蟷螂の斧。弱者が自分の力を顧みずに強敵に向かうことのたとえ。カマキリが前脚を上げて大きな車に立ち向かう意から。
一二四＊内所　主人の部屋。
＊なか　吉原。
一二五＊幇間　酒間を幇け、遊興を賑やかにするために取り持つ人。太鼓持ち。
一二九＊公事　裁判。訴訟。
＊給銀　「給金」のこと。奉公人の給料。
一三〇＊から証文　いつわりの証文。ここでは、口先だけの約束、の意。
＊身に付いた　手元に残る。自分自身のものになる。
一三一＊着ながし　袴を付けない服装。略装。
＊無腰　腰に刀を帯びていない、丸腰のさま。
＊渡世人　博徒、やくざのこと。

一三＊あこぎ　貪欲。しつこいこと。無理、無体。
一三＊日済し貸し　毎日決まった額を返済する高利貸しのこと。
＊可愛や　ふびんだ。かわいそうだ。
一三＊水手桶　水汲み用の手桶。防火用に雨水をためる天水桶の上に積んでおく。
＊合　相手。
＊狎れあい　ひそかに言い合わせて事を謀ること。
一三七＊杯洗　さかずきあらい。酒宴の席で、人に酒をさす前に杯をすすぐ器。
一三八＊色消し　興趣をそぐさま。無粋。
一四〇＊云うにゃ及ぶ　言うまでもない。
一四一＊小間使　主人の身のまわりの雑用をする女性。
一四二＊舞う手もなし　打つ手がない。どうしようもない。
＊おつむ　頭髪をいう女性語。医者は月代を剃らず、伸ばした髪を後ろで束ねていることが多かった。
一四三＊双肌ぬぎ　上半身全部を脱いで肌をあらわすこと。
＊樺色　赤みの強い茶黄色。
＊清絹　生糸で織った布。
＊ふところ紙　たたんで懐に入れておく紙。ちり紙にしたり、詩歌などを書いたりする。

＊三の膳　本膳料理で、本膳（一の膳）・二の膳の次に出す膳。
一四六＊時貸し　一時貸すこと。当座貸し。
＊五反歩　一五〇〇坪。
一四七＊ぬけ遊び　許可なくこっそり遊びに行くこと。
＊岡場所　江戸で非公式に遊女屋を営む場所の総称。
＊精気の不通ととどこおり　ここでは、性的に満足していない、欲求不満だ、ということ。
一四八＊人足　力仕事に従事する者。
一四九＊持参金　結婚・養子縁組などのとき、嫁や婿ないし養子が実家から縁づく先へ持って行く金。
＊町　長さの単位で、一町は約一〇〇メートル。
＊ふところ手　和服を着て、腕を袖に通さず懐に入れていること。抜き入れ手。
一五一＊くれざあならねえ　くれなければ
一五二＊うぬ　おのれ。きさま。相手を卑しめ、罵って言う語。
＊兇状持ち　重罪犯人。また前科者。
一五三＊よめえ言　世迷言がなまったもの。わけのわからない愚痴や不平。
一五四＊さびのある声　低く渋みのある声。
＊町内のかしら　町火消組合の組頭のこと。
一五七＊金持喧嘩せず　金持ちは利にさとく、けんかをすれば損をするので、人と争うことはしない。ま

たは、有利な立場にある者は、その立場を失わないために、人とは争わないようにすること。

一五九＊七つ　午後四時ごろ。

＊二枚　二人、の意。「枚」は駕籠をかく人を数えるのに用いる言葉。

一六〇＊一揖　軽くお辞儀すること。

一六三＊三下　取るに足らない者、下っ端のこと。侠客の子分などに対する蔑称。博打で賽の目が三以下はまず勝ち目がないことが由来とされる。

一六四＊不決断に　煮え切らない様子で。優柔不断に。

一六六＊双紙本　草双紙。仮名書き、絵入りの通俗読み物。

＊紙入れ　鼻紙や小間物などを入れ、外出の際、懐に入れて持ち歩くもの。紙幣を入れる携帯用の財布。

一六九＊身揚り　芸娼妓が自分で自分の揚代を払って勤めを休むこと。ここでは遊ぶために金をつぎ込む意。

一七一＊密通　妻あるいは夫以外の異性とひそかに情を交わすこと。

一七三＊濡縁　雨戸の敷居の外側に設けられた雨ざらしの縁側。

一七四＊朴念仁　もの知らず。分からずや。ここでは女性に不慣れである意。

一七七＊長襦袢　和服の間着のこと。間着とは、下着と上着の間に着るもの。

一七九＊五つ半　午後九時ごろ。

一八一＊符節を合わせたように　割り符がぴったり合うように二つのものがぴったり一致することのたとえ。

一八三＊金子　お金。

一八四＊手焙り　手をあぶるのに使う小形の火鉢。

＊中年増　中ぐらいの年増。二〇歳過ぎから二八、九歳頃までの女性。

＊辞儀　頭を下げて挨拶を述べること。遠慮。

一八七＊目明し　町奉行の同心や代官所の役人が私的に使った手先。犯人探索を主要任務とし上司の命によって逮捕をもなした。密偵。

一九〇＊角樽　両方の柄を角のように長く作った樽。特に朱の漆で塗られたものは、婚礼や礼祭などの祝い事に用いられるようになった。

＊紗　生糸を絡み織りにした織物。織目が粗く、薄くて軽い。

一九一＊与力　諸奉行・大番頭・京都所司代・城代・書院番頭などの部下として、それらの役職を補佐したもののこと。部下である同心を統率した。

一九三＊眼外れ　判断を誤ること。

＊行状　人の普段のおこない。身持ち。品行。

一九四＊袖垣　建物などの脇に添える幅の狭い垣。

＊とっつき　一番手前。取付。

一亖*親がかり　親の世話になっていること。
一九*かいつくろい　乱れたものや身なりを整えて。
二〇〇*札差　旗本や御家人が所有する蔵米の売買を代行して手数料を得たり、蔵米を担保にした金融業を行っていた商人。
*御用　公務。
二〇一*いざ　「いざこざ」の略。文句。苦情。
二〇七*出会い　男女が密会すること。
*二丁の柝　「柝」は拍子木のこと。歌舞伎公演の開始時の合図として拍子木を打ったが、ここでは米八の言葉をその合図に見立てて言っている。
二〇八*とざいとう一ざい　東西東西。芝居や相撲などの興行物などで、騒ぎを静めたり、口上を述べるときなどにいう語。
*いま業平　まさに今の世の在原業平といえるような美男、の意。
*黄色いような声　かん高い声。
*悪食　一般にあまり好まれないものを食べること。ここでは悪趣味の意。
二一〇*さしずめ五条橋　五条大橋の牛若丸伝説に取材した謡曲「橋弁慶」を指している。ここでは、弁慶が京の五条橋で牛若丸と戦って降参したことになぞらえた。
*謡がかりに　謡いながら。

三一＊牛若は鞍馬へ御帰館　牛若丸が、父義朝敗北の後、京都の鞍馬寺に預けられたことから。
＊人情本　洒落本から発展した恋愛小説の一つ。
三四＊男ぶり　男振り。男としての容姿。
＊身持　行状。品行。
＊鳶　鳶職人のこと。土木工事の人夫で、地固めや普請場の足場組みを主な仕事とする者。鳶口を持って、道路の補修や溝の清掃など町内の雑用もこなした。
＊不始末　ここでは不義密通の意。
三五＊ひかされて　ひきつけられて。
三八＊座敷を付けておく　自分が代わりに金を払っておく、の意。
＊こころ祝い　形式ばらない、気持ちだけの祝い。
＊そうけ立った　「そうけ立つ」（総毛だつ）は恐怖などのために、全身の毛が逆立つ。身の毛がよだつ。
三九＊たいまい　金額の大きいこと。多額。高額。
三〇＊がらみ　だいたい、だいたいの意。
＊尻端折り　着物の裾を外側に折り上げて、その端を帯に挟むこと。尻からげ。
＊麻裏　麻裏草履のこと。苧の三組を長渦巻状にして裏につけた藁草履。
三三＊咎　人から責められたり非難されたりするような行為。罰されるべき行為。

＊組屋敷　与力組や同心組などの下級武士に与えられた屋敷。組のものが一緒に住むため、組屋敷という。

＊お人柄　お上品。

三六＊よたか蕎麦　夜、屋台で蕎麦を売る商売。夜鷹が出る頃に屋台を流したため。

＊定廻り　犯罪の捜査、犯人の逮捕に当たった定町廻同心のこと。江戸市中を定められた道順で見廻った。

三九＊礼奉公　奉公人が年季のすんだ後、お礼の意味でなお一年ないし数年とどまって無給で働くこと。

三三＊書役　書記係。記録係。

三三＊御定法　公に決まっている規則。法律。

三四〇＊湯治　温泉に入って病気などを治療すること。

＊調法　便利。

三四一＊高麗屋　歌舞伎の掛け声の一つ。ここでは会話の合いの手として掛けている。

＊冥利　神仏から受ける目に見えぬ利益。ありがたさ。

三四三＊憚りさま　他人に手数をわずらわせたときなどに言う言葉。おそれいります。ご苦労さま。

三四三＊ゆくたて　事の成り行き。いきさつ。

三四四＊おくにぶり　その国や地方の風俗・習慣。くにがら。

三四五＊手内職　袋張り・縫い物など、手先を使ってする内職。

＊裏店　裏通りにある家。

二四七＊小粒　小粒金の略。一分金。四枚で小判一枚になる。

二四九＊一方口　二者のうちの一方だけの言い分。

二五三＊船宿　船遊山・魚釣りなどの貸船を仕立てる家。柳橋・山谷側などの遊場は遊女への引き手をなし、客の求めによっては宴席をも兼ね、男女密会の席をも貸した。

二五五＊手文庫　文具や手紙などを入れておく小箱。

二六三＊艫　船尾。舳先の対。

二六四＊いしき　尻のこと。

二六五＊かったいのかさ恨み　うらみはうらやみの訛誤という。かったい患者が梅毒患者をうらやむ意。うらやんでみても五十歩百歩のことの喩え。また恨みの意に解して、目くそが鼻くそを笑うと同義にも用いる。

二六六＊てんでん　めいめい。各自。

＊ちょろっかな　弱小なさま。なまやさしい。

＊あがきがつかねえ　動きが取れない。「あがき」は足掻きのこと。

二六七＊旅切手　昔、関所の通過や乗船などに必要とされた通行証。通り切手。

二七〇＊旗本　徳川家の直臣の中で、一万石以下、御目見の幕臣のこと。

＊あやなし　うまく扱う。たくみに操る。

二七一＊火の見　火の見やぐらの略。火災の発見と監視のために設置された見張り台。
二七三＊すりばん　連打して火事場が近いことを知らせる半鐘の叩き方。擂半鐘の略。
二七六＊かがり　かがり火のこと。
＊余煙　消え残った火の煙。
＊古渡り更紗　室町時代またはそれ以前に外国から渡来した更紗。「更紗」はインド・ペルシャ・シャム等から渡来した、種々の色でさまざまな模様を染めた綿布。
二七七＊あらけ　「あらける」は、間を離す。ちらばらせる。特に、火や灰などをかき広げる。
二八〇＊憚りさま　ここでは、軽い皮肉や反発の気持ちを込めて答える語。
二八一＊末始終　ゆくゆく。将来。
二八四＊扱帯　腰帯。一幅の布帛をしごいて帯にしたのでいう。
二九二＊畜生　家畜の獣。ひとではないもの。
二九五＊役宅　特定の役目に当たる人が住むために設けてある住宅。官舎。
二九六＊すべた　醜い女を罵っていう語。めくりカルタで数にならない札である素札から。
＊おかめ　額と両ほほが高く鼻低く笑顔をした女。おたふく。
＊おひきずり　長い着物の裾を引きずる意。怠惰・無精な女を罵っていう語。
三〇五＊うろん　怪しいさま。
＊お施米　困窮者や托鉢僧などに米を施すこと。

解説

西村賢太

当然と云えば当然のことながら、どんなに好む作家と云えど、その中には強く魅かれる作と、さほどでもない作がある。

私にとって本作『五瓣の椿』は、長く後者の側に属するものであった。

最初にこの作を読んだのは、今は昔の十七歳か十八歳――と、記憶力の良さだけは自信のある私にしては、一寸この辺りが定かではないのだが、とあれそれは優に三十年以上の前の頃だ。

私がいつの間にか山本周五郎の愛読者になっていった経緯については新潮社版の、『山本周五郎長篇小説全集』第二十五巻の巻末エッセイにも記したのだが、そもそもの出会いは十六歳時に、或る文庫アンソロジー中に収録されていた『寝ぼけ署長』シリーズの一篇を読んだのが嚆矢だった。

が、それは主として昭和二十年代のミステリ小説のアンソロジーであり、他の収録作家の怪奇と論理の濃厚な味付けの物語に陶然としていた年少の私には、このときは

『寝ぼけ署長』の淡白な味わいの一篇には、そうさしたる魅力を感じることができなかった。

該作を含め、山本周五郎の小説の真価が自分なりに解ってきて、徐々に——そしてすっかりその面白さの虜となり果てたのは、それから十年を経たのちであったと云う次第も、先述のエッセイ中ですでに述べているところである。

で、『五瓣の椿』は件《くだん》の、未だ周五郎世界の無理解状況中に、ポツリと散発的に目を通したものだった。勿論古本屋の均一台の、三冊百円也のくたびれた文庫本でもって読んだのである。

つまりそれは、至って何んの気なしのアプローチである。曩時《のうじ》金もなく友もなく、最も廉価に娯楽を得る手段として安いセコハン文庫を読みまくっていたときに、単にその三冊中の組み合わせとして、たまたま選んだ一冊に過ぎぬものであったのだ。

そしてこれは、安アパートに戻って改めてカバー裏の内容紹介文に目を晒したときに、ふとゲンナリした気分に襲われたのである。

次に解説を読んでみて、いよいよこれに手をのばしてしまったのは失敗であったとも思った。

どうもこれは、淫奔で不誠実な母親——その血統に嫌悪と恐怖を抱く娘がそれらのすべてを清算しようとする復讐の物語であるらしきことを知り、何やら気持ちが萎えたと云うのである。

自分自身の、心の痛みを思いだしたが為に気持ちが悴《かじ》けてしまったのだ。

私の実父と云うのは江戸川区のはずれで零細の運送店を営んでいた。が、これがとんでもない性犯罪で逮捕されて一家を解体させた陋劣な男であれば、かの物語の主題は一読者たるこちらにとっても些か切実な意味を含むものではあった。

不浄の血。――と、こんなのは傍目には甚だ大袈裟な或いは恰も何かに酔ったかのような大仰な物言いでしかないであろうが、それが因で生育の地から文字通りの夜逃げをし、以降は母方の姓に変わって絶えずその〝性犯罪者の倅《せがれ》〟との不様な事実に引け目を感じ続けていた身にとっては、まだその記憶を何一つ浄化できぬまま、生々しく抱え続けていた時期でもあっただけに、かようなテーマの物語には一寸こう、目を背けたい思いが確かにあったのである。

で、そのような云わば消極的な気持ちで巻を開いたこともあり、初読時の本作の印象は決して心地良いものではなく、むしろ全篇に対し、軽ろき不興をさえ覚えた。

敬愛する父の死に際しても、他の男と不義を働く母。しかも自分はその父の子ではないことを知らされて憎悪が極限に達し、母や浮気相手の男たちを順々に惨殺してゆく女主人公のおしの――。

サスペンス仕立ての小説としては、現代の視点では至極ありきたりな筋の運びに感じたし、またそれだけにおしのの復讐心理にも不自然な——一口で云ってしまえば共感を重ねることがなかなかに難しかった。

なので、のちに山本周五郎の短篇小説群を読んでその構成の妙に唸り、『樅ノ木は残った』や『さぶ』、『青べか物語』に接していよいよこの作家に傾くようになっても、本作は冒頭で述べたところの、〝さほどでもない作〟との感想のまま、二度読み返すこともなかったのである。

そして三十年余の星霜を経たわけだが、先の、『山本周五郎長篇小説全集』配本の際に本作を再読してみて、私は過去の自身の大いなる不明を恥じぬわけにはいかなかった。

当然、細部については完全に忘れきっているから、それは殆ど初読に等しい復読である。

今度は若年時に感じた、おしのの心理に対する不自然さは露ほども感じなかった。結句《けっく》、小説を読む際は単純に、どこまでもその物語の中に没入した方が得なのである。昔に読んだときには解らなかった語り口のうまさと緊密な構成力とが、今度はハッキリと本作にもあらわれていることを知った。

三十年と云う歳月が、こうも同じ作の読後感を変えるものかと驚いた次第である。

と、同時にかような年月——時間の経過が、斯くも人の心に変化をもたらすものならば、或いはおしのにもまた、その作用が働いていたのではないかとやり切れない気持ちにもなる。

私にしても小説の読みかただけではなく、父親の事件のことも四十年が経ち、被害に遭われたかたへの申し訳なさは変わらぬものの、こと父親個人に対する心情の変化は確かにある。

怨みもつらみも時の流れがゆるやかに忘却の淵へと導いてゆくのなら、おしののその復讐の行動は、やはり性急に過ぎたのではあるまいか――。

が、その点については終章の最後に千之助が呟く、

〈「おまえのしたことが正当であったかなかったか、私にはわからない、だがおまえはそうしたかった、そうせずにはいられなかった、ということだけは真実だ、――しんじつそうせずにいられなかったとすれば、それをしたことについて悔やむ必要はないよ」〉

との言葉が、余りにも優しい。

そしてこの言は作中に繰り返される、

〈この世には御定法《ごじょうほう》で罰することのできない罪がある。〉

との嗟嘆への一つの明快な答えとして示されると共に、読む者の心を浄化しつつも、しかし重い何かを投げかけてくるのである。

本書は二〇一四年三月刊行の『山本周五郎長篇小説全集第十三巻』（新潮社）を底本としました。

なお本書中には、雲助、河原乞食、気でも違った（気違い）、めくら縞、めくら乳、片輪者（片輪）、びっこ、かったいのかさ恨みといった、現代の人権擁護の見地に照らして不当・不適切と思われる語句や表現がありますが、著者自身に差別的意図はなく、また著者が故人であることと、作品自体の文学性・芸術性を考えあわせ、原文のままとしました。

（編集部）

五《ご》瓣《べん》の椿《つばき》

山《やま》本《もと》周《しゅう》五《ご》郎《ろう》

平成30年　2月25日　初版発行
令和 6 年　4月30日　5版発行

発行者●山下直久

発行●株式会社KADOKAWA
〒102-8177　東京都千代田区富士見2-13-3
電話　0570-002-301(ナビダイヤル)

角川文庫 20779

印刷所●株式会社KADOKAWA
製本所●株式会社KADOKAWA

表紙画●和田三造

●お問い合わせ
https://www.kadokawa.co.jp/（「お問い合わせ」へお進みください）
※内容によっては、お答えできない場合があります。
※サポートは日本国内のみとさせていただきます。
※Japanese text only

Printed in Japan
ISBN978-4-04-106235-7　C0193

角川文庫発刊に際して

角　川　源　義

第二次世界大戦の敗北は、軍事力の敗北であった以上に、私たちの若い文化力の敗退であった。私たちの文化が戦争に対して如何に無力であり、単なるあだ花に過ぎなかったかを、私たちは身を以て体験し痛感した。西洋近代文化の摂取にとって、明治以後八十年の歳月は決して短かすぎたとは言えない。にもかかわらず、近代文化の伝統を確立し、自由な批判と柔軟な良識に富む文化層として自らを形成することに私たちは失敗して来た。そしてこれは、各層への文化の普及滲透を任務とする出版人の責任でもあった。

一九四五年以来、私たちは再び振出しに戻り、第一歩から踏み出すことを余儀なくされた。これは大きな不幸ではあるが、反面、これまでの混沌・未熟・歪曲の中にあった我が国の文化に秩序と確たる基礎を齎らすためには絶好の機会でもある。角川書店は、このような祖国の文化的危機にあたり、微力をも顧みず再建の礎石たるべき抱負と決意とをもって出発したが、ここに創立以来の念願を果すべく角川文庫を発刊する。これまで刊行されたあらゆる全集叢書文庫類の長所と短所とを検討し、古今東西の不朽の典籍を、良心的編集のもとに、廉価に、そして書架にふさわしい美本として、多くのひとびとに提供しようとする。しかし私たちは徒らに百科全書的な知識のジレッタントを作ることを目的とせず、あくまで祖国の文化に秩序と再建への道を示し、この文庫を角川書店の栄ある事業として、今後永久に継続発展せしめ、学芸と教養との殿堂として大成せんことを期したい。多くの読書子の愛情ある忠言と支持とによって、この希望と抱負とを完遂せしめられんことを願う。

一九四九年五月三日

角川文庫ベストセラー

春いくたび　山本周五郎

戦場に行く少年の帰りを待つ香苗。別れに手向けた辛夷を支えに、春がいくたびも過ぎていた――表題作をはじめ、健気に生きる武家の家族の哀歓を丁寧に、叙情的に描き切った秀逸な短篇集。

二度はゆけぬ町の地図　西村賢太

日雇い仕事で糊口を凌ぐ17歳の北町貫多は、彼の前に現れた一人の女性のために勤労に励むが……夢想と買淫、逆恨みと後悔の青春の日々とは？『苦役列車』の著者が描く、渾身の私小説集。

人もいない春　西村賢太

親類を捨て、友人もなく、孤独を抱える北町貫多17歳。製本所でバイトを始めた貫多は、持ち前の短気と喧嘩っぱやさでまたしても独りに……『苦役列車』へと連なる破滅型私小説集。

一私小説書きの日乗　西村賢太

11年3月から12年5月までを綴った、無頼の私小説家・西村賢太の虚飾無き日々の記録。賢太氏は何を書き、何を飲み食いし、何に怒っているのか。あけすけな筆致で綴るファン待望の異色日記文学第1弾。

随筆集　一私小説書きの独語　西村賢太

雑事と雑音の中で研ぎ澄まされる言葉。半自叙伝「一私小説書きの独語」（未完）を始め、2012年2月から2013年1月までに各誌紙へ寄稿の随筆を網羅した、平成の無頼作家の第3エッセイ集。